中国民间文化研究书系

本书由华中师范大学出版社提供的出版基金全额资助

文学的媒介遭遇

——《白蛇传》的叙事研究

孙正国 著

华中师范大学出版社
2015年 · 武汉

新出图证(鄂)字10号

图书在版编目(CIP)数据

文学的媒介遭遇——《白蛇传》的叙事研究/孙正国 著. —武汉：华中师范大学出版社，2015.9

（中国民间文化研究书系）

ISBN 978-7-5622-7159-8

Ⅰ.①文… Ⅱ.①孙… Ⅲ.①民间故事—文学研究—中国 Ⅳ.①I207.7

中国版本图书馆CIP数据核字(2015)第251367号

文学的媒介遭遇

——《白蛇传》的叙事研究

 孙正国 著

责任编辑：童 雯　**责任校对：**罗 艺　**封面设计：**罗明波

编 辑 室：学术出版中心　**电　　话：**027-67863220

出版发行：华中师范大学出版社

社址：湖北省武汉市珞喻路152号

电话：027-67863280/3426　**邮购：**027-67861321

传真：027-67863291　**邮编：**430079

网址：http://www.ccnupress.com　**电子信箱：**hscbs@public.wh.hb.cn

印刷：湖北恒泰印务有限公司　**督印：**王兴平

字数：233千字

开本：890mm×1240mm　1/32　**印张：**9

版次：2015年9月第1版　**印次：**2015年9月第1次印刷

定价：29.00元

欢迎上网查询、购书

中国民间文化研究书系总序

刘守华

1999年，在激动人心的两个世纪交会之际，我在加拿大出版的《文化中国》杂志上发表文章，回顾中国民间文学运动的百年历程。文章中写道："行将结束的20世纪，在中国历史上是一个风雷激荡、翻天覆地的历史时期。觉醒的广大民众走上历史舞台，演出了一幕又一幕威武雄壮的史剧，从根本上改变了中国的面貌，也改变了自己的命运。千百年紧密伴随民众生活，真实记录他们历史足迹，直接抒写他们爱憎苦乐与梦想追求的民间口头文学也相应地深受文化界的关注，终于构成一门现代人文学科——民间文艺学，并获得了较充分发展。从'五四'时期北京大学成立歌谣研究会，创办《歌谣》周刊，到90年代末规模宏大的民间文学三套集成陆续问世，诸多事例，构成中国文化史上别开生面的崭新篇章。"

这里是就民间口头文学而言，由此还带动了对许多乡村民俗事象的关注，在学人面前打开了和传统圣贤文化相对峙的民间文化的丰富宝藏。这样，人们对上世纪初席卷中国大地的“五四”新文化运动的内容便有了进一步的认识，如同刘锡诚先生在一篇文章里所讲到的，“‘五四’新文化运动所昭示的，实际上是以民主和科学来整合中国的上层文化与下层(民间)文化，推动中国的科学文化和现代化”。今天回首百年，我们在为中国的巨大的发展与进步而欢呼雀跃的同时，也不能不为我国各族民间文化财富遭遇的严重危机而焦虑不安。正如一批学者于2002年初发布的《抢救中国民间文化遗产呼吁书》中所写的，中国丰富多彩的民间文化遗产，“在当代现代化发展的狂潮中，面临着‘摧枯拉朽’般的灾难。……许多民俗文化和民间文化遗产，我们还没有来得及记录和记住它们，就悄然远离我们而去；许多民俗文化和民间文化遗产本可以保存、传承和发展的，也过早地被人为毁灭和抛弃。这令我们痛心疾首”。在社会转型过程中所发生的对民间文化遗产的蔑视与遗弃，其根源固然同旧时代轻贱下层民间文化的传统偏见之根深蒂固有关，如作深切反省，它也表明“五四”新文化运动企图用民主与科学思想来整合上层文化与下层文化的目的并没有完全达到。在这中间，民间文艺学和民俗学这样的现代人文学科时断时续，基础薄弱，未取得足以扭转人们传统偏见，实现文化更新的研究成果，也是我们不能不加以正视的。

下层民间传统文化在现代社会所面临的生存危机具有普遍性。联合国教科文组织多年来就十分关注全球民间文化财富的保护问题，在有关文件中一再指出，“民间文学和艺术处于被国际娱乐性文化所吞噬的严重危险之中”，民众享受自己传统文化的可能性正在迅速消失，“他们失去根基，空洞地模仿由一心追求利润的娱乐业等部门塑造的偶像”，因而要设法阻止这一事态的恶性发展。这一威胁民族民间文化生存的汹涌浪潮正向中国涌来，在物质生活走向丰裕的过程中，城乡居民的文化生活并未从根本上得到相应改善，从而使得抢救民间文化遗产，推进民间文化研究的任务，变得更为紧迫。

关于民间文化在人类生存发展中的重要作用，联合国教科文组织曾作过如下发人深思的价值判断，他们说：“民间文化包含人们赖以生存的基础而提供给自己的一切。它是，并明显地表现出来属于某一人类集团的文化，一种流行的，传统的文化，它在这个集团的历史进程中随这个集团需要的变化而变化，而这个集团又紧紧依附于这种文化，因为它是这个集团社会生活的根基。”在笔者和众多学人签名的启动民间文化遗产保护的那封呼吁书中，我们郑重提出：“保护和珍爱民间文化遗产就是对人民文化创造和历史文化传统的尊重；是建设民族的科学的大众的有中国特色社会主义文化的必然要求。”这项包含重要历史意义与现实价值的巨大文化工程激励着有关学人，不能不使我们为之神驰心动，思谋有所作为与奉献。

以上就是我们不遗余力地在华中师范大学出版社的积极支持下，推出这套“中国民间文化研究书系”的背景和缘由。

抢救和保护民间文化遗产，从调查采录到开发利用，要做许多方面的工作，而其特质与价值的判定，则须借助学术研究之力。理论的先导作用，在这些新兴学科的发展中表现得更为明显突出。我们愿在这学术园圃里做一名辛勤园丁。

我们所在的华中师范大学中文系，从20世纪50年代起就致力于民间文艺学的学科建设，80年代中期以来先后获得硕士与博士授予权，在出人才、出成果，推进湖北和全国民间文学事业方面有所成就，实力和影响逐步增强。这套丛书就是以我校师生学术成果为主推出的，殷切期望得到海内外同仁和广大读者的关注与支持。

这里须加申明的是，在我们的成果中也融会着海内外众多师友的心血：我们中间曾有两人就读于钟敬文先生门下；前来我校讲学，受聘为客座教授的除国内的贾芝、肖兵等，海外的华人学者丁乃通、金荣华、谭达先等人之外，还有俄罗斯的李福清，美国的邓迪斯，日本的饭仓照平、野村纯一、小泽俊夫等等。他们的名字将长久铭刻在我们心头。

中国民间文化学科的奠基人，被誉为“稀有金属”的钟敬文先生于1993年在笔者的小本上语重心长地题写道：“吾侪肩负千秋业，不愧前人庇后人。”我们愿以此而自励自勉，奋进不息！

2004年3月10日

目　　录

绪论 ………………………………………………………………………… (1)

一、研究缘起 ………………………………………………………………… (1)

二、研究基础 ………………………………………………………………… (8)

三、研究方法 ………………………………………………………………… (43)

第一章　《白蛇传》的故事传统：以口头媒介为线索 ……………… (45)

第一节　口头媒介的人类学语境 ……………………………………… (45)

一、作为传播媒介的口头媒介 ……………………………………… (46)

二、作为艺术媒介的口头媒介 ……………………………………… (53)

第二节　《白蛇传》的故事传统 ………………………………………… (63)

一、《白蛇传》故事类型的存在史 …………………………………… (63)

二、口头传统中《白蛇传》的类型结构 ……………………………… (66)

第二章　媒介情境下《白蛇传》的故事讲述者 ……………………… (70)

第一节　多媒介延伸的故事讲述者：《白蛇传》的流变 …………… (71)

一、多媒介系统中《白蛇传》的故事讲述者 ………………………… (73)

二、书面媒介中《白蛇传》的故事讲述者 ………………………… (82)

三、表演媒介中《白蛇传》的故事讲述者 ………………………… (95)

四、《白蛇传》的故事讲述者对媒介的选择 ………………………… (107)

第二节　故事的媒介建构——讲述者维度 ………………………… (108)

一、故事讲述者的媒介处境 ………………………………………… (109)

二、媒介综合的探索 ………………………………………………… (116)

第三节　对话与操控——媒介与故事讲述者的对话关系 ……… (119)

一、媒介与故事讲述者的对话关系 …………………………… (119)
二、影视媒介、网络媒介与故事讲述者的互动 ………………… (123)
第三章 媒介对《白蛇传》故事时间的有限把握 …………………… (128)
第一节 媒介与《白蛇传》的故事时间 …………………………… (129)
一、多媒介系统中《白蛇传》的故事时间 …………………… (130)
二、书面媒介中《白蛇传》的故事时间 …………………………… (135)
三、表演媒介中《白蛇传》的故事时间 …………………………… (138)
第二节 故事的媒介建构——时间维度 …………………………… (145)
一、故事时间的媒介表达 …………………………………… (145)
二、媒介的时间表达与故事类型 …………………………… (148)
第三节 延续与拼接——媒介对故事时间的有限把握 ………… (156)
第四章 《白蛇传》故事空间的媒介展示 ……………………………… (164)
第一节 现代《白蛇传》空间要素的流变 …………………………… (164)
一、书面媒介中《白蛇传》的故事空间 …………………………… (164)
二、表演媒介中《白蛇传》的故事空间 …………………………… (179)
三、网络媒介中《白蛇传》的故事空间 …………………………… (192)
第二节 故事的媒介建构——故事空间 …………………………… (199)
一、故事空间的媒介情境 …………………………………… (200)
二、媒介对故事空间的探索 ………………………………… (210)
第三节 描画与构造——媒介与故事空间的互动 ……………… (215)
一、媒介建构故事空间的基本方式 …………………………… (215)
二、从描画到构造的媒介空间 ………………………………… (219)
结 语 …………………………………………………………………… (223)
参考文献 ………………………………………………………………… (248)
附录：现代《白蛇传》的代表异文 …………………………………… (278)

绪　论

一、研究缘起

自20世纪中后期以来，媒介已成为人类文化与信息传播的一个重要维度。法兰克福学派、多伦多学派、美国传播学派以及世界各国学者都从不同角度对媒介作出理论发掘，人类文化的重要因素——媒介——已经得到较为深入的关注与研究。我们从中可见20世纪人类文化与媒介发展的基本关系，媒介对于人类文化的建构性价值也逐渐得到澄清与认识。就文学媒介而论，发生学意义上的媒介(例如口语)自始即与文学并生，由此媒介既以延伸者身份也以建构者身份参与了文学历史的创造，尤其新媒介对文学的改造与综合，更加鲜明地凸显出媒介的文学维度，从而为媒介研究的诗学向度提供了合法依据。

自20世纪中后期以来，媒介已成为人类文化与信息传播的一个重要维度。

首先，影视媒介的强化与普及，决定了媒介因素在人类当代文化中的重要地位。

我们从艺术媒介史的角度，回顾近一个世纪以来媒介的跳跃式发展历程，可以见出“媒介时代”的文化命名繁复而多样，它内在的意义、功能则有待进一步探索。19世纪后期，达盖尔发明了照相技术，生活世界的影像化记录改变了人们的时间意识。传统经验上人们必须依赖记忆和文字叙述的“往事”，突破人类思维的局限，重现为具体、形象的情境。更为重要的是，照相技术直接开启了人类的影像文化时代。20 世纪初，以照相技术为基础的动感画面实验已累积有相当多的经验，电影由此诞生。电影的问世帮助人类获取了模拟现实、展示想象的艺术方式，成为人类艺术的崭新形式①。与此同时，无线电技术支持了电视技术的产生②。虽与电影基于类似的影像表现，电视却在传播技术上得到极大改善。至 20 世纪 50 年代，欧洲与北美等一些发达地区，电视的影响力已逐渐超过电影，成为最流行的娱乐媒介。随着工业化进程与信息技术的发展，电视迅速得到普及，观看电视已成为当今世界最具影响力的娱乐休闲和艺术接受方式③。随着网络技术的飞速发展，网络电视也得到大力推广。电影、电视的呈现方式与影像构成与人类的自然认知方式日益相近，影视艺术已成为融汇观众的最有效的艺术。影视艺术的发展，与影视技术和影视媒介密不可分，甚至可以说，影像艺术是技术的艺术，媒介

电影、电视的呈现方式与影像构成与人类的自然认知方式日益相近，影视艺术已成为融汇观众的最有效的艺术。

① 1902 年，卢米埃尔兄弟发明了电影。目前已形成具有全世界影响力的四大电影节，为人类故事的建构与传播开创了电影艺术的坚实基地。威尼斯电影节诞生于 1932 年，是世界上第一个电影节，电影节最高奖为“金狮奖”；戛纳电影节成立于 1939 年夏，1969 年后的影展日渐稳定，增设了“导演双周”，最高奖为“金棕榈奖”；柏林电影节创始于 1951 年，最高奖为“金熊奖”；美国影艺学院于 1926 年成立，同时设立了“电影艺术与科学学院奖”，1929 年改称为“奥斯卡金像奖”。

② 罗杰·菲德勒. 媒介形态变化[M]. 明安香，译. 北京：华夏出版社，2000.

③ 大卫·麦克奎恩. 理解电视[M]. 苗棣，赵长军，李黎丹，译. 北京：华夏出版社，2003.

的呈现决定了艺术的形式。

其次，网络媒介的兴起与发展，使得媒介进一步渗透到人类文化的各个领域，具有划时代的重要意义。

其次，网络媒介的兴起与发展，使得媒介进一步渗透到人类文化的各个领域，具有划时代的重要意义。

20世纪中后期，计算机技术和通信网络技术逐渐成熟，网络媒介作为新兴媒介出现，立即引起人类生产生活的一系列重大变革。或者说，网络媒介以生产力的能量推动了整个社会的变革。数字世界继承并超越电子时代媒介的单一化，网络媒介对传统媒介的所有形式都给予吸收与安置。短短的二三十年里，网络媒介在大部分地区和国家以惊人的速度发展起来。一个具有划时代意义的革新在于，数字技术建构了打破时空区隔的新现实场域，网络媒介在若干个用户终端之间以光电的速度传播，时间与空间的物理距离被跨越，与实在的生活世界有着巨大差异的虚拟世界出现了。网络媒介中的故事，除一般的电子文本以外，还独立生成了特殊的故事：一是超文本和超媒介故事。超文本故事是指利用计算机与网络技术而呈现出了文本第三度(文本的前二度指二维页面的宽度与高度)——深度链接的故事，即页面上的语言元素能够以一种无序方式与网络上的其他页面链接。超媒介故事是指利用网络技术与资源，加入了文本的第四维度——时间的故事，即实现了文本与视频、音频的链接。二是交互式游戏故事。这类故事借助于网络虚拟技术，可以实现多人同时参与故事创作与角色表演。这种名为多用户地牢的交互式网络游戏，促成了人们对共同讲故事和扮演角色的兴趣，在虚拟世界创造了复原故事活动的人类原初意义的可能途径[①]。

就上述背景来讨论蛇的故事及其流变，能够拓展出新的研究领域，可以发现一些新的问题。就神话学维度而言，蛇神的世俗化过程，年复一年地为人们所津津乐道，残留于人类集体无意识之中的关于蛇的神性记忆，却被重新塑造为人蛇故事而广泛传播。人类文明史上广为流传的“美女蛇”，堪称人蛇故事之经典形象。当美女蛇形象汇入中华文明史的洪流之中，逐渐定格为白蛇形象之时，追求人蛇的平等、和合关系，也成为白蛇故事的基本特性。20世纪以来，《白蛇传》被影视媒介和网络重新演绎，它在空间上的影响堪与其悠久的故事传统相比。近百年来，中国大陆、港台地区以及东亚一些国家相继以影视和网络媒介重述《白蛇传》，其中胡蝶、赵蕾、赵雅芝、陈美琪、刘涛等数十位表演艺术家对白蛇形象的个性化演绎，同时辅之影视乐曲的重新诠释、娱乐元素的多层灌注，使得影视媒介在建构现代《白蛇传》故事的过程中显出极其独特的意义。

人类文明史上广为流传的“美女蛇”，堪称人蛇故事之经典形象。

现代《白蛇传》的媒介因素研究，研究对象主要包括20世纪以来的口头形态、书面形态、戏剧形态、影视形态和网络形态五种媒介形态中的《白蛇传》：

口头形态的《白蛇传》——以中国民间文艺研究会浙江分会所编的《〈白蛇传〉故事资料选》(34篇)、江苏省民间文艺工作者协会及镇江分会编的《〈白蛇传〉资料集》

① 罗杰·菲德勒. 媒介形态变化[M]. 明安香，译. 北京：华夏出版社，2000.

(26篇)和畲族《白蛇传》叙事长歌[①]为主，共采录了当代人口头讲述的白蛇故事60多篇。

书面形态的《白蛇传》及其重述文本——以民国初年梦花馆主集记录与改编于一体的《白蛇传前后集》、新中国成立初张恨水改编的小说《白蛇传》(1955，通俗文艺出版社)、傅惜华辑录的《白蛇传集》(1955，上海出版公司)、田汉改编的剧本《白蛇传》(1955，作家出版社)、赵清阁改编的小说《白蛇传》(1956，上海文化出版社)、蔡志忠漫画《白蛇传》(1992，生活·读书·新知三联书店)、香港作家李碧华创作的《青蛇》(1994，人民文学出版社)、孙蓉蓉改编的小说《白蛇传》(2000，江苏古籍出版社)、中国台湾作家蒋勋创作的话剧剧本《舞动白蛇传》(2004，广西师范大学出版社)和李锐的小说《人间——重述白蛇传》(2007，重庆出版社)等文本为代表。

戏剧形态的《白蛇传》——以京剧的相关剧目为代表(20世纪50年代中期以后主要演田汉的剧本)，其他地方剧种包括北方的马头调——《玩景观山》、《西湖岸》、《雷峰塔》、《白蛇传》、《白蛇传》(别本)、《合钵》、《合

① 1982年春，浙江《白蛇传》研究小组开始向全国征集《白蛇传》资料，共征集到流传全国各地的有关《白蛇传》的神话、传说、故事、歌谣、曲艺、民间小戏等记录稿和印本、抄本等200多件，其中一部分在中国民间文艺研究会浙江分会所编的《山海经》刊物上发表。另外，他们将几十篇《白蛇传》异文编成一书即《〈白蛇传〉故事资料选》，计34篇。这些异文应该有一定的代表性，读来也颇有趣味。另外题名为《〈白蛇传〉故事资料选——〈白蛇传〉研究资料之三》的集子是以民间口头传唱为主，收集整理了27篇山歌、小调、叙事长歌和4篇民间曲艺，其中有1900多行的畲族《白蛇传》叙事长歌。

钵》(别本)；八角鼓——《游西湖》、《搭船借伞》、《盗灵芝》、《水斗》、《金山寺》、《断桥》、《合钵》；鼓子曲——《收青儿》、《借伞》、《盗灵芝》、《水漫金山》、《合钵》、《塔前寄子》、《探塔》、《祭塔》；鼓词——《白蛇借伞》、《游湖借伞》、《雄黄酒》、《水淹金山寺》；子弟书——《合钵》(一回)、《合钵》(别本，二回)、《哭塔》(二回)、《祭塔》(一回)、《出塔》(二回)、《雷峰塔》(三卷)；华东地区的民间小曲"山歌"《白蛇山歌》、《合钵》、《白娘娘报恩》和"南词"《白蛇传》(六篇，清代马如飞作)、《白蛇传》(别本)、《白蛇传》(三回)、《合钵》、《雷峰塔》，以及川剧、滇剧、闽剧、楚剧、粤剧、庐剧、评剧、扬剧、锡剧、婺剧、淮剧、黄梅戏、皮影戏、秦腔、湘剧、汉剧、河北梆子、同州梆子、吕剧、绍兴高腔、越剧等多个地方戏，其中都有《白蛇传》的剧目。

影视形态的《白蛇传》——邵醉翁导演的电影《白蛇传》(1926—1927，共三集)、杨小仲导演的电影《荒塔沉冤》(1939)、王天林导演的电影《白蛇传》(1952)、王风导演的电影《白娘娘借尸还魂》(1953)、周诗禄导演的电影《白蛇传》(1955)、丰田四郎导演的电影《白夫人之妖恋》(1956)、薮下泰司导演的动画电影《白蛇传》(1958)、申相玉导演的电影《白蛇夫人》(1960)、岳枫导演的电影《白蛇传》(1962)、陈志华导演的电影《真白蛇传》(1978)、傅超武导演的电影《白蛇传》(1986)、肯·罗素导演的电影《白蛇传说》(1988)、范秀明导演的电视剧《奇幻人世间》(1990)、夏祖辉与何麒导演的电视剧《新白娘子传奇》(1992)、徐克导演的电影《青蛇》(1993)、吴乔颐与谢益文导演的电视剧《白蛇后传之人间有爱》(1995)、赖水清导演的电视剧《白蛇与青蛇》(2001)、吴家骀导演的电视剧《白蛇传》(2006)、黎涛导演的电影《白蛇传》(2007)、谢德麟导演的电影《白蛇与张天师》(2008)、刘逢声与徐惠康导演的电视剧《又见白娘子》(2010)、潘文杰与罗灿然及邓育庆导演的电视剧《天师钟馗之青蛇有泪》(2010)、程小东导演的电影《白蛇传说》(2011)。

网络媒介形态的《白蛇传》——成都斯普软件公司开发的《青蛇》系列 RPG 游戏；在网络中传承的口头、书面、戏剧、影视等其他媒介的《白蛇传》文本。

本选题深具文学媒介研究的前沿性，在故事传统研究、艺术媒介研究和媒介形态研究等多个层面都具有重要意义。

从故事传统来看，现代《白蛇传》正是因为穿越了多种媒介形态而获得了广泛的影响力和强劲的生命力，由此也不断适应各种媒介而发生演化。相应的，新的媒介因素不断地渗入故事传统之中，构建了现代《白蛇传》以媒介为线索的异文群落。这些异文群落纵向延绵数千年，横向跨越世界的广袤地区，直接故事的生长与演化。在这个线索上，研究与总结现代《白蛇传》媒介因素的特性、规律，对于探索与理解故事传统的内在力量具有普遍意义。

现代《白蛇传》正是因为穿越了多种媒介形态而获得了广泛的影响力和强劲的生命力。

艺术媒介研究在传统媒介领域已有较为成熟的理论总结。然而，一些新的艺术媒介，如影视、网络等尚未得到深入讨论，这些新的艺术媒介所形成的一些特性与风格，与传统艺术媒介差异非常显著，这就需要我们就新的艺术媒介开展新的思考与探索。现代《白蛇传》的媒介因素研究，一个重要目标就是对影视、网络等新的艺术媒介给予细致的考察，探讨不同媒介形态之间的互渗关系及其与故事构成的相关性，发展艺术媒介理论，作出更为贴近当代艺术媒介现实的理论总结。

媒介因素如何参与叙事？它的承载功能和传播指向在何种意义上是内在的、建构性的？媒介是否担当诗学职能？如果担当，媒介叙事可能性与诗学特征又如何呈现呢？这都是本书需要厘清的重要问题。就现代《白蛇传》的媒介因素作个案研究，以符号学、叙事学和文化学理论为基础，从一般意义上所理解的关于媒介具有传播、延伸内涵之上，作出更为开放、更为深入的叙事学讨论，换言之，在文化研究的总体视野下，讨论媒介对于故事建构的深层次内涵。

在文化研究的总体视野下，讨论媒介对于故事建构的深层次内涵。

二、研究基础

本选题的研究基础涉及两个方面：一是媒介理论基础，二是《白蛇传》的媒介文本研究基础。

1. 媒介理论基础

媒介理论主要包括三个方面：艺术媒介理论；叙事学与符号学的媒介理论；传播媒介理论。

首先，媒介理论包括艺术媒介理论。

艺术媒介理论主要以欧洲诗学传统上基于模仿媒介的体裁论为代表，强调媒介因素在诗学上的意义。一方面，柏拉图认为艺术家的创造物是一种媒介附属品，是没有目的、没有技艺、没有个性的媒介活动，所有的价值也就局限于某种媒介的应用而已，这些媒介也就是后来被人类艺术广泛采纳的艺术媒介，诸如绘画、雕塑和建筑等赖以存在的物质材料。另一方面，柏拉图对诗人的具体论析突破了他自己的“影子模仿说”，认为诗人受到的神的启示，有一种决定于诗神的不自觉的艺术目的[①]。从媒介的角度看，吟诵人成为史诗最为核心的传播媒介，而他又同时具有了一种诗神的能力。这也就是说，媒介的主体性得到呈现。从这个意义上看，灵感论正因为从传播者的技艺论引导出了诗神的主体论，诗的起源问题也就得到了澄清，而与之相关的传承与理解也获得了本质意义。在此，媒介在两个层面得到了讨论：传播者层面，史诗由吟诵人得以传承；信源层面，史诗的存在由诗神所决定。尽管如此，柏拉图对艺术的排斥观念却奠定了欧洲诗学传统中艺术模仿论的基础，这一思想也包含了艺术媒介的模仿观念。亚里士多德从模仿论出发，讨论了不同体裁之间的差异，认为悲剧的情节、性格、言词、思想、形象与歌曲六因素中，言词和歌曲是模仿媒介，形象是模仿方式，其余三者是模仿的

媒介在两个层面得到了讨论：传播者层面，史诗由吟诵人得以传承；信源层面，史诗的存在由诗神所决定。

① 《柏拉图全集·伊安篇》讲苏格拉底(前469年—前399年)与以弗所的著名吟诵诗人伊安关于诗的一次对话。伊安认为他具有全希腊最优秀的吟诵荷马作品的能力，这是一种技艺；而苏格拉底则认为这不是一种技艺，而是一种源于神的灵感。在此以“苏格拉底”的名义，或者说，与苏格拉底一道，将史诗的传承与播布归因于诗的灵感，归因于这种灵感所具有的“赫刺克勒斯石”的传递能量。柏拉图．柏拉图全集：第1卷[M]．王晓朝，译．北京：人民出版社，2002.

艺术媒介成为亚里士多德艺术模仿论的一个基础要素。

对象①。亚里士多德将言词与歌曲作为艺术模仿得以实现的媒介，并把它们作为艺术体裁分类的基本标准之一，由此，艺术媒介成为亚里士多德艺术模仿论的一个基础要素。这一观念，成为历代学者讨论艺术媒介的重要原则，为艺术媒介理论的成熟开创了体裁论的经典语境。当然，亚里士多德的媒介论并非抽象的理论总结，而是立足于艺术现实所揭示的艺术规律。

不同的媒介因素在艺术构成中所担当的功能具有较大的差异。贺拉斯认为，情节在舞台表演和口头叙述两种媒介之间具有差异。后者通过听觉来打动人的心灵，比较缓慢；而借助表演，形象地呈现在观众的眼前，比较可靠，可以让观众自己清晰、直接地感受情节。但是，也有许多情节就不必也不应该呈现在观众眼前，而只需要通过演员的口头叙述即可。舞台媒介具有视觉直观的优势，而且可以获得可靠接受的艺术效果。但同时正是这种直观性，限制了对丑恶、对不宜直观呈现的情节的舞台表演。这即是说，媒介对于情节表现具有一定的选择性。狄德罗则从创作主体小说家与戏剧诗人的差异上分析媒介因素的差异问题。他认为小说家的书面媒介赋予了小说家时空自由，戏剧诗人则因舞台表演媒介而时空局限极大。正是这种局限，戏剧诗人的才华更能

① 亚里士多德认为媒介因素起着重要作用："史诗和悲剧、喜剧和酒神颂以及大部分双管箫乐和竖琴乐——这一切实际上是模仿，只是有三点差别，即模仿所用的媒介不同，所取的对象不同，所采的方式不同。有一些人(或凭艺术，或靠经验)，用颜色和姿态来制造形象，模仿许多事物，而另一些人，则用声音来模仿。"亚里士多德. 亚里士多德全集：第1卷[M]. 苗力田，译. 北京：中国人民大学出版社，1997.

得到提炼与升华，戏剧艺术的难度与精度也较小说更令人关注[①]。狄德罗在此已经注意到表演艺术的可能性与重大价值，前瞻性地预测出制造一个艺术效果(表演所形成的效果)的影响力，对神奇的表演艺术的未来充满了期待。而这种期待在今天的影视表演艺术里已经得到充分体现。但丁在更为普遍的意义上讨论了媒介在艺术活动中的有效性原则，即由于人类的灵性被肉体所束缚，因此，人类就需要某种既是理性的又是可感觉的信号，用以交流与传达思想。这些信号，就它是声音而论，它是可感觉的；但就它随说话人的意愿传达某种意义而论，它则是理性的[②]。

模仿论的媒介观念和媒介的艺术功能研究，强调了媒介参与艺术表现的功能，它的艺术载体价值得到理论阐发。不过，近代对艺术媒介的建构性价值作出深入思考则较晚，直到 18 世纪中后期才有较为成熟的理论，代表学者主要有莱辛、席勒和黑格尔，尤其黑格尔的艺术媒介理论在艺术史上具有深远的普遍意义。

近代对艺术媒介的建构性价值作出深入思考则较晚，直到 18 世纪中后期才有较为成熟的理论。

莱辛主要讨论了媒介因素在艺术活动中与表现对象的同构关系。他认为，那些在空间中并列的符号，宜于表现本来也具有空间并列性质的事物；相应的，时间中先后承续的符号也就适合表现那些在时间中先后承续的事物。他把全体或部分在空间中并列的事物叫做‘物体’，物体连同它们的可以眼见的属性与绘画的艺术媒介线条、颜料具有同构关系，因此物体成为绘画所特有的题材。

① 狄德罗．狄德罗美学论文选[M]．张冠尧，译．北京：人民文学出版社，1984.
② 伍蠡甫，胡经之．西方文艺理论名著选编[M]．北京：北京大学出版社，1986.

而那些在时间中先后承续的事物可以称为动作(或情节)，这与诗的艺术媒介语言具有同构关系，因此，动作(情节)成了诗所特有的题材①。莱辛的艺术媒介观念开始由模仿论转向建构论，把媒介视为艺术构成的同质因素，从时间与空间媒介进入艺术体裁，在较为具体的艺术层面，探讨了不同的艺术媒介与其所表现的艺术内容具有本质上的关联。可以说，莱辛的艺术媒介论具有过渡意义。席勒也在建构性命题上讨论了艺术媒介问题。他认为，艺术媒介具有相对独立的个性，是艺术构成的三种自然之一②；媒介的个性与自然得到尊重与关注，它在被表现对象和艺术家的自然关系中既受牵制，又自显其自然。在这种关系

---

① 莱辛．拉奥孔[M]．朱光潜，译．北京：人民文学出版社，1979.

② 席勒从表演艺术出发，具体分析了上述三种情况，他以演员作为表演媒介在《哈姆雷特》这一个案："当一个对象作为由自身规定的而呈现在想象力的面前，那么，这个对象就是被自由表现的。……对象的自然(本性)在艺术中不是通过本身的性格或个性而是通过媒介表现出来的，因此这种媒介再次地：a. 具有它自己的个性和自然；b. 取决于可以同样看作独特自然的艺术家。因此，对象通过第三者呈现在想象力的面前，由于在其中不论是进行模仿的素材还是对素材进行加工的艺术家，都具有自己的自然(本性)，并依照其自己的自然(本性)行事。这里有三种自然在相互角逐：被表现对象的自然、表现素材的自然以及艺术家的自然，艺术家的自然应该命名前两者并使其协调一致起来。"他阐述了自己基于媒介与对象关系上的艺术等级观念：当艾克霍夫或施略德扮演哈姆雷特时，他们的个性与角色的关系，就如同素材与形式的关系、物质与意念的关系以及现实与形象显现的关系。这种表演是天才艺术家的表演。当阿尔布列希特夫人扮演欧菲利娅时，虽然看不到素材的自然(即女演员的个性)，但是也看不到被表现对象的纯粹自然(即欧菲利娅的个性)，而以女演员的一种随意的观念为主，这种表演是平凡的；而当布品克扮演国王时，我们看到媒介的自然(本性)支配了形式(国王的角色)，因此演员在各种动作中都给人以厌恶和拙劣的感觉，它同时暴露出素材的自然本性和艺术家的主观局限性，这一表演是非常庸俗的艺术展现。席勒的精深之处于此得到充分体现。他将媒介与对象这两种自然的关系，具体为《哈姆雷特》戏剧的表演者与角色的关系，细致而恰当地说明了媒介必须融入角色的艺术原则。

中，席勒看到了媒介自然的独立不利于表现对象，因而主张艺术作品中媒介自然必须消融于对象自然之中。艺术的自由性是本质规定的，被模仿对象的自由表现正是艺术作品的目的，而这目的的实现，一个最基本的条件，即是媒介自然向被模仿对象的消融。正是在这个意义上，伟大的艺术家以其纯粹客观性来表现对象；平凡的艺术家表现他自己；拙劣的艺术家表现媒介的自然和艺术家的局限性。尽管媒介自然成了拙劣艺术家的特征，但它作为艺术的建构因素则是明了的，而且，优秀的艺术家也是以媒介自然消融于另外两个自然中获得其艺术品质的。席勒立足媒介自然个性的独立性来讨论艺术媒介，就艺术的品质而对媒介作出自然定性与细致分析，将媒介自然的服从视为艺术呈现的首要前提，同时提出了以三种自然为线索来设立艺术评价标准，不仅反映出席勒的美学视野，而且也是对艺术媒介论的发展。在一定程度上，席勒的相关讨论为黑格尔的艺术媒介理论作好了铺垫。

黑格尔在艺术感性材料的意义上讨论了艺术媒介的建构性价值。黑格尔将媒介提高到了艺术定性的层面来认识："人们常根据片面的理解去替各门艺术的分类到处寻找各种不同的标准。但是分类的真正标准只能根据艺术作品的本质得出来，各门艺术都是由艺术总要领中所含的方面和因素展现出来的。在这方面头一个重要的观点是这个：艺术作品既然要出现在感性实在里，它就获得了为感觉而存在的定性，所以这些感觉以及艺术作品所借以对象化的而且与这些感觉相对应的物质材料或

黑格尔在艺术感性材料的意义上讨论了艺术媒介的建构性价值。

媒介的定性就必然提供各门艺术分类的标准。”①对应于艺术的感性材料，黑格尔将艺术分为三个类型：造型艺术、声音艺术、语言艺术。不过，黑格尔认识到感

① 黑格尔分析以语言为媒介的诗的艺术，虽然在精神方面占了便宜，获得了观念意义与巨大的表现能量，但其感性方面却因过分观念化而失去了媒介之感性的艺术定性的原初来源，从而为此蒙受了不可弥补的损失。这就是说，诗不可能像造型艺术那样诉诸感性观照，也不可能具备像音乐那样诉诸观念性的情感，而只能在媒介感性优势之外，借助语言之力把在内心里形成的精神意义表现出来，并诉诸精神的观念和观照本身。黑格尔进一步分析认为，诗的艺术中，心灵不用单纯的音调而用文字作为表达工具，文字固然没有完全抛弃声音因素，但是已把音调降低为只供传达用的单纯外在的符号。这就是说，由于受到精神性观念的充实，音调变成了语调，而文字也从本来有自在目的的东西变成失去独立性的表现精神的工具。这样把精神内容从感性材料(媒介)中抽回来，马上就要引起另外一个问题：诗所特有的外在客观因素既然不是音调，它究竟是什么呢？黑格尔回答说那就是内心中的观念和观感本身，它们这些精神性的媒介代替了感性的媒介，成了诗的表现所用的材料，作用就像大理石、青铜、颜色和音调在其他艺术里一样。从这个观点来看，诗的首要任务就在于使人认识到精神生活中的各种力量。由于表演艺术需要很大的才能，包括知解力、坚持的毅力、勤学苦练和广泛的知识，乃至要达到顶峰还需要一种丰富的天才。演员不仅要深入体会诗人和所演人物的精神，使自己内心和外表的个性完全和这种精神相吻合，而且还要凭他自己的创造性去弥补戏剧的缺陷。总之，要通过演员的表演，诗人的意思才会明白，诗人的一切最深奥的意图和一眼不易看出的巨匠手腕才会揭示出来，成为可以理解的生动现实。古代表演艺术的重点在诗的语言，音乐和舞蹈是陪伴的，演员都戴面具，不能有个性化的细致表情，因为古代戏剧只描绘某一类型的情致和性格。近代表演艺术的重点在表达个性特征与情绪的微妙差别和变化，所以表演的功夫主要见于姿势、表情和朗诵方式的变化，因此，近代演员比过去任务较重，地位较高，要求也愈严格。他成了真正的艺术家，要揭示诗人和所演人物的精神奥妙，甚至把诗人没有用语言表达出的东西用姿势、腔调等表达出来。以此为基础，黑格尔认为表演艺术的转变形成了两个体系。第一个体系中，演员更多地成了诗人在精神和肉体两方面的工具，另一个体系则采取相反的立场，凡是诗人所提供的更多地成为一种附属品或框架，让演员按照自然、习惯和艺术的要求去任意自由支配。在这个体系里，丑角、医生之类的人物固然都有定型，情境和一幕接着一幕的次序也是固定的，此外一切几乎完全听任演员随意处理。演员成为戏剧艺术真正的媒介。黑格尔. 美学[M]. 朱光潜，译. 北京：商务印书馆，1997.

性材料(艺术媒介)标准是根据艺术最抽象的一方面确定的，所以，黑格尔仍坚持以艺术的本质理念为标准，把艺术分为象征艺术、古典艺术和浪漫艺术。值得注意的是，黑格尔特别指出了语言作为媒介的特殊性。黑格尔认为，从艺术媒介在语言艺术中的情况来看，它的感性材料性质已经褪去，在符号的观念层面得到发展，从而使得诗成为艺术的最高形态。诗作为绝对真实的精神的艺术，是把“精神”作为精神来表现的语言艺术。因为就包容性而言，凡是意识所能想到的和在内心里构成形状的东西，语言都能加以表现，而所有艺术媒介中只有语言才具备此种能力。这里，黑格尔太过自信，其实诗的语言艺术也只能表现人的部分意识与心理，语言的“词不达意、言不尽意”现象已成为诗学的难题，而且对于有些心理活动，诗甚至无法近身，无法使它成为观念或想象的对象。更进一步反思，任何一种艺术媒介都是其规定性中的有限存在，书面媒介亦如此。黑格尔以其艺术史的宏大视野，将艺术类型在感性与精神两方面的表现差异归列为两种：一是艺术构思和表现本身的差异；一是艺术表现所用的材料或媒介的差异，材料的不同性质也对艺术本身带来了新的特点。这是黑格尔的艺术媒介理论的基本观点。

黑格尔以其艺术史的宏大视野，将艺术类型在感性与精神两方面的表现差异归列为两种。

另一个重要观点源自对戏剧诗的分析。黑格尔以语言艺术为基础，讨论戏剧艺术，认为诗以语言艺术的包容性与整体性，综合了其他媒介，如音乐、动作、舞蹈、布景等造型艺术和声音艺术的媒介，从而在诗这种艺术的整体精神中创造了新的舞台艺术，超越了单一媒介艺术的局限性，从综合与统一之中创造出新的艺术。换言之，诗的艺术与书面媒介是所有媒介中最具创造力的。由于黑格尔未能见到新的媒介如电子影像媒介，所以，他还不能将诗的艺术的再创造力延伸到影像艺术和网络艺术。但真正显出他的非凡洞见的是，黑格尔在近两个世纪以前，已经明确提出了艺术媒介以综合的途径创造新的艺术的观念，同时指出了这种以媒介的综合而形成的新艺术是建立在诗之上的，所有新艺术都得益于诗的艺术媒介语言，因为只有语言才具有多媒介的包容性、整体性，只有语言这种媒介才具备与其他媒介相似的功能，只有语言才可以穿越各种媒介而将它们内在地联于一体。当然，由于黑格尔所讨论的媒介都是感性的实体媒介，所以它把语言作为新艺术的奠基媒介、把诗作为新艺术的奠基艺术，必须是以实体媒介为限的，在虚拟媒介网络之中不一定适用。

黑格尔的艺术媒介理论值得关注的是，他在讨论雕刻艺术时提出艺术媒介的两个著名命题：第一，要追问是哪种精神性才能用这种材料把自己表现为纯然感性的占空间的形象；第二，要追问应如何塑造一些空间性的形式，才能使人从美的肉体形象中认出精神性的东西。这两个追问其实也是所有伟大的艺术所需要讨论的问题，即艺术媒介(材料)与所表现的精神之间的关系。第一个命题是艺术媒介的表现边界问题，或者说是表现对象的媒介选择问题。美国哲学家杜威也持相同观念，他认为，每一种艺术都有它自己的媒介，那种媒

这两个追问其实也是所有伟大的艺术所需要讨论的问题，即艺术媒介(材料)与所表现的精神之间的关系。

介又特别适合某一类的传述[①]。第二个命题是艺术表现的问题，既有媒介层面的，也有一般的艺术技术和艺术构思层面的。就媒介层面而论，如何借助于材料来体现精神性对象，是艺术媒介最为切实的问题。建筑的象征性，表现的是崇高、肃穆的精神，因而严整统一的媒介格式成为建筑媒介的一般原则。声音艺术的灵动细腻，表现的是敏感、精微的情思意绪，因而多变、流转的声音构成是其媒介的一般原则，如此等等。任何媒介的艺术表现都有自身独特的规定性，但如果多元媒介处于综合结构之中时，这些规定性则会因相互缠绕、此生彼歇而发生变化，甚至会在矛盾冲突中激发出新的规定性。这种特性就戏剧艺术而言，是非常鲜明的。人自身成为其主要的艺术媒介，由此人这种生命体就成了综合多种媒介的最好媒质。

雪莱的艺术媒介观念延续了黑格尔的思路，将艺术媒介及其表现统一起来。雪莱认为，语言、姿势以及模拟的艺术，既是媒介，又是表现，好像同时是铅笔与图画、凿子与塑像、琴弦与和声[②]。这一观点也确立了艺术媒介自身的艺术定性，与黑格尔的艺术媒介观念是一

雪莱的艺术媒介观念延续了黑格尔的思路，将艺术媒介及其表现统一起来。

---

① 每一种媒介所说的那些话，用任何其他语言都不能说得那么好、那么完整。杜威主张，艺术内容与媒介形式具有内在的对应关系。同时，艺术媒介总体上是多样性的、发展着的。它从人类不断进步的技术和审美能力中得到滋养，不断地开辟表现艺术的空间与可能性，媒介材料不断得到扩展与更新。从“纯然感性的占空间的形象”，到已经观念化的时间艺术，艺术媒介走向丰富与发展，进而在克服单一媒介的有限性方面取得了较大成绩，同时还发展出了通过艺术媒介的综合而产生的新艺术。杜威．艺术即经验[M]．高建平，译．北京：商务印书馆，2005.

② 伍蠡甫．西方文论选：下卷[M]．上海：上海译文出版社，1979.

致的。

其次，媒介理论包括叙事学与符号学的媒介理论。

这些理论的基本内容包括两个方面：第一，符号的一般法则与语境论原则；第二，叙事学上媒介参与叙事的普遍性与具体性。

索绪尔在讨论符号问题时涉及了媒介问题。索绪尔认为，语言是一套表达思想的符号系统，语言符号是一个两面的心理实体，可用图 1 表示：

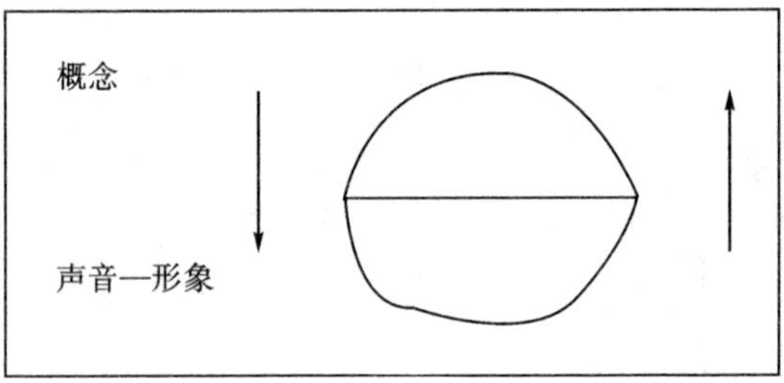

图 1　语言符号的心理实体图示

概念与声音—形象这两个因素密切相连，一个概念和一个声音—形象的结合即是一个符号(sign)。在语言中，既不能使语音独立于思想而存在，也不能使思想独立于语音而存在，两者的区分只能在思维中完成。而语音与思想的结合所产生的是形式，不是物质实体，这些观点更好地说明了符号的任意性。以此为前提，可以建立一门在社会内部研究符号生命的科学。它将成为社会心理学因而也是普通心理学的一部分，即符号学(semiology)，主要研究构成符号的因素和支配符号的法则。索绪尔作为符号学创始人和叙事学理论的来源之一，发现了符号的独立性价值与构成规律。以艺术媒介的观念来讲，语言符号是最主要的一种媒介，而其他符号也具有媒介性质。符号在叙事活动中的相关规则，也可视为媒介叙事的一般法则。如果说索绪尔强调符号的一般性与任意性的话，那么路德维希·维特根斯坦则更注重符号语境构成原则，即符号的确定性与具体性。他的《哲学研究》[①]一书在现代哲学领域掀起的一场关于语言以何种方式传递思想和观念的重要论战，其实就是符号的任意性或语境性的问题。他从奥古斯丁的《忏悔录》[②]中引述了一段如何掌握字词意义的话，由此说明奥古斯丁认为语言具有图画性的观点。语言图画观认为，语言的稳定性秩序反映了事物的稳定秩序，有新事物出现时才有新词产生来描绘它。维特根斯坦则提出了一个与之不同的观点，即整个语言系统由一系列不连贯的“游戏”组成，游戏的规则并不绝对取决于一套统一的法规，而是取决于语言实际应用的具体语境。换言之，我们只有判明一个具体说法用在一个具体的惯例场合是否恰当时，才能确定意义。这两种语言观正是符号学的两个重要的规律，一是符号的一般性原则，一是符号的语境原则。前者从宏观上提出了符号生成的可能性，后者从微观上分析了符号运用的具体性。这两个方面也成为叙事学的两个方向，即一般叙事结构与叙事语境问题。就媒介叙事而言，则成为具有媒介普遍性的规则与媒介特殊性表现等问题。

---

① 维特根斯坦．哲学研究[M]．汤溯，范光棣，译．北京：生活·读书·新知三联书店，1986.

② 奥古斯丁．忏悔录[M]．何云常，译．北京：华文出版社，2003.

早期符号学以语言符号为研究对象，在索绪尔、叶尔姆斯列夫和雅各布逊的影响下出现了一批代表人物，主要有列维-斯特劳斯、杜梅泽尔、罗兰·巴特、拉康等。在认识论上，他们将语言符号独立于其他人文科学，局限于对语言符号本身的探讨，把对于能指的描述视为一种通常的释义活动，他们的工具则是自然语言。而且，在解读一些非语言符号文本时，他们也只是以描述非语言文本的语言符号进行研究，如巴特的《服饰系统》，不是对服装本身进行分析，而是对时装的描述性文字进行分析。后期符号学认为符号是一种已经建构的对象，因此更看重语义研究，将符号学视为一种有关意指系统的理论，把一个意指整体分为深层结构、表层结构和表现结构。深层结构是意指整体的"形态结构"，形态是由"义子"组成的内在世界，而其"句法"(即其组织形式)则是意指活动的基本结构。表层结构指的是义素层上的行动模式。表现结构则是符号的媒介问题。代表学者是巴黎符号学派的创始人格雷马斯，他强调穿越媒介的普遍意义上的叙事结构。他的符号学矩阵理论有效地扩展了符号学的研究领域，将传统符号学的纯粹形式研究与符号的意义关联结合起来，符号载体与意义表达的关系得到深刻考察。在这个维度上，符号在意义生成与媒介形态两个层面的内在关系得到说明，即符号的意义生成与符号的媒介形态之间存在互逆的影响关系。这一研究，有效地补正了早期符号学只重媒介形态的偏向，也为此后的媒介研究提供了切入意义的基本方法。不过，格雷马斯的符号学矩阵理论在具体的运用中将意义生成作为根本目的，而对符号的表现结构采取了明而不问的姿态，实质上是放弃了符号的媒介形态，对媒介本身的价值与功能及其与叙事的关系没有作深入的思考，这是符号学发展中的另一种缺失，也是我们在符号学意义上思考媒介问题时需要注意的根本问题。

在叙事学的一般层次上，罗兰·巴特提出了媒介叙事的可行性命题。他认为，“对人类来说，似乎任何材料都适宜于叙事：叙事承载物可以是口头或书面的有声语言、是固定的或活动的画面、是手势，以及所有这些材料的有机混合”①，正是这种可行性与普遍性，满足了人类叙事的基本需要，同时也说明了叙事具有穿越时间与空间能力的动因。罗兰·巴特对媒介叙事的普遍信任和乐观态度，实际上是建立于他对人类叙事的深刻理解之上的。他从叙事遍布于神话、传说、寓言、民间故事、小说、史诗、历史、悲剧、正剧、喜剧、哑剧、绘画、彩绘玻璃窗、电影、连环画、社会杂闻、会话等诸现象出发，从历史视野与文化类型的维度，得出结论，认为叙事几乎以无限的形式遍布于一切时代、一切地方、一切社会，叙事是与人类历史本身共同产生的。这些观点，在媒介层面即是强调其叙事的普遍性与可行性。叙事的这种普遍性与可行性，以媒介的普遍性为基础。一方面，媒介的丰富性为叙事的产生创造了条件，

正是这种可行性与普遍性，满足了人类叙事的基本需要，同时也说明了叙事具有穿越时间与空间能力的动因。

① 张寅德. 叙述学研究[M]. 北京：中国社会科学出版社，1989.

媒介的不断演变为新的叙事形态创造了可能性。另一方面，叙事体裁的变化与丰富也得益于媒介的变化。尽管媒介与叙事的关系在通常意义上是以叙事文为主，然而叙事学者已经意识到叙事文只是书面媒介的叙事形态，戏剧的、色彩的、影视的等媒介形态也有着极为丰富的叙事文本。因此，我们在叙事学的视野中可以找到媒介与叙事之间广泛而深入的历史关系，媒介对于叙事的内在价值、具体功能已被具体个案所深入讨论，这也是叙事理论常为人们所忽略的基本现象。其他叙事学家如托多洛夫、热奈特强调叙事学主要研究书面媒介的叙事问题，本质上，叙事媒介都是他们研究的一个参照维度，从而在叙事学上提出了一些具体的媒介问题，如叙事时间、叙事视角、综合叙事等。这是叙事学对于媒介问题的系统发言，更是媒介研究从叙事学入手的重要理论来源。

再次，媒介理论包括传播媒介理论。

这一理论的主要观点包括三个方面：第一，媒介控制了大众文化；第二，媒介即讯息；第三，媒介系统的综合影响。

这一理论主要以法兰克福学派、多伦多学派和美国传播学派为代表。

法兰克福学派的理论属“批判理论”，大致有三个层面的内容：思想层面，主要指理性批判和形而上学批判；社会层面，主要是社会批判和大众文化批判；国家层面，则侧重于意识形态的批判。三个层面构成了法兰克福学派批判理论的有机整体。就其媒介理论而言，主要批判以电视、广播、电影等大众媒介为主体的文化工业对社会总体性控制的现实。阿多诺认为："整个世界都要通过文化工业的过滤。正因为电影总是想去制造常规观念的世界，所以，常看电影的人也会把外部世界当成他刚刚看过的影片的延伸。这些人的过去经验变成了制片人的准则，他复制经验客体的技术越严谨无误，人们现在就越容易产生错觉，以为外部世界就是银幕上所呈现的世界那样，是直接和延续的。"[①]这也即"媒介整合社会理论"。媒介整合社会理论对传统媒介功能理论有三点创新和突破：其一，构建了一个全方位视野，来审视媒介功能；其二，形成了一个真实的互动体系，来衡量媒介与社会的相互作用；其三，构建了媒介生产力理论。媒介整合社会可概括为"媒体对社会事物的整合现象"[②]。1942 年，法兰克福学派代表人物霍克海默针对大众文化，提出"社会水泥"这一著名论断。"社会水泥"的喻义在于：大众文化占有人们的闲暇时间从而操纵社会的思想和心理，培植支持统治和维护现状的顺从意识，故喻之为巩固现行秩序的"社会水泥"。如此意义上的媒介对社会的整合，就是把受众固定在媒介所制造的文化范畴内：受众越来越像"媒介婴儿"[③]，摆脱不了媒介设置社会的价值轨迹，受众对社会的理解是媒介进

① 阿多诺，霍克海默．启蒙辩证法[M]．渠敬东，曹卫东，译．上海：上海人民出版社，2003.

② 陈翔．媒介整合社会：建构媒介功能新理论[J]．西南民族大学学报，2004(4).

③ 叶潮．超越媒体：一个"整合型媒体"推动区域社会经济发展的风云历程[M]．北京：中国社会科学出版社，2000.

行价值过滤后的象征意义[①]。阿多诺谈到新媒介对于小说的建构性影响时，强调其在叙述方式上呈现出媒介的意义："对小说叙述者的处境来说更为不利的是，报告文学以及文化工业的媒介(如电影)使得小说丧失了许多在传统上属于它们的描写对象，就像摄影使绘画丧失了许多在传统上属于它们的描写对象一样。"[②]文化工业的背景成为法兰克福学派媒介传播理论的应有之义。由此可知法兰克福学派对媒介的发言，倾向于否定和批判。这对于日益扩张的媒介影响及其对人的主体性侵蚀、平面化人格塑造等，保持了反思与批判意识，从价值维度上向媒介和人类发出了深切的叩问。

多伦多学派的传播媒介理论，是既有争议又极富启发性的媒介理论。代表人物伊尼斯和麦克卢汉系统地分析了媒介在传播上的意义，他们的立足点则是人类学维度的。在伊尼斯看来，传播媒介可以分为倚重时间的媒介和倚重空间的媒介；帝国也可以分为倚重时间的帝国和倚重空间的帝国，即宗教帝国和政治帝国。他研究的传播，注重媒介的发轫、流布、变异、互动、特质、偏向等方面[③]，关注媒介与帝国构成的关系，深层次则是对媒介与文化构成之关系的敏感思考。伊尼斯认为，倚重时间的媒介，如羊皮纸、黏土和石头，性质耐久，有

① 汤林森. 文化帝国主义[M]. 上海：上海人民出版社，1999.

② 阿多诺，霍克海默. 启蒙辩证法[M]. 渠敬东，曹卫东，译. 上海：上海人民出版社，2003.

③ 哈罗德·伊尼斯. 帝国与传播[M]. 何道宽，译. 北京：中国人民大学出版社，2003.

利于宗教的传承、维持宗教帝国的统治权威；而倚重空间的媒介，如莎草纸、电报和广播，质地轻便，有利于政治帝国的空间扩张和远距离控制，知识和权力的垄断在媒介与帝国的关系中发挥着桥梁的作用。伊尼斯心目中的传播实质上有两个意思，一是时空的偏向性，二是媒介形态的演化。麦克卢汉继承并发挥了伊尼斯关于时空偏向性的思想，提出了著名的"媒介即讯息"的命题，这个为多伦多学派带来学术张力的命题历来毁誉不一。但排除这一命题过分夸张、模糊的意义指向，回到它的朴实内涵，即一种新的尺度随媒介而产生，那么，我们不得不仔细地将这一命题与现实中的媒介结合起来考察。按照麦克卢汉的观点，"媒介即讯息"只不过是说，"任何媒介(即人的任何延伸)对个人和社会产生的影响，都是由新尺度(new scale)引起的，这种新尺度是被我们的每一次延伸或每一种新技术引导进我们的事务中的"①。现象学的理解是，任何媒介对个人或社会的任何影响，都意味着新的尺度的产生。而正是因为这种关系，媒介进入了社会生活方式与价值观念层面。这个转换，是理解麦克卢汉命题的关键。麦克卢汉媒介理论的意义在于，将媒介所建构的社会关系与价值观念突显出来，媒介不再只是一种手段与工具，尤其当代新媒介的社会影响力更是如此。多伦多学派第三代学者保罗·莱文森在媒介形态演化理论上做出了新的贡献。他的人性

任何媒介对个人或社会的任何影响，都意味着新的尺度的产生。

① M. Mcluhan. Understanding Media：The Extensions of Man[M]. New York：New American Library. 1964.

化趋势理论强调了人的主动性，认为人能够主动去选择和改进媒介，一切媒介都是“补偿性媒介”，能补救过去媒介的不足，使媒介人性化。而在时间偏向方面，网络媒体的超时空特性打破了传统的线性时空观，虚拟社区中的人们可以在同一场景中异步对话，从而创造了一种新的“口语传统”①。多伦多学派从媒介中引发了另一个宏大主题：媒介所隐含的文明或文化的关注与思考。他们的共同思想是注重媒介对社会文化的影响，认为媒介是文明的精髓，媒介史即文明史，并以媒介作文明分期②。相对而言，法兰克福学派更重媒介的负面因素，而多伦多学派则强调了媒介在人类文明史上的建构价值。

多伦多学派从媒介中引发了另一个宏大主题：媒介所隐含的文明或文化的关注与思考。

媒介生态学提供了相对中和的观念。尼尔·波兹曼将媒介生态学定义为“将媒介作为环境来做研究”(media ecology is the study of media environments)。大卫·阿什德认为，媒介生态学的主要观点是“越来越多的社会行为发生在传播生态的情景中”③。媒介生态学者并不赞同技术决定论的观点，而对社会权力、社会控制表示关注，但实质上他们对社会制度和传播制度的态度及研究方法与经验学派并无二致。媒介生态学的理论价值在于，它

① Joseph, Straubhaar. Media Now: Understanding Media, Culture, and Technonogy[J]. Thomson Learning. 2004(2).

② 徐桂权. 传播图景中的制度——由伊尼斯的媒介理论谈起[J]. 国际新闻界, 2004(3).

③ 大卫·阿什德. 传播生态学——控制的文化范式[M]. 邵志择, 译. 北京: 华夏出版社, 2003.

提供了一种把媒介视为生态系统的新视角。按照这种逻辑，社会制度和传播制度就是生态系统运行的规则，它们的地位是十分显赫的[①]。再者，“传播生态”涵盖面极广，各种理论视角在这里都可以获得兼容的合法可能。

美国传播学派较以上学派而言，显得更为专业化和具体化，在传播学活动的现实情境与社会影响中，分析传播媒介与社会权力、人类生活的关系。他们认为当代传媒已从过去对“权力”、“政治”的依附，很大程度上转化为社会公众生活的独立部分，并广泛介入社会政治生活，渗透到政治生活的每一个领域，甚至可以改变政治结构、公民的政治行为和社会政治心理。当代传媒的多重性、多元性构成了传媒的现代性本质。传媒的社会功能也日益凸显，特别是网络时代，可以说由政府、法制和秩序构成的现实社会与匿名、无序和跨国界网上虚拟社会的结合构成了我们今天新的社会形态。但传播者和受众对传媒的价值选择却是传媒的社会地位的决定力量。这将是对传媒进行社会控制的焦点[②]。美国传播学者梅罗维茨在总结麦克卢汉和戈夫曼的面对面互动(face-to-face interaction)理论后提出媒介即情境论：不应把媒介的作用仅仅理解为技术本身的决定性作用，而应理解为由媒介所造成的信息情境(situation)的作用，“当与不同的社会情境联系起来时，过去合适的行为就可能变得不合适了；当特殊的私人

不应把媒介的作用仅仅理解为技术本身的决定性作用，而应理解为由媒介所造成的信息情境(situation)的作用。

① 诺斯. 制度、制度变迁与经济绩效[M]. 刘守英，译. 上海：上海三联书店，1994.

② 章辉美. 传媒与社会变迁[J]. 江汉论坛，2004(3).

情境由于被转换到其他情境从而变得更加公共化时，行为风格必须调整和改变。这正体现了情境改变角色行为与改变社会现实实体(texture of social reality)之间的联系"[①]。由此他提出了"新媒介、新情境"(new madia, new situation)、"新情境、新行为"(new situation, new behavior)的命题。他还强调媒介的巨大作用，认为媒介的进化已经减少了物理性在场(Physical presence)在人们的体验和实践中的意味。物理上的划界空间比起能够流过墙壁、冲破遥远距离的信息来更少意味了。这样的结果是，人们在那里对于自己知道和体验的东西很少能做什么。电子媒介已经改变了时间和空间在社会的相互作用过程中的意味[②]。这种反思性的研究把媒介的作用视为中性因素，试图从中获得一些接近于现实的认识。不过，他的某些判断给人以媒介的负面意味较多。总体而言，美国传播学界在传播活动的实际过程、具体社会影响等方面，成为传播媒介研究最为活跃的力量，它对广播、电视、电影和网络等新媒介的探讨，都具有重要的理论贡献。传播学研究与后现代各种理论的结合，又扩展了传播学对媒介的研究力度，形成了许多细致的研究方向和理论成果。

2. **媒介文本研究基础**

美女蛇故事作为世界性的民间故事 AT411 型，据

① Joshua Meyrowitz. No Sense of Place: The impact of electronic media on social behaviour[M]. New York: Oxford University Press, 1985.

② Joshua Meyrowitz. No Sense of Place: The impact of electronic media on social behaviour[M]. New York: Oxford University Press, 1985.

文献记载至少已有一千八百多年的历史。在中国，相关记载也有一千四百多年的历史。至今，已有的五种艺术媒介(口头、书面、舞台表演、影视、网络)中都传承了这一故事。中国有代表性的美女蛇故事异文是《白蛇传》；西方最有代表性的美女蛇故事异文是拉弥亚的故事[①]。中外学者对媒介形态的美女蛇故事作过一些研究，但直接而深入地关注媒介因素的研究很少。

文本研究基础主要有三方面内容：

一是口头媒介与书面媒介的美女蛇故事研究：起源研究、人物形象研究、故事内涵研究；二是白蛇故事的戏剧表演研究：冲突研究、人物塑造研究以及技法研究；三是文学与媒介的关系研究：文学的发展史与媒介的关系研究、文学形态与媒介的关系研究。

首先，是口头媒介与书面媒介的研究。

国外相关研究领域，代表成果是美籍华人学者丁乃通先生的长篇论文《高僧与蛇女——东西方“白蛇传”型故事比较研究》[②]。该论文从人类文化影响与交流的视野出发，广泛搜求近两千年来美女蛇故事的各种异文，上

① 拉弥亚(Lamia)是希腊神话中的人首蛇身女怪，上半身是美丽的女人，下半身为蛇身。拉弥亚原本是利比亚的一位美丽的女王，宙斯爱上她并赋予她任意消除或更换眼睛的魔力。宙斯之妻赫拉得知后十分嫉妒拉弥亚，杀死了她的所有子女。痛苦、疯狂的拉弥亚为了报仇，把所有她能找到的儿童都吃掉或者吸食他们的血。还有一些故事说，尽管拉弥亚的第一批子女被赫拉杀死，但她还有另一些被称为拉弥亚伊(Lamiae)的后代，这些后代是半人半蛇的吸血怪，四足，前足为爪，后足为蹄。被拉弥亚伊咬到的人只有用拉弥亚的吼声才能治愈。也有一些传说将拉弥亚伊当成半羊半马怪。这一故事中的美女蛇与印度的夜叉精怪、欧洲传统中的吸血精怪可能到后期有影响关系。

② 丁乃通. 中西叙事文学比较研究[M]. 武汉：华中师范大学出版社，2005.

自古希腊费洛斯特拉图斯的《阿波罗尼乌斯传》，下迄 20 世纪 80 年代的口头故事，从欧洲到亚洲，再到美洲，从欧洲中心主义到亚洲民族文化传统，从口头异文到作家对故事素材的艺术提炼，从一般故事到宗教故事，从小说话本到戏曲弹词，搜求遍及世界各地、媒介各异的美女蛇故事异文数百篇，克服书面媒介的障碍(故事在不同语言中的穿越，也构成了美女蛇故事与媒介的一种基本关系)，运用 AT 分类法理论，从异文的比较中提出了美女蛇故事于公元初年起源于中亚一个没有蛇崇拜的民族的起源论。该论文从大量异文的核心情节单元中构拟出故事原型："一个男人在乡下碰见一个漂亮姑娘。她自称是好人家出身，并带他到她家中，他们在一起生活得很幸福。但漂亮姑娘实际上是一个美女蛇。而他慢慢出现了一些病状。后来，一个得道者遇见他，说他与一个拉弥亚生活在一起。为了让这不肯轻信的丈夫相信他的话，得道者还教他设计，使拉弥亚现出了原形。计谋成功了，得道者教他用火烧死她。当拉弥亚中计逃不脱时，她乞求饶恕她，并谴责那包藏恶计的得道者。在她的骨灰中发现了一块宝石，她的丈夫从此以后便隐居了。(①奇遇漂亮姑娘——②与漂亮姑娘同居生活——③男子显出病状 ——④得道者发现病因——⑤得道者用计制服美女蛇——⑥男子隐居。)"丁乃通以历史地理研究方法小心梳理了美女蛇故事在欧洲文学传统和亚洲文学传统中的生活史，并就其情节演变和美女蛇由食人精怪逐渐人格化的变迁作出了深刻的分析。可以说，《高僧与蛇女——东西方白蛇传型故事比较研究》一文吸收了中外相关研究成果，因而成为中外美女蛇故事研究的系统性、科学性的集大成者。尽管研究者没有提出媒介因素问题，但他所收集的故事异文则已涉及口传、书面和舞台表演三种媒介，一定程度上也表明了媒介是美女蛇故事演化中的一个基本动因。

国内相关研究如下：

陈建宪的《女人与蛇——东西方蛇女故事研究》[①]以异文比较的方法，强调故事源于性爱与大地女神的双重性。其他相关研究大多基于中国文化传统中的异文而论，如陈勤建的《白蛇形象中心结构的民俗渊源及其潜在动力》，从民俗的角度探讨了白蛇故事的中心结构——人蛇合体的渊源及演变，展示了白蛇故事与中国文学传统，特别是与民俗事象之间"活的历史连扣"。裴香玉的《白蛇故事试探》[②]，提出了唐传奇《李黄》到明人洪楩的《西湖三塔记》，再到清人方成培的剧本《雷峰塔》的《白蛇传》发展三阶段说。王骧的《白蛇传传说故事探源》，从北宋宰相张商英的题诗(半间石室安禅地，盖世功名不易磨。白蟒化龙归海去，岩中留下老头陀)，说明金山寺和尚降伏白蛇的原始传说早在唐代即已萌芽，到了北宋更为盛传，后来再同杭州的雷峰塔传说结合在一起，构成了完整的故事。该论文或试图从传统文化与哲学思想、社会变革等因素来阐释故事的流变。如王莉的《试论〈白蛇传〉的衍变》[③]考察从宋代话本到清代传奇

① 陈建宪．女人与蛇——东西方蛇女故事研究[J]．民间文学论坛，1987(3)．

② 裴香玉．白蛇故事试探[J]．重庆师范大学学报，2004(5)．

③ 王莉．试论《白蛇传》的衍变[J]．温州师范学院学报，1998(4)．

再到现代话剧中，不同时代对白蛇故事的不同阐释，可以见出汉民族政治、哲学思潮(天理与人欲)对于故事演变(文学创作)的影响。陈毅勤的《文艺作品是社会的一面镜子——再论〈白蛇传〉故事的演变》[①]认为白蛇故事的演化与封建礼教逐步崩溃的过程以及妇女追求婚姻自由的艰难历程密切相关。

美女蛇故事从口头到书面的情节演变研究如下。陈云发的《蛇妖·蛇精·蛇仙——试论白蛇形象从邪魅到人格美的升华》[②]认为，自方本出，当时许多昆曲剧团争先排演《白蛇传》曲目。他们对冯本和黄本有四个较大改变：一是白娘子与许宣相识动因上，改冯本中许宣贪色招妖为白娘子恋凡俗而看中许宣，二人恩爱结合。二是增加了白娘子怀孕生子、端阳现形的情节。三是丰富了金山斗法海的情节。四是结局有所发展，他们之子中状元后白娘子、许宣双双升仙。李丽丹的《从“色诱”到“殉情”——冯梦龙对〈白蛇传〉的情节与主题思想发展的贡献》[③]认为，冯梦龙的话本小说《白娘子永镇雷峰塔》对《白蛇传》的影响主要是两个方面：一是情节的增减，吸收了前朝蛇仙妻故事的一些因子，又对前朝蛇仙妻故事的情节作了重大更改，运用民间故事中常见的“三迭式”手法增

① 陈毅勤. 文艺作品是社会的一面镜子——再论《白蛇传》故事的演变[J]. 承德民族师专学报，2004(1).

② 陈云发. 蛇妖·蛇精·蛇仙——试论白蛇形象从邪魅到人格美的升华[J]. 当代戏剧，2004(1).

③ 李丽丹. 从“色诱”到“殉情”——冯梦龙对《白蛇传》的情节与主题思想发展的贡献[J]. 江西教育学院学报，2004(4).

强了故事的可读性；二是主题思想的转折性变化，前代蛇仙妻故事主要突出了“美色害人”和男子应该抗拒“色诱”的思想，冯梦龙虽然也点明了教化主题，但文本正文却体现了蛇仙妻由“情欲”至“爱情”的思想感情。

白娘子形象与故事内涵研究如下。王立、刘莹莹的《试论白蛇传故事的嬗变》①从不同时代女性地位的差异以及民间意识中对蛇复杂的情感为着眼点，认为故事主人公白娘子形象不断地发展变化，进而也造成了《白蛇传》传说主题性质的不断变化。程蔷立足于女性主义视角，她的研究《一个闪烁着近代民主思想光华的妇女形象——白娘子形象论析》②从多种文化因素考察白娘子形象，强调文化传统不断地给这荒诞无稽的故事模型里添加新的时代精神，借此表达新的思想情趣。《白蛇传》传说正是在传统的民间传说故事的框架和要求婚姻恋爱自由的民主精神等多种因素下，塑造了美丽、贤淑、闪烁着近代民主思想光华的妇女形象。龚浩群的《从蛇妖到蛇仙 ——“美女蛇”故事解析》③认为，蛇女的抗争体现了历史进程中女性解放日渐高涨的呼声，也正因如此，蛇仙妻故事在近现代得以发扬光大、熠熠生辉。从众多的美女蛇形象上，所展现的正是男权社会对女性形象的歪曲、女性的现实命运和女性觉醒与奋斗的身影。从这个角度来说，美女蛇故事正是对女性命运变迁的最好

---

① 王立，刘莹莹．试论白蛇传故事的嬗变[J]．辽东学院学报，2005(5)．

② 程蔷．一个闪烁着近代民主思想光华的妇女形象——白娘子形象论析[J]．民间文学论坛，1984(3)．

③ 龚浩群．从蛇妖到蛇仙 ——“美女蛇”故事解析[J]．高等函授学报，2000(6)．

诠释。

其他相关研究大多主要是起源研究、人物形象研究和故事内涵研究。

1924 年 9 月 25 日午后雷峰塔倒，是年 10 月 28 日鲁迅撰文《论雷峰塔的倒掉》，认为“和尚本应该只管自己念经。白蛇自迷许仙，许仙自娶妖怪，和别人有什么相干？他偏要放下经卷，横来招是搬非，大约是怀着嫉妒罢，——那简直是一定的”。鲁迅表达了对故事中的自由婚姻主题的肯定。1925 年 2 月 6 日，鲁迅又写了《再论雷峰塔的倒掉》，借以讽骂那些“偷挖国家石柱的奴才和寇盗们”。

其次，是白蛇故事的戏剧表演研究。

白蛇故事的戏剧表演研究以张郁的《继承发展的优异成果——简记川剧〈白蛇传〉》①、杨泽新的《川剧〈金山寺〉的技与艺》②为代表。张郁的《继承发展的优秀成果——简记川剧〈白蛇传〉》认为，川剧中《白蛇传》或其中的折子戏如《借伞》、《断桥》、《扯符吊打》、《水漫金山》等影响极为广泛，好的旦角、小生、武生、丑，几乎没有不能演白娘子、许仙、青儿、韦驮、王道陵的，著名表演艺术家筱桐凤(阳友鹤)、琼莲芳、姜尚锋等人的《断桥》更是唱做俱佳，驰名全川。20 世纪 30 年代在川东演白娘子的旦角薛艳芳、演青儿的武生王国志二人，也是闻名遐迩。薛艳芳演白娘子，一身素缟，脚踩

---

① 张郁．继承发展的优异成果——简记川剧《白蛇传》[J]．戏曲艺术，1998(1)．

② 杨泽新．川剧《金山寺》的技与艺[J]．中国电视戏曲，1997(6)．

尖跷，飞身钻火圈，要穿过中间空有三尺距离的两把椅子间的熊熊火圈，那疾风般的纵身平飞，稍有不慎就要惹火烧身，真叫人提心吊胆。青儿变脸后即在姿势中亮出干净双手，那是何等利落。青蛇、白蛇滚禅杖要滚出七八种高难度姿势，旋子一口气就是几十个仍着地稳当。那些年观众把《白蛇传》叫作“功夫戏”，他们是从功夫观赏中去接受人物感情和领会意蕴而与之同悲同欢的。《川剧〈金山寺〉的技与艺》认为，川剧《金山寺》中以刻画人物为前提，运用了川剧“叠罗汉”、“堆画面”等传统手法，从而把剧情、人情和“神”情融入构图之中，不仅“堆”得好看，而且堆出了情绪，同时，预示着一触即发的矛盾冲突，充分展示了戏曲艺术的表演魅力。两篇论文都讨论了川剧表演的“动作戏”的意义，对于人物塑造、舞台结构具有特殊贡献。

贾芝的《从〈白蛇传〉的演变看民间文学的整理改编问题》[①]主要侧重于戏剧对白蛇故事的影响。作者以迄今30多个剧种的《白蛇传》剧目为基础，分析剧本对故事的影响。清康熙年间的墨浪子写有《雷峰怪迹》。最早将《白蛇传》搬上舞台的是明万历年间的陈文龙所作的《雷峰塔传奇》，已失传。至清乾隆时期的方成培据前人本子改写成《雷峰塔传奇》，成为白蛇传发展演变的重要转折。他对梨园本作出重大修改，“曲改有十之九，旁白改了十之七”，且删去八出戏，又新增《开宗》、《佛园》

① 贾芝．从《白蛇传》的演变看民间文学的整理改编问题[J]．烟台大学学报，1988(1)．

和《夜话》三出，还用集唐人诗句的办法增添了下场诗。这也较黄图珌的看山阁本高出一筹，黄本更多站在法海一边，而方本则更多塑造了白娘子的动人形象。他的创造性劳动将《白蛇传》从民间传说变成了一部诗剧。

陈培仲的《略谈婺剧〈白蛇前传〉的成就与意义》[①]认为，婺剧《白蛇前传》的特色在于淡化情节、强化歌舞、深化内心。它广泛借鉴芭蕾舞、民族舞蹈、现代舞、电影乃至武术、体操的手法和技巧，引进电子琴、长笛、黑管等乐器，采用独唱、伴唱、轮唱乃至和声等多种演唱形式，利用声、光、电等现代科技手段，从表演、音乐、舞蹈等各方面丰富婺剧艺术。

田汉创作了《白蛇传》剧本，前后创作、修改达十余年。《白蛇传》剧本基本与方本相符，但较为简练、口语化，也以现代舞台结构为据。戏中白娘子名白素贞，许宣改为许仙，青儿改为小青，剧本的改动主要在许仙形象上，将其塑造为有情有义的夫君形象。20 世纪 80 年代初，锡剧《青蛇传》获得成功，在原有故事基础上将青蛇形象突出，获得了新的故事意义。1992 年江苏京剧团在锡剧基础上创作了《青蛇传》，在舞台动作与结构上有所发展。

戏剧表演研究尽管也以剧本为主，但也不乏直接从舞台表演入手，分析不同剧种(如川剧、京剧、婺剧)演出故事的特征与艺术个性。

再次，是文学与媒介的关系研究。

① 陈培仲．略谈婺剧《白蛇前传》的成就与意义[J]．戏曲艺术，1988(3).

国外相关研究以美国学者瓦尔特·翁的研究为这方面的代表。他严格区分口头与书面词语，从现象学角度论述口头词语，演证与解释存在于口头/听觉(oral/aural)、手稿、印刷媒介之间的差异，以及它们所具有的社会文化含义①。这一研究的贡献在于，将后来的修辞结构与口头媒介联系起来，认为口头表演程式特征来源于陈词套语，而这些套语支配着富有技巧的口头表演(verbal performance)。1975 年瓦尔特·翁在《作者的听众永远是虚构的》(The Writer's Audience is Always a Fiction)一书中，进一步思考书写媒介的影响。他认为，书写方式作为一种自成一格的交流方式，由于作者与听众的隔离，因此其媒介特性是间接性，而这是其区别于口头媒介的重要特征。1982 年《口承性与书面性：词的技术化》的出版，可以看作瓦尔特·翁在文学与媒介关系研究方面的总结。这一研究追溯了荷马问题和帕里研究中的口头理论来源，较为系统地分析了口承性的心理动因，论证了书写与人类意识重构的关系。总体上，瓦尔特·翁以口头媒介为基础，强调口头媒介所确立的作者与听众的直接关系；而手稿、印刷媒介则离间了二者的关系，这与口头媒介为基础的口头文化相比而言，改变了人类原初的知识储存、提取和利用方式，从而也改变了人类接受与表达的方式。

沃纳·凯尔伯在这方面发展了瓦尔特·翁的观念。他在《口传的与书写的〈福音书〉：前三部〈福音书〉传统、

① 刘锡诚. 白蛇传传说：美女蛇故事的流传、变化与异文[J]. 文景，2007(2).

马可、保罗与Q的口述与书写的诠释》中引申与发展了口头传统与书写之间差异的思想。沃纳·凯尔伯关注从口传到书面文本的转换问题。他认为，这种传播媒介的转换，也就是交流媒介的转换，从而在对《福音书》的研究中复原了口头性与书面性之间的张力，对媒介转换影响文学传统的内在规律作出了具体分析。

另一方面研究是口头与书面的互动关系研究。一个基本的问题是，在口头与书面之间存在着一个“过渡性文本”(transitional text)的定位问题。这个问题在文学和文化发展史上一直未得到很好的理解与探讨。美国学者布雷恩·斯托克的研究在这一问题上有所贡献。他在《文学性的含义：在11和12世纪里的书写语言和阐释模式》中超越了以往研究中将口头与书写简单二分的观念，认为两种交流和陈述方式之间存在极为复杂的互动关系。他提出的“双言制”与“文本化社区”概念，即是很深入的互动关系研究结论。前者是在欧洲传统中，拉丁文文书文件与通用的口头媒介的罗曼诸语言形成了当时社会互动的“双言制”；而后者讨论的是在一个特定社区中某个书写文本也会进入口头媒介之中，重新建构该集体的观念和行为，从而形成口头与书写之间的另一种互动关系。

国内相关研究主要是大众媒介对文学所产生的外在的延伸性影响。就中国现代文学史而论，近代报刊的崛起催生并哺育了新文学，报刊是新文学得以广泛传播的载体，并决定其之后的发展演变。为此，曹聚仁先生曾评价过：“中国的文坛和报坛是表姊妹，血缘是很密切的”，“一部近代中国文学史，从侧面看去，又正是一部新闻事业发展史"[1]。回顾历史，可以说正是近代报刊媒介在中国社会的历史性登场，中国文学才开始转型进入新的阶段——现代文学时代。报刊必须语言通俗、文体简洁，这就使得中国传统的古典语文在报刊中失去市场，出现由清末资产阶级改良派梁启超开创的所谓"报章体"(又称"时务体"和"新民体")。它的特点是解除写作上的清规戒律，反对僵化的八股文。文章显得浅显易懂、条理清晰、富有感情，符合启蒙的需要。这种文体的改变，始于报刊，进而影响文学。报馆功能的完善，印刷技术的进步，近代出版机构的设立(很多与报馆有着紧密的关联)，彻底打破了传统文学生产、传播和接受的局面，主要表现在"文本创造者身份的普泛化、传播机制的市场化、接受者的大众化"。晚清以前，文本的创作者主要是士大夫，他们渴望以文学藏之名山、留于后人，并且带有浓厚的用文学参政议政的政治功利性，即所谓的"文以载道"。而新兴的报纸为了吸引读者，广设副刊，于是出现了主笔和连载作品，专门的文学性期刊问世。据统计从 1896 年《时务报》创办至 1911 年辛亥革命，中国各地创办的报刊多达 1600 多家[2]。中国第一代职业作家，就是在报刊媒介兴起的背景下产生的，其中许多人兼为报人，如《二十年目睹之怪现状》的作者吴趼人就曾办过《消闲报》、《采风报》等。报刊的流通是采用经营方式销售，报刊的商业化使之与读者的需

① 曹聚仁. 文坛五十年[M]. 上海：东方出版中心，1997.

② 袁进. 中国文学观念的近代变迁[M]. 上海：上海社会科学出版社，1996.

求更加密切起来。“五四”前后，报刊处在时代的最前沿，李大钊、陈独秀、鲁迅、胡适等为代表的先行者，以《新青年》、《每周评论》等杂志为阵地，为新文化和新文学奔走呼号。在以后相当长的阶段，报刊对文学产生的种种影响，还可以从文学流派的形成、发展和繁荣等方面得到证明。如当年的“鸳鸯蝴蝶派”，据统计由他们主办、编辑的杂志约 113 种，报纸副刊不下 50 种……长篇小说有 1980 多部，短篇小说出版结集 80 多部，散见于各报纸杂志的更难以计数①。而以广播、电视、电影为代表的电子媒介的出现，使得文学的传播又发生了一场革命。电子媒介时代以视听感觉综合与延伸为特点，人们对文学的接受已由视听消遣方式极大影响了文本的阅读。网络的出现，同时传递文字、声音、图像、数据等信息，囊括了传统媒介的众多表现形式，它的特点为数字化、全球性、多媒体、实时性、交互式等。这种数字化媒介所影响的范围之广泛、变革之剧烈、意义之深远是前几次媒介革命所不及的。我国的互联网网民 2002 年上半年已达 4500 万②。同时网络文学给当今文坛注入了新的血液，带来了新的机遇和挑战。如龙吟的文侠小说《智圣东方朔》在网上连载，该网址在短期内被访问人数达十多万。这一精确、科学、公开的统计数据，使得精明的出版商看好其市场前景，纷纷要求与作者签订出版合同。可以说，媒介的延伸性功能为文学的剧烈变化

---

① 向燕南，匡长福．鸳鸯蝴蝶派言情小说集萃[M]．北京：中央民族出版社，1993.

② 王一川．文学理论[M]．成都：四川人民出版社，2003.

创造了条件，同时也对文学传统提出了严峻挑战。

媒介与文学史的关系研究如下。王一川首先从媒介优先(在读者阅读时，文学媒介往往先于语言而发挥作用，这种状况被称为媒介优先)的角度，引述庄子与亚里士多德关于媒介的相关论点，并从具体的媒介形态帛书即用缣制成的书写媒介证实其媒介特性，进而提出并阐发了文学媒介的概念："文学媒介是文学的感兴修辞得以传播的外在物质形态及渠道，它包括口语媒介、文字媒介、印刷媒介、大众媒介和网络媒介等类型。"①进而得出结论，没有媒介就不存在文学。王一川把文学媒介的演化与中国文学史的发展状态结合起来，运用传播学理论(梅尔文·德弗勒和鲍尔-洛基奇的媒介五分法：信号时代、语言时代、文字时代、印刷时代和大众传播时代)将文学媒介的演化也分为五个阶段：口语媒介、文字媒介、印刷媒介、大众媒介和网络媒介，从极粗略的意义上将媒介时代分别对应于原始文学、先秦至唐代文学、宋代至清代文学、清末至20世纪90年代文学和20世纪90年代以来的文学。尽管一定程度上这一观点也表明了文学与媒介的某种传播、载体关系，但是媒介与文学史的这一历史对应关系，却存在着严重的附会与庸俗论倾向。因为这一比附只在单一的历史线索之间将两个总体性上无直接关联的事物加以比较，而丢失或缺乏对媒介与文学的深度考察。更为矛盾的是，这一文学史比附，将媒介的普遍性与文学的国别史统而言之，其

① 龙吟．智圣东方朔[N]．文学报，2000-3-2.

简其伪，不言自明。王一川就媒介对于文学的制约特征而论，其贡献在于分别考察了不同媒介层次的文学特征。这些文学媒介特性的分析，是目前媒介与文学关系研究较为系统的成果，而且也是第一个将文学媒介视为文学理论要素的学术探索，对于我们研究媒介与故事的关系问题，提供了很重要的理论基础。

王一川文学媒介论的又一价值在于，他分析了大众媒介在现代审美生成的意义。他立足于中国文学的现代性发生，从媒介对文学所产生的审美现代性意义及其修辞效果作了初步讨论。他认为其影响主要有五个方面①，在把握文学媒介的延伸功能的基础上，深入探求其审美现代性的方式与意义，从关注媒介的延伸功能转向强调媒介的内在建构意义。这对于我们分析不同媒介在具体艺术文本中的意义及修辞效果，对于文学媒介自身的审美品格与文学的审美品格的同构性，都具有重要的启示意义。

---

① 王一川认为，大众媒介的审美性表现在五个方面："一、从社会情境看，大众媒介有力地参与营造了审美现代性得以生成并在其中发挥作用的社会'公共领域'，这种公共领域可以突破官方的话语霸权垄断而实现自由信息的传输与制造。二、从发送者看，正是在这个由大众媒介建构起来的教育与舆论情境中，一批批痛感文化危机而渴望寻求出路的文化青年承受到强烈的现代性冲击，毅然决然地从传统文人变成了现代艺术家。三、从接受者看，同样是在上述社会情境中，公众获得了崭新的现代性启蒙，成为熟悉并喜爱现代艺术如白话小说、话剧、油画、摄影、广播、电影等的'大众'。四、从传播方式看，大众媒介构成审美现代性及其现代艺术样式得以传播的物质传输渠道。在这个意义上，没有大众媒介便没有审美现代性以及现代艺术样式。五、从修辞效果看，大众媒介关乎现代艺术文本的意义，从而关乎审美现代性的意义构成。大众媒介并不只是影响现代艺术文本的外在剩余装饰因素，而是它的意义及修辞效果的重要构型因素。"王一川．大众媒介与审美现代性的生成[J]．学术论坛，2004(2).

国内外相关研究的局限性如下：

就美女蛇故事的研究而言，缺乏对故事形态展开具体深入的媒介研究，少数学者即便有意识地比较了不同媒介之间的美女蛇故事，但由于着眼点仍在故事演变与人物形象上，因此，结论往往就与媒介因素关系不大。而且，从这些具体研究来看，还没有直接对影视媒介和网络媒介的美女蛇故事的研究，更没有串联所有媒介来观照美女蛇故事的具体探索。这也就是说，美女蛇故事的媒介因素研究目前尚处于十分有限的起步阶段，已有研究在这方面存在严重局限。

就媒介叙事与故事建构的关系而言，已有研究中尚未发现相关的理论总结性论述。已有的美女蛇故事研究，由于不能从艺术媒介史的立场来分析故事演变及其传统，不能敏感而充分地意识到媒介因素在当代人类文化中的价值与地位，缺乏媒介叙事的理论视野，因此，也就不可能提出媒介叙事与故事建构的关系这一重要理论命题。而这一关系命题在当代媒介日益影响叙事、影响故事、影响人类生活与思维方式的背景下，它的理论价值与现实意义是不言自明的，因此，已有研究的局限在这一理论命题上体现得尤为显著。

三、研究方法

媒介因素研究属于综合研究，虽然表层上只是媒介学的问题。

首先，作为叙事命题，符号学、叙事学和美学的理论方法也就成为基础性理论方法，从叙事层面和美学层面，获得美女蛇故事的内涵理解与结构把握，在历史线素上纳入观众的创作者立场，进而媒介因素在讲述者(口头讲述人、表演者、导演等)与故事、观众与故事之间得到合法性地位。

其次，作为媒介命题，传播学意义上的媒介在此命题中是应有之义，而出于选题的理论语境，则更侧重于传播媒介的理论张力和启示意义。因此，当代传播学与媒介文化的理论方法也是此课题的重要方法。

第一章 《白蛇传》的故事传统：以口头媒介为线索

媒介的不断演化，揭示出人们生活方式的变迁，以及在此基础上形成的讲述故事的不同方式。这种不同也与人们把不断的审美追求与价值取向投注到媒介的革新之中密切相关。深入考察现代《白蛇传》的媒介因素之前，有必要对《白蛇传》的故事传统作出媒介层面的简要回顾。这种必要性，主要基于两个原因：首先，《白蛇传》是世界性故事类型美女蛇故事的中国异文，有着丰富而独特的故事流变史，其中媒介因素具有重要意义，直接影响到我们对《白蛇传》的创新研究。其次，立足于媒介来讨论《白蛇传》，需要一个完整的媒介视野，从故事史的整体上建立起《白蛇传》媒介因素的历史关系，而口头媒介无疑是切入《白蛇传》故事传统的有效媒介形态，由此，可以深化我们对现代《白蛇传》的理解与把握。

媒介的不断演化，揭示出人们生活方式的变迁，以及在此基础上形成的讲述故事的不同方式。

第一节 口头媒介的人类学语境

口头媒介具有人类学的原初共在语境。口耳相承、音容笑貌的鲜活体态以及人际口头交往的生活日常性是其传播机制。原始时期，人类的传播媒介主要是口头媒介，图像和符号在其传播体系里起到辅助作用。同时，口头媒介参与建构了神话、史诗等重大文化体裁及其内容。因此，口头媒介的人类学讨论可以从两个维度展开：一是传播媒介的维度，一是艺术媒介的维度。对口头媒介的人类学本质的讨论，不仅可以说明口头媒介中的《白蛇传》具有人类学起源，而且对于厘清《白蛇传》传统的生活日常性、文化包容性以及存在形态的立体性，都具有深刻意义。

口头媒介的人类学讨论可以从两个维度展开：一是传播媒介的维度，一是艺术媒介的维度。

一、作为传播媒介的口头媒介

传播媒介连接着信源与信宿，传达信源的同时，以自身的方式抵达信宿[①]。口头媒介以声音媒质与口耳相承的方式实现其传播功能，在传播学上可以非常清楚地说明其传播方式。不过，从人类学的意义上讨论，口头媒介则具有极为复杂和深入的传播过程，既涉及声音的传播，也与传播情景相关；既包含有人类的交往本性，也凝聚了生活自身的规定性。要言之，口头媒介不能被简单地看作一种传播工具，它的深刻的人类学内涵必须得到证明。唯其如此，故事传统才可获得坚实的传播学依据。

口头媒介具有立体性。

口头媒介以声音媒质为基础，以姿态、动作、环境等多种富有文化寓意的媒介元素为辅助，构成口头媒介

① 伊尼斯．帝国的传播[M]．何道宽，译．北京：华夏出版社，2001.

的立体性特征。口头媒介的立体性主要体现在口头性和媒介的多样性、交互性两个方面。

口头性(orality)是一个意义充足的概念，所包含的内容既把语言发生和传播过程融于一体，也将人际传播的始源与文化传播的偏向①对应起来，既强调传播方式，也注重传播取向，展现出人类学的本真性。口头性是描述人类文化本原现象的必然方式，文化创造经由口头语言实现并得以传承，语言的发生进一步获得了口头性的维护与锤炼。口头性深层次的意义是人与人的切近性关怀，以及关怀所凭借的基本手段。这一关怀并非只在情感意义上成立，而且在生存方式和生活境遇上也是必然的意义。它将人类的一切象征和意义表达浓缩为口耳相传的媒介形态，根源上是劳动之上的语言发生。因此，口头性的本质是人类文化起源的本质，即劳动。在劳动的促使下语言发生，口头媒介由此获得内容和意义，同时它自身也成为文化内容。也可以说，语言发生与口头传播共在，口头性是其共在的标志。

口头性(orality)是一个意义充足的概念，所包含的内容既把语言发生和传播过程融于一体，也将人际传播的始源与文化传播的偏向对应起来，既强调传播方式，也注重传播取向，展现出人类学的本真性。

口头性是口头诗学理论的核心概念，指与口头传播相关的物征和规律。“声教传统在许多传统文化的传承中所发挥的作用，透露出前文字时代人们普遍存在的语言崇拜心理。彝族毕摩所吟诵的经文和诗词已不是一般意义上的口诵作品，在巫化心理的支配下，它们早已被世人蒙上神圣的袈裟，诗话的语词程式和仪式化的语言

① 伊尼斯. 帝国的传播[M]. 何道宽，译. 北京：华夏出版社，2001.

氛围，使其具有超越世俗语言的魔力。”①这里我们可以找到口头语言的人类学性质，既是日常性的交流，也是宗教性的敬畏，口头媒介本身的中性立场已不存在，它具有强大而多元的文化包容力量，从常态媒介过渡到非常态，口头语言在特殊语境中的所指，与主体信仰及相关行为有关②。

口头媒介的立体性具体表现在传播过程中。口头传播作为口头性的必然表现，它的传播形态具有人类学意义上的起源特征，同时，展现出立体传播的风格。经典传播学把口头传播分为体内传播与人际传播两种形式。体内传播既可以是默默无语的神经中枢与多种官能的信息交互过程，也可以是自言自语的借助口头性来实现无意识的自我认知与自我感知的交互活动。人际传播所兼具的口头讲述与耳濡目染及其构成的对话情景，成为人际传播的典型模式。从口头传播的实践研究可知，体内传播与人际传播在口头性方面的交互共在关系，构成口头媒介第一层级的立体性。口头传播过程中，口头媒介成为体内传播与人际传播共时作用的整体结构，在此建立了自我/个体/自然与他人/群体/社会的共在关系，这一关系得到了人类学不证自明的许可。从这一组关系中，我们找到了本真的、简单的属于口头传播内在性质的哲学依据：人的出场，首先是自我的自明性出场，其

---

① 鲜益．民间文学：口头性与文本性的诗学比较——以彝族史诗为例[J]．民间文化论坛，2003(5)．

② 鲜益．民间文学：口头性与文本性的诗学比较——以彝族史诗为例[J]．民间文化论坛，2003(5)．

次才是基于口头性的他人的审问式的对照性出场。

口头媒介的立体性还体现在它的媒介多样性与交互性。除了体内传播与人际传播共在的特点，口头媒介还隐含有媒介的复合形态。首先，口头媒介最直接地创建了人的媒介性。人，第一次也是最后一次在这种媒介过程中完全地自由地充当着媒介本身，人已经从主体过渡到主客合一的状态；而且，人在实现其主体身份与客体对象之时，还担当了二者的联结体。正因为人在口头媒介中完全具备了媒介意义，于是，作为人在交往和传播中的表达方式，肢体、姿态、音色、容颜、礼俗以及浸透在发肤衣饰上的人的信息，都直接地成为媒介内容。口头媒介不再只有口头表述过程、口语表达和耳濡目染，那些具有鲜明个性的举止、神色、时间记忆和空间感知等，以其独特的方式成为媒介本身，成为口头交往应有之义，成为媒介多样性的丰富的人的内涵。当然，这些作为人的媒介特性，从不独立存在，而是交互作用，此起彼伏，共同显示出人这种媒介的生命活力。这是口头媒介第二层级的立体性。

口头媒介的立体性还体现在它的媒介多样性与交互性。

口头语言及其必然附着的身体语言，既构成口头媒介的重要内容，也创造了口头媒介在人际交往中的优势。作为生理、心理机制的内在因素的口语，它与社会约定性同谋之后，形成了自己独特的口语/方言特征。通过最为优越的日常生活的运用与磨炼，口语成为最富于生活意义的自然语言，从语音、词汇、语法等多个语言层面得到充分发展与深入培育，使之具有了对自然世界、社会生活、人际关系、内心体验等自然文化现象予以描写、表现的神奇能力，因而具有了充分应用于人类生活的历史机遇以及由此形成的强劲的生命力和艺术表现力。

口头媒介具有“弱主体性”。

人作为媒介之后，媒介本身的平静、客观和非生物特征被取消了，进而成为有理有据、有情有义的情景媒介。

口头媒介的性质中，还有一个需要特别注意的问题，那就是人作为媒介之后，媒介本身的平静、客观和非生物特征被取消了，进而成为有理有据、有情有义的情景媒介。这种媒介，区别于人类创造的其他技术媒介，也可以称之为天然媒介。它不是人为创造的，而是人类在其生物进化过程中所获得的自然能力。据以英国遗传学家安东尼·玛纳克为主持人的项目组在《自然》杂志上公布的研究成果显示，他们发现了语言基因的进化原理。研究认为，老鼠和所有灵长类动物身上，都有一种让语言表达“行不通”的属于5%“最稳定遗传物质”的FOXP2基因。在生物进化史上，在人类、黑猩猩跟老鼠“分道扬镳”之前的13亿年中，FOXP2蛋白质只变了一个氨基酸。而在人类和其他灵长类动物“分手”的400万到600万年间，两个语言基因中的氨基酸在人类身上却发生了突变，并最终成为遗传性基因。但在同时，其他灵长类动物却没有受此影响而发生基因上的变化。在电脑的帮助下，科学家计算出对人类产生语言起决定作用的“FOXP2基因突变”发生在大约12万至20万年前，恰恰与现代人口迅猛增长的时间相一致。安东尼·玛纳克小组的科学家推论，正是由于人口密度的增大促进了人类语言交际能力的增强以及持续的发展①。这项当代

① 林静. 人类开始说话始于20万年前[N]. 光明日报，2003-2-14.

遗传学的权威研究证明，人类的口头媒介起因于生物进化，是一种遗传性功能。对于世界万物而言，这一功能的获得为人类自立于地球去创造文化、创造技术媒介提供了前提。

口头媒介的人的性质，使得任何口头传播都变成了一个故事，一个可以讲述和聆听的故事。这一媒介变化，实质上是对媒介的否定，因为人作为媒介时不可能独立存在，他必须与前因后果、与人情事理、与喜怒哀乐、与此情此景，密切关联。表象上人已成为媒介，已作为传播方式去交流信息，而其符号化的背后则是情意绵绵的人际活动，每一个人的媒介化、人的每一次媒介化，都具有完全独特的情景意义。换句话说，人作为媒介，他是一切媒介中最为独特的媒介因素。人所携带的精神世界，将媒介变成了一个个可以升华的世界，可以自成一体的世界，由此，原本变成了媒介的人，却因自己成为媒介而更加鲜明地获得了主体性，甚至将那部分媒介的意义也主体化了，媒介在人的阶段第一次具有了人的意义。作为媒介的出发点，人把自己交给了没有情感的物化世界，然而，在物化的途中，人却以高贵而活力无限的品质，将媒介的僵硬融解，又重新返身到人的明亮世界，人的灵动与生命能量得到强化，媒介因此而透明，由此进入主体的行列。

口头媒介的人的性质，使得任何口头传播都变成了一个故事，一个可以讲述和聆听的故事。

黑格尔深入探讨过作为媒介的人的基本问题，他认为，没有哪一种媒介像人那样鲜活、丰富、充满意趣。这可以理解为，人作为媒介时，人的主体性特征始终明晰，一定程度上消解了他的媒介身份①。这一观点，是黑格尔在讨论戏剧艺术时，关于人作为媒介的纯粹性的辩论。其实，人的主体性在人作为表演媒介的过程中还是受限制的。这与我们正在讨论的口头媒介中的人有很大差异，因为，口头媒介中的人是本然的人，主体性与媒介性具有同等意义，既是主体，也是媒介，人充分地张扬着，人类学意义上的人的原初品质由此得到证明，由此得以延续和传承。

口头媒介具有人类交往共在的人类学本质。可以肯定的是，口头媒介意味着至少两个主体的同时在场。

口头媒介具有人类交往共在的人类学本质。可以肯定的是，口头媒介意味着至少两个主体的同时在场。没有同时在场，口头媒介就无法保证其原初性，无法实现人类产生、形成和繁衍发展过程中的人类性，形单影只将不再是孤独者的秉性，而会成为人类衰败颓废的凶兆。自从18世纪欧洲人类学家大量整理和调查早期人类原始部落的社会形态以来，已有相当可观的亚洲、非洲、美洲以及环太平洋原住民资料证实，人类早期社会的群体性结构非常普遍，而且群体性意识成为原始社会的重要观念②。从学理上分析，这些有着大量实证资料支撑的人类学现象更能获得共识。社会之于人，正是人的群体性需要和人类交往共在的表现。越到生产力发达的社会，源自原始人类的群体性价值越来越得到强调，也越来越发挥着历史的推动作用。通过进一步的讨论，我们发现，口头媒介所显现的两个主体同时在场的根

① 黑格尔．美学[M]．朱光潜，译．北京：商务印书馆，1990.

② 弗雷泽．金枝[M]．徐育新，汪培基，张泽石，译．北京：民间文艺出版社，1979.

源，远远超出两个主体，甚至可能是两个群体、两大集团的一次对话，一场调解，或者是一场交锋，也可能是两种以上的决然有别的历史观念、社会阶层、生产力能量以及预示着不同人类进程的族群形态的深度纠葛。这就是人类学的本义。这也就是说，口头媒介必须置于人类学视野下才能得到解释，它绝不只是当代媒介学意义上的一种介质、一个过渡、一组信息，而是裹挟了厚重的不能消除、不能隐藏、不能简化的人类意义的弱主体性符号。它浸泡在人类历史的长河中，无休无止地从媒介之中散发出人类主体的欲望和冷漠，透露出人类主体的处境与荒诞，以口头性的名义、以媒介的身份，强化着人类交往共在的亘古原则：口头媒介与主体共在。

口头媒介一旦成其为媒介时，它就自然成为主体现身的方式。这种自发性和本然性，进一步影响了主体与主体面对面的可能性途径。在非凡的交往中，媒介意义得到扩展，主体性深刻地投射在媒介之上，口头媒介以独特的姿态担当了媒介与主体的双重职能。

在非凡的交往中，媒介意义得到扩展，主体性深刻地投射在媒介之上，口头媒介以独特的姿态担当了媒介与主体的双重职能。

二、作为艺术媒介的口头媒介

艺术媒介是艺术呈现的材料或感性形式①。口头媒介不仅具有传播媒介的功能，而且还作为艺术媒介创造了口头艺术。

人类艺术史上，口头媒介是直接参与艺术创造的基础媒介。它的主要艺术形态包括口头创作的神话、史诗、传说、故事、歌谣以及音乐。口头媒介担当口头艺

① 黑格尔. 美学[M]. 朱光潜，译. 北京：商务印书馆，1990.

术的传承职能，有其内在的必然性，或者说，是由口头艺术和口头媒介共同的人类学基点所决定的。口头媒介不仅有其日常生活的负载功能，也有艺术创作与传承的文化功能。鉴于本书研究的重点与作者自身的学术背景，在此，我们只讨论口头媒介的文学艺术建构部分，而对音乐艺术暂不涉及。口头诗歌和口头故事的生成个性与传播形态，体现了口头媒介的特性，也得益于口头媒介的滋养。这也是人类主体性的必然表现。人对世界的认知、对事理的解释、对意义的寻求、对情感的宣泄，最原初的方式就是以想象去创作故事，以节奏去创作诗歌。人作为口头媒介的承载者和运用者，决定了口头媒介表达故事想象、吐露心声情思的第一媒介地位，口头媒介的日常传播功能因而得到强化和扩张。故事、歌谣创作与传播的背后是口头媒介内在性的深化。除了传播媒介层面的人类学意义外，口头媒介在故事、歌谣创作与传播中直接获得人的主体性意味，在人类的口头艺术活动中成为艺术媒介。

鉴于讨论的有效性，我们主要从口头媒介的艺术表达和口头媒介与口头叙事艺术两个角度展开，较为深入地梳理口头媒介的艺术法则，相对宏观地辨析口头媒介与艺术的深层关系，以期对现代《白蛇传》的口头媒介传统有一个较为全面的理解。

第一，口头媒介的艺术表达。

从艺术媒介的角度讲，口头媒介没有分离出纯粹的艺术媒介功能，但在传承和创作口头作品时，口语特质、讲述活动的艺术整体性以及隐在的表演性，寓于口头传统之中，成为文化传统的艺术表达形态和艺术风格。人的声音符号具有的人性色彩和个人化特征，以及所必然要求的语境信息，成为声音符号建构故事、演绎情感的首要性质。古典学者在讨论口头媒介的艺术特质时，大多以口头媒介与书写媒介作比较，反衬出口头媒介的特殊性。

在口头媒介的诸元素中，口语更典型地显现了口头媒介的艺术风格。就一般的人际交往来说，口语的灵活运用至关重要。口语这一事实说明，说话者与别人之间存在着或将产生某种程度的相互信赖，因为相互影响的交流或对这种交流的期望是交往主体日常经验中内在的价值取向①。口语基于上述的伦理学认同，开始在日常交往中被人们更为频繁地运用，尤其是修辞学对口语的不断创造，使其从日常信息传播的重任中，附加上了以修辞为手段的口语艺术能力。修辞讲话在人们日常生活中扩大了人的意义，拓展了事件的深度，同时使修辞语言的附属性转变为元口语性。口语所涉讲话者与听众的方式及其产生的言外之意，用我们熟悉但简单化的方式无法理解，必须立足口语艺术才能领悟。口语所代表的口头媒介是音响的，也是视觉的。一些重要及特殊的意义是通过运用我们所谓的讲话这一音响及体态动作等视觉媒介来表达的，那些有着创造性与情感个性的修辞内容既是说唱并重的，也是声形交加的，讲述与表演同

在口头媒介的诸元素中，口语更典型地显现了口头媒介的艺术风格。

① 大卫·宁．当代西方修辞学：批评模式与方法[M]．常昌富，译．北京：中国社会科学出版社，1998.

在，因而，口语艺术自一产生起就是综合艺术。

口头媒介的艺术表达总是以日常生活与民俗仪式为其语境。

口头媒介的艺术表达总是以日常生活与民俗仪式为其语境。

在日常交流的氛围里融入生活，口头媒介其时的艺术品格附着在日常交往的事件处理和情感沟通之中。口头媒介不像技术媒介那样有着独立的艺术形态，它更主要的仍是传播信息的媒介，但由于其贯穿了审美的题材和模仿的语言，生动地、灵敏地以修辞的态度激发着日常生活的内涵，以跳跃的机智展现生活的丰富和情思，因此，口头媒介的主体性意味得到绽放，它的艺术能力得到展示，进而其艺术媒介的身份得以确认。

民俗仪式上的口头媒介，它的综合功能被不断放大。特定场景与传统性意义，是民俗仪式相对稳定性的表现。人们透过习俗与仪典，讲述传说，传承信仰，排演仪式，以集体无意识的文化认同践行周期性的民俗生活。这个大的语境，既有深远的时间感，也有强烈的空间感，时空杂糅，人神交会，重要而复杂的媒介功能即由口头媒介完全负载。较之日常生活语境而言，口头媒介在民俗仪式上的功能显著增强，而且以庄重的形态向世人展开。从日常生活与民俗仪式的关系上讲，既可以说日常生活与民俗仪式合二为一，日常生活包含了民俗仪式的过程，民俗仪式填充了日常生活；也可以说日常生活与民俗仪式互为突破，日常生活的连续性和重复性在民俗仪式的参与下变成片断式的，时有革新的局面。而民俗仪式的爆裂感和无序狂欢，则因日常生活的沉稳与有序，得到规整。口头媒介在这种关系中，它的艺术表达得到了强调，仪式的神秘与圣洁为口头媒介的出场提供了相对独立的形态。尔后在仪式的排演中，口头媒介以非常态的方式辗转于时间的刻画和空间的塑造中，娱乐的调笑也带上了合法的严肃性，夸张的口头表演尽显民间艺术的风流奇诡，于是，口头媒介光彩四射，民俗仪式成了口头媒介最好的艺术演练场域。

当然，口头媒介在日常生活和民俗仪式上的艺术表达，从来都不是纯粹艺术的、人类学上的理解，还可以说其原初的形态只是生活的本真表达。正如艺术原本也是生活的本真表达一样，随着艺术的品性不断成熟，口头艺术的目的越来越鲜明而集中，口头媒介才在日常生活和民俗仪式上侧重地发展了自己的艺术才能，也正因为此，口头媒介的艺术表达才在人类学上获得了可能。

充盈着生命活力和智慧因素的情与境也是口头媒介的审美因素。

口头媒介的生活场景、交往情境氛围，是其艺术表达的客观条件，也是口头媒介内在的组成部分。由于口头媒介的人类学来源，当其在日常生活中广泛地发挥传播职能时，那些从日常生活中生长出来的生命活力，那些富于生活智慧和生存创造力的日常生活，也就自然而然地从口头媒介上投射出来。自由的艺术表达和有意识的口头艺术创作，直接、生动、朴实、鲜活、丰富，日常生活的力与美，人情融融的口头关联，情趣横生的现场过程，都成为口头媒介的审美形态。情与境的细密交合，使得口头媒介的审美个性必须以日常生活为基础。

日常生活的力与美，人情融融的口头关联，情趣横生的现场过程，都成为口头媒介的审美形态。

一个较全面的观念是，口头媒介的艺术表达是有局限性的，尤其倚重于情境的一次性呈现，使得口头媒介在进行艺术创造时缺乏静态的可观赏性。而这一点，在许多民族的艺术生活中都是借助技术媒介来弥补的。就中国的国情而论，虽然悠久的农业文化滋养了丰厚、强大的口头传统，但我们从数以万计的史料中探寻到的一个历史真实是，大量的书写媒介所传承的文献，对于建构和维护口头传统事实上起到了举足轻重的作用。中国有很发达的笔记小说，即属此例。以干宝为代表的志怪作家记录下当时的传闻以证实某种信仰——我们可以从各个方面，比如传闻之辞的变异性、语言的口头性等等看出笔记小说中的一部分乃是根据口头传说而记录。尽管口头传说被深受史官文化熏陶的搜集者记录之后，那些原本主观的、流动多变的、情景化的公共性口头传说基本上被纳入历史叙事的框架之内，变成了客观化的、固定的、有规划的、个人化的书面叙事。相对来说，历史性书面叙事的情景性与参与性较之于表演性口头叙事要弱[①]。还有，口头媒介由于缺乏静态特质，流动的易逝性也就直接损害了口头媒介成熟且优秀的艺术表达的品质，尤其是那些依附于优秀口头艺术家的艺术表达，一旦艺术家们去世，那些特色鲜明的、独一无二的口头艺术表达也就随之消失。而这种损失，既是口头媒介的局限性，也是人类自身的局限性。尽管我们可以借助技术媒介来记录，但这些记录只是记录，原质的、生命化的口头媒介的艺术表达，却从此不可复得。在这个意义

口头媒介由于缺乏静态特质，流动的易逝性也就直接损害了口头媒介成熟且优秀的艺术表达的品质。

① 王青．从历史性书面叙事到表演性口头叙事[J]．南京师范大学学报，2005(5)．

上，口头媒介的艺术表达是不可逆的艺术传承，它的局限性成就了口头艺术的价值，同时在人类口头艺术的历史河流中生生歇歇、消消长长，口头艺术的生命不能以生物进化论的发展观念予以评价，也许口头艺术的巅峰时代已经成为永恒的记忆。

更何况，当代技术媒介的轰然兴盛，已造成严重的媒介偏斜。口头媒介的艺术表达已失去人类学的支撑，日常生活和民俗仪式中口头媒介的艺术表达不再为时代所重，人们对口头媒介的艺术功能不再有深入的认知和传承，口头媒介回归到日常生活的信息传播工具的位置。作为艺术媒介的口头媒介已悄然藏身，整体上的口头艺术从此走向没落。

第二，口头媒介与口头叙事艺术。

口头媒介对口头叙事艺术的影响，侧重于对其类型化与故事母题承续性的影响方面。口头叙事艺术以口头讲述为其主要的媒介形态，因此，讨论其媒介就须要从口头讲述这一媒介特征出发，较为具体地分析口头媒介在口头叙事艺术上的表现形态。

口头讲述成为人类的生活方式和意义探求的途径，始于人类文化的初期，一方面是日常叙事的需要，一方面是精神交往的必然。然而，人类生活的原生态是缺乏顺序的，在口头文化中，口头讲述者直接面对听众，他的话语随时会被打断，讲故事的过程随时有插言、对话和交流，这种互动过程意味着口头讲述者与接受者之间没有严格界限，而且正是这种无界限使得口头讲述活动充满生机，潜藏生活的多样可能性，也是原生态生活的

口头讲述成为人类的生活方式和意义探求的途径，始于人类文化的初期，一方面是日常叙事的需要，一方面是精神交往的必然。

真实所在[1]。这就是说，在口头媒介担当的职能中，讲述与聆听缺乏清晰的分界，讲述者不是独立的传授者，聆听者也不是被动的受训者，二者关联于口头媒介。讲述人在继承与创造的双重活动之中，从经验与知识丰富的听众那里同步获得资源。讲述的过程是口头叙事艺术创造的过程，也是聆听的过程，更是口头媒介建构叙事艺术的基本方式。我们把口头讲述的原初性质称为“原生口承性”(Primary Orality)。一些学者以此为基础，发现在被我们欣然称为“文明世界”的边缘，幸存下来的部落社会依然以口头方式保存和传播着大量的口头艺术作品，如歌谣、圣歌、史诗、舞蹈、表演和故事等。巨大的口头文本提供了将无文字社会凝聚为一体的语言种类及其某些原型，他们以此为媒介管理自己的事务——公共协约、风俗和财产[2]。事实上，口头传承与口头创造是口头媒介并行的两大特征，口头媒介建构传统艺术的同时，它也融入口头艺人的创造性内容，唯有如此，口头传统才是活态传统，才有生命力。

口头叙事艺术外在的创作/传承特性是二元同位的，这标示了讲述主体的重要影响。

口头叙事艺术外在的创作/传承特性是二元同位的，这标示了讲述主体的重要影响。口头叙事创作一旦产生，也就立即进入传承过程，甚至可以说是边创作边传承、边传承边创作的，我们很难在时序上对一个传承了

① 杰克·古迪. 从口头到书面：故事讲述中的人类学突破[J]. 户晓辉，译. 民族文学研究，2002(3).

② 埃里克·哈夫洛克. 口承—书写等式：一个现代心智的程式[J]. 巴莫曲布嫫，译. 民俗研究，2003(4).

上千年的故事划定二者的先与后的等次关系。这种二元同位关系其实也是同步关系，口头讲述主体在实际的口头讲述活动中总是把二者融为一体，通过自身(集群性与个体性)的主体体验来推进口头叙事艺术的变异与传承。这种体验是现象学的，“体验不是一种盲目的生命形式，也不仅仅是情绪的组合，体验是一种融知、情、意为一体的总体生命形式，是情感活动与理智活动的统一，是一种寻求意义、赋予意义的精神活动，体验显示本真、趋近真理、创造艺术、指向意义的永无尽期的过程。……体验的意向性结构包含三个维度：体验活动的意向行为主体、体验活动的意向行为的构造物、体验活动的意向行为的相关物”①。它实现了口头讲述主体整一性的对于生命和世界的认识与感知，塑造了口头传统主体作为统一主体的生命、世界观、艺术创造、意义寻求等内在修养的主体结构。这也是一种现象学的排斥先见的还原性结构，强调主体的意向性优先，并借助这些意向性关联物传达民间主体历史意义上的价值叮嘱与经验教训。由此可以说，这种现象学上的体验对于口头传统主体而言，也是历史学意义上的体验，是一种文化传统的承继性体验，因而也是开放的由文化起源指向文化未来的延续性、积累性体验。而且，这种体验也是存在主义的本体论体验，“体验联接着生命本体和艺术本体，并将本体的奥秘向我们展示出来。人是唯一能够展示世

这种现象学上的体验对于口头传统主体而言，也是历史学意义上的体验，是一种文化传统的承继性体验。

① 王岳川. 艺术本体论[M]. 上海：生活·读书·新知三联书店上海分店，1994.

界本源的在者，人展示世界本源的过程通过诗思来完成。作为敞开自身的世界，它把胜利与失败、祝福与诅咒、统治与屈服一系列问题呈给历史的人类去裁决。……人，总是从生活体验出发来对生命的意义作出解释，这使得体验尽管在每个人具有各个不同的表现形式，但却无疑义地设定了一系列本体论上的规定，即温爱、命运、痛苦、死亡等一些人无法摆脱的生命内容，这类体验决定着生活态度和价值取向”①。口头传统本体在存在论语境中得到体验层面的高度关注，它超越知识主体之个人性，而以一种传统和整体的身份去面对世界与敞开自身，以故事化的方式讲述民间本体自身无穷无尽的生活与意义，并对人类的一些基本母题如温爱、命运、痛苦、死亡、战争、疾病、求知、征服等，予以最为朴素而又最为神秘的展现与守护。口头传统主体的这种体验品质构成了人类各种文化系统的共性，达成了所有人类文化之对话可能与文化成果相似之可能，当然也直接或间接地影响了口头叙事文学创作/传承的作品的形态与内容。口头叙事文学主体性还在于借助体验、想象和记忆，创作者与接受者为同一作品提供了不同的意义和丰富类型故事的可能性，从而使得口头叙事文学呈现出多义开放与延续能力。“通过体验，后人理解前人的思想；通过想象，人们把思想还原在当时的语境中推衍出意义；通过记忆，人们把思想当做

口头传统主体的这种体验品质构成了人类各种文化系统的共性，达成了所有人类文化之对话可能与文化成果相似之可能。

① 王岳川．艺术本体论[M]．上海：生活·读书·新知三联书店上海分店，1994．

资源”①，这三种承递方式也是主体接受与创作的基本层次，口头叙事艺术的可修改与可承递在此同时实现。

第二节 《白蛇传》的故事传统

正是口头媒介的跨文化传播和立体性建构，才使得美女蛇故事成为世界性的类型故事，才使得美女蛇故事的中国化类型《白蛇传》历久弥新，成为流播广泛的故事类型，而且其悠久的故事传统被深深地烙上了中国文化的印记。对于美女蛇故事的起源与世界性传播，丁乃通先生的切实可信的论文《高僧与蛇女》作了极为详尽、细致的研究，这一研究的基本结论已为学界所认可。以此为依据，我们考察在中外文学史上具有广泛影响的美女蛇故事，可以清楚地认识《白蛇传》故事的口头传统。

正是口头媒介的跨文化传播和立体性建构，才使得美女蛇故事成为世界性的类型故事。

一、《白蛇传》故事类型的存在史

蛇女故事最早可能是一个宗教说教故事。这个故事首先在纪元前后流传于西亚或中亚一个不崇拜蛇的民族中，后来逐渐传播到欧洲等地。欧洲最早关于这类故事的是费洛斯特拉图斯的《阿波罗尼乌斯传》中的一个小故事，讲的是阿波罗尼乌斯战胜拉弥亚(蛇女)的故事。故事中，拉弥亚是受世俗排斥的妖女形象。后来这一故事与基督教联系起来，成为接受基督教洗礼与教诲的人远离精怪的宗教故事，而拉弥亚则是精怪与妖魔的化身。在16世纪这一故事不再进入欧洲之前，拉弥亚(蛇女)

① 葛兆光. 中国思想史[M]. 上海：复旦大学出版社，2001.

从未摆脱欧洲传统文化所设定的妖女形象，总是在世俗与宗教的追击下被揭露或消灭，原因在于妖女要么违背了世俗利益，要么疏忽了宗教义务，从而导致被惩罚和被压制的命运。这也就是说，蛇女故事在欧洲文化传统中的接受主体面前始终处于偏离状态，得不到应有的变异与发展，16 世纪以后即已失传。而这一故事在中国和东亚的许多地区则有着极其强大的接受与传承空间和生活史①。

就中国而言，蛇女故事最早不晚于唐代，而获得较大的发展则在 12 世纪的杭州，这与西湖等名胜古迹的传说有关。冯梦龙将这个民间故事收入他的小说集，从而有了中国第一个相对完整的文字记载的蛇女故事，蛇女仍以有着神奇变化能力的美女外形而实际上为蛇精的形象为主，并显露了美女蛇故事的所有特征：美女蛇贪婪淫荡，她的魔法常带给男人很多麻烦；她深爱着遇到的男人，且未加害于人；最后她被教士或得道者所惩罚。有的故事记述了惩罚蛇精而将其压于佛塔之下的情节，但故事因受佛教的影响表达了尘世爱情虚幻的主题。正是这一影响，蛇女本身的形象得到宽容与理解，也可以说是功能性利用，而不像欧洲文化那样总以妖魔形象来定格蛇女。而中国民众从来也没有完全接受佛教教条的影响，这就为蛇女故事在一定程度上摆脱佛教控制创造了重要条件。黄图珌将这个故事改为更通俗、更大众化的戏剧形式，并作了重大突破，将佛教的“缘”的

① 丁乃通. 中西叙事文学比较研究[M]. 武汉：华中师范大学出版社，1994.

概念引入戏剧，意在坚定人们的宗教信念，但客观上则为接受群体提供了新的理解可能。戏剧将许仙与白娘子的结合设为孽缘，而高僧法海以拯救者的身份来斩断这种姻缘，将许仙召回天庭。而美女蛇自然不肯放弃自己的情人，因而必然受到惩罚。我们可知："这样的解释，表现了对浪漫的爱情，甚至是对生活本身的一种暧昧不明的态度。爱是一种幻象，它是虚幻的，可它多么美好啊！爱带来了多少愉快和哀伤！"①在此，黄图珌改变了蛇女的性格，使她从一个阴险狠毒、淫荡无耻的怪兽，转变为一个受命运捉弄又无力抗争的爱情牺牲者的形象。这种形象的变化得到广大民众的普遍认同与支持。另一个剧作家方成培进一步美化了蛇女形象，用贤淑而富于救苦救难的神奇能力来塑造蛇女，她在人们的心目中变化为一个为了爱而自我牺牲的妇女形象，甚至连敌对的如来佛也赞扬她的忠诚与母爱。正因为此，蛇女故事从此就不再以蛇的形象为主体，而主要显现为一个美丽、善良、乐于助人、追求爱情自由、敢于挑战邪恶力量的女性形象，而这正是中国传统文化中接受主体最能接受的文化个性。

这正是中国传统文化中接受主体最能接受的文化个性。

口头传统在这个故事的生活史上存在两条线索，一是欧洲口头传统，一是亚洲(尤以中国为主)口头传统，前者重继承，后者重变异。两大口头传统都进入了文人书面传统并对其产生影响；反过来，文人书面传统也推进了口头传统的演化。相较而言，欧洲口头传统的继承

① 丁乃通．中西叙事文学比较研究[M]．武汉：华中师范大学出版社，1994．

性起到决定性作用，文人书面传统对故事的变异性影响不大，甚至可以说没有产生影响；而亚洲(以中国为主)口头传统则受到文人书面传统的推动性影响，尤其在故事主题和角色性质上发生了转折性变化。当然，这一变化表面看起来是文人书面传统所致，本质上则是口头传统自身的流变趋势投射到文人书面传统的一个结果。因为中国文人书面传统的形成与发展，始终有一种建基于口头传统而又求证于口头传统的历史取向，这一取向使得它与口头传统的关联纠缠交结，难以作出鲜明的影响走势的判断，只能说二者的相互作用是深刻而全面的。另外，中国口头传统得益于戏剧形态的发展与提升。在此，有必要对戏剧形态的《白蛇传》与口头形态的《白蛇传》作出关联性分析。宋代的话本与说唱表演是二者关系的最好注脚。话本作为文人对口头传统的故事的改编与加工，以说唱表演来展示，即是戏剧形态的故事传播。针对的观众是一般市民和城市下层群众，它的口头性与生活性非常强，这也决定了故事的演变趋势，必须结合普通民众的观念与理解来推动故事的发展。文人在这种背景下成为《白蛇传》转折的引导者，将白蛇人性化，并定格到传统中国的家庭结构中成为温柔敦厚、美丽贤良的家庭主妇形象。可以看出，无论是书面系统，还是表演系统，《白蛇传》演化、发展的依据都是口头媒介之上的口头传统，是与生活、与主体密切相关的口头传统。

文人在这种背景下成为《白蛇传》转折的引导者，将白蛇人性化，并定格到传统中国的家庭结构中成为温柔敦厚、美丽贤良的家庭主妇形象。

二、口头传统中《白蛇传》的类型结构

从故事生活史的渊源关系上讨论，欧洲传统是其起

源和基础，亚洲传统是其发展与流变，两大口头传统的承接转向大约发生在10世纪至12世纪。第一条线索上的蛇女定格于受得道者惩治的蛇妖形象，近千年传承史都未发生整体上的变化。第二条线索上的蛇女故事承继第一条线索，既澄清其蛇妖来历，也逐渐游离其蛇妖传统，口头传统的个性差异最终改变了蛇妖线索的方向，蛇妖开始进入寻常百姓的日常生活，宗教意味淡化，世俗取向浓郁，蛇女不妖而美、而善、而与人联姻，成为中国口头传统乃至整体传统中的美妇、良妇形象，家有贤妻良母正是白蛇从美、从善线索的大道。

就口头传统所创建的美女蛇故事而言，在AT分类法[①]中属普通故事里的传奇故事，分类号为AT411。丁乃通先生在《中国民间故事类型索引》里以《白蛇传》作为AT411型的代表故事。丁氏索引的故事内容为：男主人公是一个青年男子，女妖是一条白蛇。

(1)女妖是一个善良的动物。她给他带来财富。她的妖术常常吓得他魂不附体。

(2)他听了一个圣者的劝说，让她喝一种药。他坚持让她喝药，以庆祝某个节日。她喝了药，让他心满意足。她在床上显出原形，吓得他昏死过去。她从遥远的地方盗来救命仙草，使他起死回生。其他奇迹。

(3) 补充结尾：她为占有男主人公同圣者进行了长期

① 芬兰历史地理学派：运用历史方法与地理志方法追溯一个故事的生活史和产生的起源地的民间文学研究方法，由芬兰学者提出。

斗争。最后，她被吸进一个魔钵，镇于白塔之下①。

德国学者艾伯华的《中国民间故事类型》将这一故事收在“民间故事类型·妖精和死鬼与人”之《与精怪的关系》中：(1)一种植物或者物件通过血或高龄便可具有人形；(2)一个人认识了它或者跟它结婚；(3)当他发现它是一个精怪时便杀死或者烧死它。事实上，所有的狐狸精怪故事都属于这一类型②。

如果简洁地归纳美女蛇/白蛇故事的类型结构，那么它的基本结构则是：异类婚结构与女性反压制结构的综合。

在故事类型学家们的基础上，如果简洁地归纳美女蛇/白蛇故事的类型结构，那么它的基本结构则是：异类婚结构与女性反压制结构的综合。从这个简洁的结构来看，异类婚结构是口头媒介中的精灵鬼怪故事的重要类型，也是构成魏晋笔记玄谈、唐人传奇志怪、宋元话本说唱的核心要素——远离现实而深潜于现实的灵性事物。这些事物，或男或女，或精或怪，或生或死，或情痴或仇怨，或仙逝或烟灭，皆以远离现实的姿态更为深刻地触摸着现实，超越现实而又以现实的凡夫俗子为其支点，建立支点的基本方式则是人与灵物的异类婚。仔细解读异类婚结构，还可以剖析出蕴含有人类密码的双重悖论：同类与异类的纠结悖论、婚姻与情爱的拒斥悖论，而悖论的源码是人类本能与文化的悖论。这两组悖论的重叠成为异类婚结构的神奇力量，使其穿透历史与文学的框范而生命犹新、魅力犹新。所以，这种结构的内核异类婚成为白蛇故事的基本要素，成为白蛇故事的

① 丁乃通．中国民间故事类型索引[M]．孟慧英，等，译．沈阳：春风文艺出版社，1983.

② 艾伯华．中国民间故事类型[M]．北京：商务印书馆，1999.

永恒诱惑。而女性反压制结构则是异类婚结构的背景结构，也是其充分表达的文化舞台。男权观念及其体制极为顽固地控制着人类文化，尤其是中国文化被畸形地建立起男权专制系统。这一结构延续了异类婚结构的悖论思维，在人类文化内部也存在着双重悖论，即自然属性的性别合一与文化属性的异性相斥的悖论，压制的反压制与反压制的压制的悖论。自然性别被文化性别所强占，压制者从反压制中获得权利。在此结构中，我们发现了白蛇故事在口头传统中的两大结构其实也存在着双重悖论：婚姻的和谐与反压制的抗争之间的悖论，异类差序与文化同一的悖论。这就是我们从口头传统中所厘清和还原的白蛇故事的类型结构。

这一结构延续了异类婚结构的悖论思维，在人类文化内部也存在着双重悖论。

从上述故事母题的分析来看，口头传统中的美女蛇/白蛇故事存在着大量变异的区域文化形态。这些不同形态的流变充分证明了口头媒介的不确定性传承特征，也在相当久远的历史和广阔的地域中拓展了故事的生命力。口头传统中《白蛇传》是蛇女故事的一个异文群落[①]，它的类型结构在芬兰历史地理学派的方法论中可以得到非常经典的描述，也在一些重要学者的类型学研究中受到系统讨论。我们通过理论梳理和类型还原，基本厘清了现代《白蛇传》的口头传统，对于媒介维度的深入研究具有重要意义。

① 全国编辑委员会. 中国民间故事集成[M]. 北京：中国 ISBN 中心，1998.

第二章　媒介情境下《白蛇传》的故事讲述者

人类的故事讲述活动大多可以归因于故事讲述者的意图。

故事讲述者是所有故事创作者的代理人。他代表判断事物的准则：他或者隐藏事件的真相，或者揭示人物的思想，从而使我们接受他的“心理学”观点；他选择对人物话语的直述或转述，以及叙述时间的正常顺序或有意颠倒。没有讲述者的故事不存在。人类的故事讲述活动大多可以归因于故事讲述者的意图。这些意图，可能潜藏着人类的整体观念和现实际遇，也可能只是个体的想象性创造和功利性诉求。还有一种可能是，意图本身偏向于故事之外的特定条件，这一情况下，故事讲述者仅仅是故事转述者，甚至有时是不知情的被动转述者。故事讲述者的意图形成了不同的讲述方式和讲述效果，同时，也决定了故事讲述者在叙事媒介上的某种倾向性。在已有的研究中，涉及主题、叙事意图的讲述方式与讲述效果都有较充分的讨论，而与叙事媒介相关的故事讲述者的活动及其比较研究则不多见，这也是当代媒介的一个亟待解决的重要理论问题。

如何理解媒介背景下的故事讲述者、叙事媒介对故事讲述者的支撑与控制、故事讲述者对叙事媒介的适应与运用、多媒介与故事讲述者的关系、故事讲述者穿越媒介所获得的能量和被削减的开放性、故事讲述者对于故事生产的影响等，不同层面的媒介问题一旦与故事叙述者关联起来，我们就会面临许多新的叙事问题，对原有的理论框架也难以作出准确而深入的解释。而且，在多媒介的比照下，故事讲述者的身份与意义变得非常模糊，不同媒介的故事讲述者在相对独立的意义上是可以辨认的，然而当它们交互共在的时候，故事讲述者被撕裂了。这种撕裂现象，意味着什么呢？上述命题，正是我们深入讨论的重点，对于现代《白蛇传》媒介因素的研究具有关键意义。

在多媒介的比照下，故事讲述者的身份与意义变得非常模糊。

第一节　多媒介延伸的故事讲述者：《白蛇传》的流变

《白蛇传》从口头传统中获得了真正的由故事讲述者建立起来的故事框架，故事讲述者是体验了故事人物之后再加以个性塑造(一定程度)的现实中人，其媒介身份以口头讲述为代征。书面媒介吸收了口头传统的故事讲述者，将他一分为二：一是继续保留了现实中人的特点，即作者；二是将其虚化后置入文本之中。文本中的故事讲述者较之现实中的作者自由得多，可以全知全能，可以性别转换，可以出入故事，可以虚实相生，也可以隐而不显——书面媒介中的故事讲述者的二重性和自由度，创造出叙事的天才作品，叙事问题从此成为人们讨论对象物的一个前件。舞台媒介和影视媒介在技术层面上差异非常大，但在故事讲述者的建构和呈现方面却是一致的。二者都以表演艺术为核心，故事讲述者在整个故事表演之前已经退场，交给观众的是一个暗含了故事讲述者的故事。然而故事讲述者如何参与故事呢？主要有两种情形：一是故事讲述者在整个故事的表演文本中没有出场，他以编剧和导演的身份出场在前；二是故事讲述者偶尔会在某些故事片断中以报幕解说或画外音的方式出场，甚至以人物的身份出场。尽管出场方式有别，但是故事讲述者建构故事的本质仍是相同的，整个表演文本都由故事讲述者建构而成。故事讲述者在表演中梳理故事线索，组织故事材料，将情节展示为演员的表演。网络媒介将各种媒介综合起来，故事讲述者也获得了综合性。

观察《白蛇传》的跨媒介演变线索，最重要的切入点是故事讲述者的演变。

《白蛇传》自口头传统而来，在书面媒介中丰富情节，在戏剧表演中强化故事的世俗性，在影视媒介和网络媒介中扩展故事的主题。观察《白蛇传》的跨媒介演变线索，最重要的切入点是故事讲述者的演变。因为就故事本身而言，我们可以把它的本质理解为故事讲述者与叙事媒介的结合。英国叙事学家 R. 斯科尔斯·凯洛格在讨论叙事的本质时认为："所谓叙事，是指所有具有以下两个特征的文学作品，即存在一个故事和一个故事叙述者。"这一观点充分强调了故事讲述者的价值，对于我们认识故事本质有重要的参考意义。凯洛格的叙事本质论建基于叙事文学观念，文本意识决定了他的本质论。由于凯洛格没有把故事与故事叙述者有机地联系起来，因此，二者的相对依赖性就被遮蔽，而其他相关要素也就得不到充分的考察。不过，他所强调的故事与故事叙述者相对独立的组合关系将叙述者/故事讲述者特别地凸显出来，将故事叙述者/故事讲述者与叙事的本源关系发掘出来，这是凯洛格理论的重要价值。以此为出发点，我们再把故事叙述者/故事讲述者与叙事媒介作为讨论对象，势必会得到一些此前人们所未发现的意义。

从艺术媒介的角度思考，我们可以尝试把故事讲述者的媒介形态分为三类：交互性媒介(口头媒介与网络媒介)、书面媒介以及表演媒介(戏剧舞台媒介与影视媒介)。第一类以媒介的交互性为特征。第三类在媒介的表演性方面趋于一致。第二类表面上只有一种媒介，事实上却隐含了文字媒介、书面媒介与印刷媒介。书面媒介的包容性与表现力，使得它在叙事学上的重要意义远超过其他媒介形式，而且它是故事从口头传统向舞台、影视和网络等媒介演变的过渡媒介，为故事的多媒介化创造了良好的基础。

把故事讲述者的媒介形态分为三类：交互性媒介、书面媒介以及表演媒介。

鉴于本书以现代《白蛇传》为考察对象，我们主要讨论《白蛇传》的故事讲述者在书面媒介、表演媒介和网络媒介三种形态上的演变情况，余下各章节所讨论的问题亦在此范畴内展开。

一、多媒介系统中《白蛇传》的故事讲述者

《白蛇传》在多媒介系统中具有丰富的讲述方式，故事讲述者表现得极为典型。这里有一个理解需要作出说明，那就是口头媒介也具有多媒介性质。较之网络媒介的多媒介性，口头媒介缺乏技术平台，媒介交互性相对不足，但口头媒介所具有的潜文本链接以及智能控制则

是一致的。从这个意义上，我们再来考察现代《白蛇传》的网络形态，可以发现较为成熟的故事讲述者从书面媒介向表演媒介演化之时的偏向；而到了网络媒介之中，则有一定的回归口头传统的色彩。

目前我们可以见到的网络媒介对于《白蛇传》的艺术建构，主要有两类：一类是建立在超链接平台上的影音形态，一类是建立在游戏平台上的交互形态。

首先讨论建立在超链接平台上的影音形态。

故事讲述者在这种媒介形态中有两个定位：一是超链接平台的建造者，一是《白蛇传》故事的影音讲述者。二者之间，既相对独立，也具有网络媒介赋予的交互性关系。

超链接平台的建造者，是一个非常新奇的角色，他熟悉《白蛇传》的故事内容，以超链接技术将这些内容所涉及的主要背景设计成一个语境平台，这个平台隐藏在他所提供的技术结构之后。事实上，正是这个语境平台，赋予了建造者的故事讲述者身份。那么，这一身份是如何实现其职能的呢？理解《白蛇传》的超链接平台的建造者的职能实现，需要从超链接平台入题。超链接技术是网络媒介的重要特质，通过软件设计将多个相关文本联于一体。一个超链接由链接标识(label)、链接目标(linkdes)、链源(anchor)组成，三者决定了超文本中的一个超链接。链接标识和链源是一个字符串，而链接目标由统一资源定位说明①。文本联接方式以链接标识为

① 郭江平．超文档的数据库模型[J]．计算机工程与应用，2000(11)．

切入点，从一个文本转换到另一个对应的文本之中：如白素贞、小青。从这些转换中可以实现文本间的内容链接，使一个平面的文本伸展为一个立体的文本，一种空间结构被建立起来，多条历史线索显现出来，文本的世界由此拓展为世界的文本。《白蛇传》的网络阅读突破了平面阅读的线性规则，多点进入、点面跳跃的阅读方式使读者重新接受了一个综合的异文群落中的白蛇故事。正是这种审美效果，触动我们返身询问超链接平台的建造者：你在《白蛇传》的讲述中究竟承担了什么样的职能？从叙事理论的范畴里，我们感受到超链接平台的建造者已具备故事讲述者的意义。我们可以从三个方面展开讨论。

多条历史线索显现出来，文本的世界由此拓展为世界的文本。

一是引导故事的发展。超链接平台的建造者借助计算机技术和网络技术将故事的多个细节丰满起来。我们所收录的《白蛇传》网络媒介文本共有数十个超链接路向，涉及时间、空间、人物、情节和历史文化背景五个因素的内容，包含了口语、书面语、音乐、影视等媒介(表1)。

表1　网络媒介《白蛇传》的“五因素”表

时间	空间	人物	情节	历史文化背景
一千年	天界	白蛇	端午显形	佛教
三十年	地府	小青	水漫金山	道教
二十年	人间	许仙	状元祭母	科举制
多元说	多界	法海	镇白蛇于雷峰塔	佛教

五个维度的叙事，故事讲述者在一个文本中建立了

超链接平台的建造者超越了单一文本的故事讲述者的权限，他以技术获得更大的叙事权利。

完整的故事。在网络阅读中也可以遵循平面阅读规则来了解故事的整体内容。然而，超链接平台的建造者超越了单一文本的故事讲述者的权限，他以技术获得更大的叙事权利。他在某个《白蛇传》的网络文本中有意地嵌入了多种形态的、情节变化极为丰富的阅读路向标识，即超链接符码，在文本中强化提示性转向阅读功能，网络阅读按传统方式进行时，网络媒介的《白蛇传》在人物、情节、结局等方面与传统故事基本一致。然而，当我们在线阅读进入超链接区域时，传统方式受到了质问：鼠标过处会有对话框提示——双击鼠标或按 Ctrl 键链接。如果没有使用鼠标，超链接文字也会有色彩和下划线标识，提示我们这是很重要的深度阅读窗口，打开即可进入新的文本世界，并暂时中断线性阅读，向空间阅读和历史阅读转移。就《白蛇传》的超链接而言，我们阅读到“五百年前许仙曾救白蛇于猎人之手”。点击“五百年”这个超链接字符，我们立即转到一个生动的历史画面之中：既有文字，也有图像，还有的设计了影音格式的文件，我们从中观看到五百年前白蛇遭捕蛇者所捕，命悬一线的情景。幸好许仙前世的小童儿解了危局，乞求捕蛇者将白蛇放生，从而挽救了白蛇的性命。还有一个例子，关于“水漫金山”的超链接。网络媒介的平面文本已经细致地交代了故事情节，那么超链接还可为这个情节提供怎样的故事线索呢？我们点击超链接符码，被引入另一个阅读平台，深入剖析白蛇水漫金山的心理活动，把白蛇意欲复仇与违逆天意的内心世界冲突真实地凸显出来，让读者进入白蛇的两难抉择之中，在情感上更能激发对法海和尚的愤怒以及对白蛇的同情感，本质上达到了引导读者阅读的效果。这个链接，推动了故事的深入展开，对故事主题也有很好的阐释。

二是解说故事的背景。大量的超链接都是为解说故事的背景而预设的后台支持。在网络媒介的《白蛇传》中，超链接有半数以上是背景解说。这些解说以"佛教"、"道教"和"科举考试"三个超链接字符为代表，直接为读者阅读文本扫清文化背景的障碍。这种清理和交代，实现的不仅是工具书式的查阅功能，更重要的是它是直接镶嵌在文本之中的超链接窗口，构成了文本的一种开放性。这种即时的、空间感的、历史线索上的开放，是故事讲述者在故事讲述活动中至为重要的权威性标志，在叙事理论上也是由故事讲述者直接承担的职能。

三是评价故事的意义。口头传统中的故事讲述者非常乐于评价故事的意义，非常善于在故事的情节叙述中融入价值判断，而且也寄望于故事起到现实教诲的作用。基于此，故事讲述者在跨越多媒介的历史演变过程中，并未将这个评价角色完全放弃。相反，大多数新媒介中的故事讲述者强化了这一职能。网络媒介的《白蛇传》的故事讲述者亦有这一特征。我们所考察的超链接中，有四个涉及故事意义的评价。人物的超链接都隐含有意义评价，而较为典型的则是"状元祭母"这个链接，主要内容即是在阐发状元祭母的意义与重要作用，将中国传统文化中的孝道与功名放大，让悲剧中的白蛇从传统文化的正道上获得拯救，整个故事的意义也由此受到

故事讲述者在跨越多媒介的历史演变过程中，并未将这个评价角色完全放弃。

限定，中国传统文化价值观成为白蛇故事的底色。

以上三方面反映在网络媒介的《白蛇传》之中，能够确认超链接平台的建造者的故事讲述者身份。这一身份来源在其他媒介中不可能独立存在，表明了网络媒介与计算机技术媒介在故事建构方面的独特性。于是，超链接平台的建造者的技术变成了讲述者的一种手法，而超链接平台的建造者则成为最高层次的白蛇故事讲述者。源文本与提供给超链接的各种异文都是其叙事的文本，而这些单个文本所依存的故事叙述者都只是第一层次、第二层次的故事讲述者；唯有超链接平台的建造者是所有文本的故事讲述者。他站在最高的层次上，一方面布局这些小的故事讲述者，另一方面则以反讽和冲突的方式取消或弱化这些相对完整而又单一的故事讲述者的功能，从而巩固自己的故事讲述者的威望与权力，将白蛇故事立体化的同时，促成网络形态的故事阅读具有知识考古的特性，成为一种动态的参与式阅读，同时附带着求知及游戏的艰辛与嘲讽。这也就是说，超链接平台的建造者的故事讲述创造了一种故事接受的网络性，立体的、交互的，充满了叛逆与回归并重的悖论。白蛇故事的历史与白蛇故事的情节同时得到展示，故事的审美与知识的考察融为一体。在故事接受变得更为透明的背后，其实是网络虚拟技术的作祟，其实隐含的意义则更为模糊难明。可以看出，这种超链接，技术的支撑固然重要，但它的价值不在于技术，而在于对故事的补充与延伸。而且这些补充和延伸是由超链接平台的建造者所决定的。从这个链接上，我们深刻地体会到建造者对故

这种超链接，技术的支撑固然重要，但它的价值不在于技术，而在于对故事的补充与延伸。

事的引导性作用；不仅如此，这种引导还超越了传统文本中故事讲述者的引导，打破了时间的线性方向，在空间结构上拓展了故事讲述者的职能，在媒介层面上真正实现了故事的网络性叙事原则。

在空间结构上拓展了故事讲述者的职能，在媒介层面上真正实现了故事的网络性叙事原则。

其次讨论建立在游戏平台上的交互形态。

游戏平台是网络媒介的故事化、娱乐化表现①。《白蛇传》的游戏是汉语网络圈的重头戏之一，其中最经典的是《青蛇》及其升级版《青蛇Ⅱ》。这两个游戏中，白蛇故事延伸出了一个新的故事/娱乐形式，主角向青蛇位移，主题向玩家倾斜，线索向多元伸展。那么，故事讲述者在这种形态中如何被建构和辨认呢？

经典叙事学的故事讲述者在游戏中没有被建构起来；但是，作为一种娱乐化的故事，故事讲述者肯定存在，否则故事将无法形成。这就有必要从计算机游戏的结构上找来源。多人在线游戏(MMOG)作为一种计算机游戏，它能使多个用户经过互联网相联同时在一个游戏世界中交互，用户通过交换共享游戏(状态)数据进行故事化的娱乐活动，简称网络游戏。大多数 MMOG 的基本假定是用户在虚拟世界中扮演角色，它们的特征是多个用户共享一个游戏世界，即 MMOG 同时支持多个分布用户。因此需要一个高度可扩展的游戏服务器体系结构和网络设施，以满足其松散的实时需求。

从游戏状态的访问模式和一致性的需求来分析，网

---

① 杨德仁，顾君忠. 网络游戏体系结构的研究与应用综述[J]. 计算机应用与软件，2007(3).

络游戏主要涉及三个方面的因素：一是用户状态。这种访问属于单写者多阅读者模式，即每个用户要定期向同区域的其他用户广播自己的游戏状态，所运用的是尽力分组广播机制。信息的延迟或损失可由在应用级实施的航位推测法屏蔽。用户之间的交互涉及多个动作，需要快速响应，也涉及相关用户及可见的临近区域。二是对象状态。用协调机制保持共享对象的一致性，每个对象被指定给一个协调器。所有的更新都要送给此协调器。协调器解决冲突更新问题，也是对象目前值的存储库。成功地更新通过组播给区域以保持所有用户的本地拷贝最新，有时也运用尽力组播机制发布。三是地图形态。地形和用户的图像元素被安装在客户端，用正常的软件更新机制更新。地图是一种区域地形和非图像的抽象描述，是只读的，而动态的图像元素被处理成对象。这三个方面的因素运用不同的技术机制支撑游戏，共同建立起具有交互性和一致性功能的游戏平台。我们从网络游戏的工作原理中，认识到作为故事角色和阅读者的用户的特殊意义。进一步理解游戏结构，能够获得更深层次的思索。游戏结构主要包括不变的地形信息、用户控制的人物、可变的对象(如装备等)、可分割的地形信息和由 AI 控制的非玩家角色(NPC)等。这一结构，在层次上可以分为可变层次和不可变层次。其中，可变层次主要由人物行动和共享对象构成；不可变层次主要由地形信息与非玩家角色构成。不可变层次在一定意义上也具有可变性。这也就是说，地形信息可以分割，非玩家角色可以多样化、多条件地出现，它们并非固定不变地被

这三个方面的因素运用不同的技术机制支撑游戏，共同建立起具有交互性和一致性功能的游戏平台。

框范起来，机械地成为游戏元素。与可变层次的游戏元素一样，这些不可变层次的元素也在游戏中积极地参与了游戏运作，以不变的形态灵活而机智地与可变层次的元素发生作用，从而推动故事的发展与变化。

从游戏结构出发，我们再来讨论交互形态的《白蛇传》故事的讲述者。一个重要的观察点是游戏平台的创建者。游戏结构中，玩家(用户、读者、角色)与非玩家和共享对象(游戏中的道具、用品、货币及其他资源)都是故事展开的内部条件。如果有一定的讲述功能的话，玩家在某种意义上发挥了这方面的功能。但玩家作为故事角色的身份更为合法、更为典型。既然整个游戏结构中都不能确定故事讲述者，我们只能把侧重点放到游戏平台的创建者身上。与超链接平台的建造者一样，游戏平台的创建者本质上与故事讲述者的身份是相吻合的，他对故事发展的引导、故事背景的解说以及故事意义的把握都起到了关键作用。具体而论，网络游戏《青蛇Ⅱ》中，青蛇、白蛇、法海、许仙作为玩家选定的角色，其他人物作为非玩家规定的角色，他们共享游戏中的衣饰、用品、货币、武器、法术、食物和公共场所等资源对象。借伞、成亲、发配、开药铺、端午显形、斗法、水漫金山、雷峰塔惩罚和状元祭母等故事单元的衔接与错位，以及个性化的精灵、性情、动作、职能、兴致等等，都是由《青蛇Ⅱ》的游戏平台的创建者规定的。尽管其中有多元的、多向的、多层的选择项，并且设计了开放式的针对玩家水平而最终展开的故事形态，但终究是有限设定，游戏范畴和游戏边界都很明确，游戏平台的创建者设计了故事的情节与游戏的流程，规定了玩家的权限与障碍，支配着非玩家角色与玩家的冲突和协调，而且在共享资源的类型和总量上也起到决定作用。故事背景的解说由游戏平台的创建者以角色对话和行动融入游戏之中，故事意义则以玩家闯关和故事多元结局的设定来体现。这也就是说，游戏平台的创建者的讲述意识成为玩家进入游戏的第一法则，故事讲述者的身份可以确认为游戏平台的创建者。这种确认，充分地体现了网络媒介对故事建构的技术倾向。在此，我们所讨论的网络媒介游戏形态的故事讲述者，他的技术含量与技术倾向较之超链接形态更为显著，故事讲述者的网络性也更为鲜明。

二、书面媒介中《白蛇传》的故事讲述者

书面媒介对于故事的建构已有很长的历史，叙事学的讨论也以书面故事为核心对象，书面媒介的叙事理论成为经典叙事学的基础。在此，我们简单回顾经典叙事学关于故事讲述者(叙述者)的理论，以之作为媒介层面的故事讲述者理论的重要内容。

书面媒介的叙事理论成为经典叙事学的基础。

经典叙事学对书面媒介的故事讲述者有非常充分的讨论。

荷兰学者米克·巴尔关于书面媒介的故事有一个著名论断。他提出："叙事文的关键之点在于，故事讲述本身作为一种赋予生命的行动所具有的创造力。"[①]米克·巴尔创见性地将故事讲述视为一种生命行动，认为

① 张寅德. 叙述学研究[M]. 北京：中国社会科学出版社，1989.

这种行动潜藏着巨大的创造力，既可创作出千古流芳的人间故事，也能塑造出震撼人心的故事形象，对人性的开掘深度、对世界的感知能力、对社会的再现广度，都达到相当精湛的水准。这种创造力，源于对故事讲述者的崇拜与敬仰，把故事讲述放置到叙事文的核心来思考，也就是将故事讲述者作为叙事文的核心。书面媒介讨论故事讲述者的内容非常丰富。经典叙事学的一个重要观念认为，如果将叙事文主要视为运用一种媒介产物，而将素材主要视为想象的产物的话，那么，就可以将故事看作一种编排的结果①。作为编排结果的故事，它的编排主体就是故事讲述者。

兹维坦·托多洛夫将叙事作品分为三个层次：一是“功能”层(用普罗普和布雷蒙著作中所指的含义)；二是“行为”层(用格雷马斯把人物看成行动元时所指的含义)；三是“叙述”层(相当于话语的含义)。这三个层次是按照逐渐归并的方式互相连接起来的：一种功能只有当它在一个行动元的全部行为中占有地位时才具有意义；而这一行为本身又因为交给一个自身具有代码的话语、得到叙述时才获得最终意义②。由此可以看出叙述活动对于叙事作品的重要性。事实上，近半个多世纪以来，西方理论界对叙述者(故事讲述者)的研究非常深入。最有成效的研究是对叙述者的视角问题的讨论③。更进一步来说，故事讲述者在书面媒介中以叙述者命

最有成效的研究是对叙述者的视角问题的讨论。

① 张寅德. 叙述学研究[M]. 北京：中国社会科学出版社，1989.

② 张寅德. 叙述学研究[M]. 北京：中国社会科学出版社，1989.

③ 经典叙事学对书面媒介故事讲述者的讨论，以托多洛夫为代表。

名，他的功能可以从他与故事的内外关系、人称表达方式以及叙述者的故事知晓权中得到深入而细致的考察。我们借鉴一个故事讲述者(叙述者)个案来佐证上述观点。这一例证是美国新叙事学派代表人物詹姆斯·费伦对凯瑟琳·安·波特的小说《魔法》的叙述者的分析。小说《魔法》讲述了一个妓女的故事，波特通过一位仆人向主人讲故事的方式展开故事，因此，故事实际上有三个层面。第一，内部层面，是由女佣叙述的关于妓女尼内特与老鸨、厨师的故事。尼内特不堪老鸨的剥削，以出走来抗争。而尼内特所带给老鸨的损失使其大为后悔，于是，厨师以魔法迫使尼内特回来。结果，一周之后，尼内特重又回到妓院。第二，中间层面，是由故事外的叙述者讲述的，即报告女佣向布兰查德夫人讲述尼内特的故事，这一层面也可称为女佣的故事。第三，外部层面，即波特与其隐含的和真实的作者所建构与构想的层面：波特与其隐含的和真实的读者进行的大体上说是隐蔽的交流，即叙述者讲述的女佣所讲的关于尼内特的故事的故事，也可称为波特的故事。在分析《魔法》的技巧时，首先要注意到三个不同层面，而且要注意到波特的表现手法模糊了这些层面之间的界限，尤其是尼内特的故事与女佣的故事之间的界限。波特从故事的中间开始叙述，甚至未给女佣的故事加引号。此外，波特只让故事外的叙述者在尼内特的故事开始后才说话，而且如前所述，在整个故事中只出现过两次——每一次都非常短暂。结果，波特删去了尼内特的故事与女佣故事之间的区别，抑或更确切地说，她把尼内特的故事置于前景之中，而把女佣的故事置于背景之中。毫无疑问，这种技巧的一个效果就是使我们强烈地感受到尼内特故事的恐怖[①]。

在这一个案中，詹姆斯·费伦强调了叙述者功能的运用对于修辞意义的关键作用，叙述者事实上建构起了这部小说的中心价值，小说的艺术性也由此得到保证。叙事修辞研究的叙述者角度，很好地说明了叙述者的功能展开及其与故事的关系结构。小说作者波特非常智慧地建立起了叙述者小说的线索，整部作品都在叙述者的变换与进退中得到伸展，情节铺排得更为紧凑、玄妙，故事意蕴也因此显得丰厚、凝重。书面媒介的故事讲述者/叙述者受到作家们越来越多的偏爱。小说叙事艺术对传统叙事艺术的继承体现在对故事讲述者的强调上，对传统叙事艺术的突破也体现在对故事讲述者的发掘上，而后者更能显示出书面媒介(以书面语言为核心)在叙事艺术上的开拓性作为，故事讲述者/叙述者被充分地开发出来承担小说艺术的发展支架，作为小说艺术区别于其他媒介故事的一大特长，同时也是书面媒介对于叙事艺术贡献较大的一个侧面。

我们在讨论媒介演变的问题上，考察建构出书面媒介的叙述者的探索与贡献不是目的，最终的愿望是以此为参照点，将其放到故事讲述者的媒介演变的历史线索上，着重思索书面媒介在媒介演变过程中作为过渡媒介

---

① 詹姆斯·费伦．作为修辞的叙事[M]．陈永国，译．北京：北京大学出版社，2002.

对媒介的历史性观念在艺术史上的意义，德国古典哲学传统已经有深入的总结和精当的提问。

的价值。这种价值，以前很少引起学术观察者的注意，学者们甚至没有意识到书面媒介在媒介线索上还有过渡身份。其实，对媒介的历史性观念在艺术史上的意义，德国古典哲学传统已经有深入的总结和精当的提问。可惜的是，古典思想的引导被曲解，当代大众传播的媒介思想过多地占有了媒介研究的领域，分割不同媒介所作的传播研究成为学界主流，媒介的历史整体性没有得到足够的尊重，艺术媒介的价值也就不可能得到合理的阐述与研究。

当代解构主义学者德里达敏锐地洞察到媒介在社会观念建构中的重要作用，他在媒介的演变中找到了社会观念解构的一些根源。德里达认为，对拼音文字书写及整个语音书写系统的解构伴随着一种对书的模式、书的历史模式，即某种以对比或百科全书形式表现的可自我关闭的整体的怀疑。他将这种书的模式与另一种书写相对，前者是一种不在自身上以书或绝对知识的形式结集的书写；而后者则以黑格尔的《逻辑学》或《哲学史讲演录》为典型代表，也就是某种以自我转动的卷轴形式结集的整体知识。德里达意识到，书写、出版及那些载体不同的技术模式对于社会观念的建立和消解具有关键作用。因为与拼音文字密切相联的书的文化，也与整个西方历史密切相联。而当代文化所建立的则是通过与其他文化参照，借助某种交流技术发展所达到的一些不再需要书的书写、交流、传播模式。这些模式的基础是媒介。这里可以延伸性地理解为两种模式的区别，即传统拼音文字及与之相联的书面媒介和当代交流技术媒介的区别，主要在于它们与历史关联的差异性。这种差异，反过来，表明了当代技术媒介对于书面媒介的时间跨越。在此，不重历史来源的当代技术媒介从书面媒介的不同方向上找到新的传播模式和新的意识形态。当然，这种新的传播模式虽然没有像书面媒介那样强调历史性，但并非说它没有历史来源。相应地，我们从媒介历史上看，书面媒介仍然是当代技术媒介的重要支撑，只不过它以此为支撑，更注重媒介本身的发展规则，而不是媒介所承载的历史。面对媒介历史性的衰落，德里达仍然痛苦地迎接新媒介的技术革新，这种矛盾正是过渡媒介所能提供的必然后果。

德里达理性地认可书面媒介及其承载的文化已趋于完结，同时抵抗威胁着记忆、威胁着书文化的某些新技术。

一方面，德里达理性地认可书面媒介及其承载的文化已趋于完结，同时抵抗威胁着记忆、威胁着书文化的某些新技术。另一方面，德里达也接纳新技术，接纳一切与之一同来临的东西，但同时他也去发现与之俱来的威胁，抗争以求保存一切与书面媒介相联的文化。“这是一种妥协、一种互让和解(transaction)，是在两种必要性、两种最终矛盾的律法中寻求最佳可能性的和解。如果说我经常强调这种‘双重约束’(double bind)，那是因为正是在那种我不知道该做什么，在那两种同样必要却又相互不兼容的答案间犹豫不决的地方我才负有责任。”①德里达从矛盾中寻求的依然是“和解”，他没有从媒介历史的角度去考察这种矛盾的内在关系，而以矛盾

① 雅克·德里达．书写与差异[M]．张宁，译．北京：生活·读书·新知三联书店，2001.

的必然冲突作为自己无可选择而又必须选择的前提，主体的撕裂感可以想见。这种处境，德里达是自觉的，他也以矛盾的坚守者身份去承担起历史责任。过渡媒介正在历史中消退，主体却只有在历史的转换中痛苦地面对矛盾的现实。我们看到了德里达对历史和意识形态的浓烈情怀，也读到了德里达对文化转型中的媒介根源的敏锐意识，这是关键。我们从中所获得的关于书面媒介的历史性内涵的深刻理解，对于进一步讨论书面媒介的过渡性有着重要的参考价值。

阿多诺在《当代小说中叙述者的处境》里谈到新媒介对于小说的建构性影响："对小说叙述者的处境来说更为不利的是，报告文学以及文化工业的媒介(如电影)使得小说丧失了许多在传统上属于它们的描写对象，就像摄影使绘画丧失了许多在传统上属于它们的描写对象一样。"作为法兰克福学派的重要思想家，阿多诺从媒介转换中透视出文化工业的可怕力量，并将文化工业看作新媒介的应有之义。深入思考阿多诺的新媒介观念，我们发现他的新媒介观念背后有一个较为定型的小说观念，也就是小说对于社会的对抗性与革命性意义。书面媒介与新媒介的比照，是在社会启蒙层面的责任评判。如果沿着这一思路来考察媒介的历史状况，整个媒介就是意识形态的载体。尤其书面媒介更为典型。显然，媒介的承担被强化到了极端。我们所要考量的是，新媒介与书面媒介的关系中，书面媒介究竟具有什么样的功能。回到德里达的书面媒介观念上，可以很好地回答这一问题。书面媒介本质上有一种历史性关联，而新媒介则于

书面媒介与新媒介的比照，是在社会启蒙层面的责任评判。

技术的革新中建立了非历史性的传播模式。在媒介演进的历史线索上，书面媒介显然发挥了承上启下的功能，它对于新媒介存在着过渡性功能。

我们有必要界定过渡性媒介的概念。所谓过渡性，在本书的讨论中，既指特定事物相对那些与它存在渊源关系的其他事物而言所具有的性质，也指特定事物在某个发展线索上的延伸性质。具有这种特性的媒介，我们称之为过渡性媒介。从这个定义看，书面媒介在媒介线索上就是一种过渡性媒介，它继承了口头媒介的语言传统，也建构了新媒介的文本基础，同时还在媒介线索上延伸了自己的功能。所有新媒介的结构都融入了书面媒介的因素，这些因素不仅仅是卷轴的形式，还有阅读的时间、阅读的耐心及阅读的个体空间，以及一切与书面媒介相联的形式。这些因素不再是那样的连贯和完整，各种因素之间也不再具备相互的内在关系。这些因素只是片断的、间接的，有的是时间，有的是空间，也有的只是一种书卷的感受。它们发生改变后，以各种变形的方式成为新媒介的元素。正是这种意义上的延伸，过渡性才使书面媒介显出独特的功能，艺术的要求与历史的原则重合，媒介的线索与文化的脉络交织，书面媒介从而具有了其他媒介所不可能拥有的艺术建构能量。

所谓过渡性，在本书的讨论中，既指特定事物相对那些与它存在渊源关系的其他事物而言所具有的性质，也指特定事物在某个发展线索上的延伸性质。

我们考察《白蛇传》在书面媒介中的故事讲述者，侧重点是书面媒介作为过渡媒介的特性。

现代《白蛇传》在书面媒介中的传承，主要以口头媒介的异文为接受依据，代表性文本有张恨水的《白蛇传》[1]和李碧华的《青蛇》[2]以及李锐、蒋韵合著的《人间》[3]。书面文本的口头来源，决定了改编的小说有着浓郁的口头性特征，尤其是故事讲述者及其讲述方式受到口头媒介的建构性影响。

《白蛇传》的故事讲述者主要立于故事之外层层推进故事，对于故事的了解与故事人物大致相同。

张恨水是当代著名通俗小说家，他非常熟悉口头传统和口头讲述习惯。他的改编尊重口头传统，基本上继承了口头传说的讲述风格，只在情节上作了一些突出当代性的增删。体例上，他沿用章回体，以十八章的篇幅将白蛇修行报恩、与许仙结缘、端午盗草、水漫金山、产子、被镇雷峰塔及获救出塔等传统情节表现出来。《白蛇传》的故事讲述者主要立于故事之外层层推进故事，对于故事的了解与故事人物大致相同，只是在视角上有较大的自由度。故事讲述者视角的变换较为平稳，基本上采取了以白素贞为主、白许兼顾的方法，客观性地讲述与描写故事。小说被动地展开书面媒介的叙事，整个叙事都可解读为口头媒介叙事的书面记录。这也许和作者所处的时代情境有关。小说创作于20世纪50年代，当时是中国的新社会时期，工农大众的口头传统与接受习惯成为书面作家的创作原则。20世纪50年代书面文学的口头创作原则强化了书面媒介在建构《白蛇传》故事时的过渡性特征。书面媒介的故事讲述者延续了口头媒介故事讲述者的语调和身份，并将这种延续拓展到

① 张恨水. 白蛇传[M]. 太原：北岳文艺出版社，1993.

② 李碧华. 青蛇[M]. 香港：香港天地图书有限公司，1993.

③ 李锐. 人间[M]. 重庆：重庆出版社，2007.

了新媒介之中。后来改编《白蛇传》而成的影视故事以及网络故事都没有完全放弃口头媒介故事讲述者的身份。这种近于共性的故事讲述者的认同，是由书面媒介的过渡性功能所实现的。

李碧华移易主角而写成的小说《青蛇》，在叙事效果上有着较大的突破。从故事讲述者的角度讲，《青蛇》显然也与口头传统和其他书面文本有了较大差异，青蛇的唤醒是故事讲述者最富创造性的主题发掘，同时也是对故事人物青蛇的全新塑造。这种重写，极大地成就了白蛇故事，也充分展示出故事讲述者的非凡才华。故事讲述者大量地附着于人物青蛇之上，以青蛇的自省、独立、反叛以及对白蛇的某种塑造来展开故事，情节线索虽然与白蛇故事大体相近，然而这种全新视角的选择所获得的意味和效果则与之有着显著的差异。在此意义上，书面媒介超越了口头传统的叙述方式，又以情节的大致依循为其继承方式，实现其过渡功能。此外，《青蛇》的故事讲述者以青蛇形体变化中的性感、妖媚、激情来凸显其主角身份，以青蛇大胆出击、任性反叛来张扬有别于口头传统中的依附性，具有强烈的画面感和影视情境的特征，从而展现出书面媒介具有向影视媒介过渡的鲜明特征。

青蛇的唤醒是故事讲述者最富创造性的主题发掘，同时也是对故事人物青蛇的全新塑造。

在神话重述的大背景下创作出来的小说《人间》，与上述文本之间存在着很大的沟壑，这种距离也正是故事讲述者决意要让小说与白蛇故事传统有所背离的必然结果。我们说故事讲述者有一种决意，除了写作动机之外，其实也是当下文人面对无数个白蛇故事的异文、面考察故事讲述者的表达结构，可以见出一些新媒介的思路与技术想象的特征。

对已经天翻地覆变化的艺术媒介及其文化背景而与之彻底一搏的文化回应。故事情节的精心编织已与白蛇故事传统几近无关，然而其主题设置又使得小说在“展示人和人间的真相，反思人和人间的残忍”方面承传显著。考察故事讲述者的表达结构，可以见出一些新媒介的思路与技术想象的特征。整部小说的线索被故事讲述者设计得扑朔迷离，大体有三：“我”和梅树的线索、粉孩儿和香柳娘的线索以及白蛇故事的传统线索。三条线索的串联性关系是人对异类的残暴，这是核心线索。如果借新媒介的故事讲述手法来讨论小说的故事讲述者，可以相当深入地贴近故事讲述者的真实。前文所分析的超链接叙述形态，用到小说《人间》的故事讲述中能够得到很可信的对于故事讲述者的认识。首先，法海手札与白蛇故事的传统情节可以视为一个单一的文本，我们阅读的核心也就是这个文本所包含的故事。这个文本在网络媒介中也就是超链接文本的源文本。读《人间》，我们以此为基础，发现故事讲述者还是在讲白蛇故事，依据就是这个与传统故事相关联的线索明确的文本。那么，其他故事呢？故事讲述者在白蛇故事文本(以《法海手札》和白青二蛇的故事为主体)中设置了很多超链接符码，这些符码生成了其他故事线索，如现实中的“我”的线索、粉孩儿和香柳娘的线索，等等。这种超链接设置，正是故事讲述者重述神话的切入点与创造性所在。当然，这里有一个逻辑学的问题：这些超链接何以存在？因为在网络文本的白蛇故事的超链接中，大多是对白蛇身世的说明、故事情节的补充、伦理价值的评判等，或者是以影视形态来直观地呈现故事。这些超链接在本质上就是同构的，故事线索具有一致性。然而在小说《人间》的故事线索上，三条线索的本质是不同的。从白蛇故事中生发出质地相近的超链接有着怎样的内在逻辑呢？这就是我们提出故事讲述者运用新媒介的超链接手法这一假设所需要解决的问题，其实也就是探究故事讲述者对传统故事重构的秘密。针对另外的两条线索，我们尝试在白蛇故事文本中设置两个对应性的超链接符码，如果成功设置，这个问题也就能得到解答。事实上，《法海手札》已经鲜明地成为小说的超链接符码，它既与白蛇故事相关，也与现实的法海相接，而文字在小说中也与正文有完全不同的字体和字号(相当于新媒介中的超链接符码标识)。故事讲述者以特殊版式的《法海手札》提示着它所承载的双向功能——既指向传统的白蛇故事，也与现实直接相关。另外一条线索，则以第一人称“我”的方式，直接嵌入故事，“命中注定，我要成为这个流传了千百年的故事的一部分。命中注定，八十年后我会看到那份‘手札’，知道了完全不同的结局。命中注定，我终会和自己重逢”。“我”的叙述动力与功能是口头传统的故事讲述者所创建起来的优先叙述原则。这种叙述者形态，既可以是故事叙述者，也可以是人物，还可以是二者兼得的功能元。小说《人间》的故事讲述者开篇塑“我”，显然是一个既传统又恰到好处的超链接设置。“孙传芳进攻杭州”的历史性，在“我”的出生背景上得以存在，而“母亲”给“我”取名“秋白”并加上雷峰塔倒的特定事件，又让“我”以近于神秘的方式走近了白蛇故事。

“我”的叙述动力与功能是口头传统的故事讲述者所创建起来的优先叙述原则。

这种超链接设置，就像故事说唱之前的那点噱头，也就是小说所标明的“引言”，由此可引出故事，可进入故事，可从现实中沉入故事，也可明白故事活动有着切切实实的现实存在。小说《人间》开篇超链接的精妙之处，还在于它预示了故事讲述者重述神话采取多线索结构。以上而论，再来探讨《人间》故事讲述者在书面媒介过渡性方面的表现，就可以很清晰地梳理出线索来，一是对口头传统中故事的主旨有所坚守和发掘，一是对新媒介中的技术化超链接的叙述性揭示。

一是对口头传统中故事的主旨有所坚守和发掘，一是对新媒介中的技术化超链接的叙述性揭示。

《白蛇传》的另一个书面文本是蒋勋为云门舞集的舞剧《舞动白蛇》①所编写的小说底本。这是书面媒介建构《白蛇传》的精美异文。故事讲述者/小说叙述者的视角变换频繁，故事层次丰富，主要包含有三个层次的故事讲述者：第一层次，故事内以白蛇的视角为线索推进故事；第二个层次是中间层次，给“我”讲故事的“我的母亲”为故事讲述者；第三个层次是最外一层，由第一人称的“我”来讲述故事，也同时是第二层次的故事接受者。这三个层次的故事讲述者存在着融洽的交互关系：“我”是中间层次故事讲述者“我的母亲”的接受者；“我的母亲”是故事内白蛇故事的讲述者；而白蛇以自己的主动行为担当了不自觉的故事讲述者，一定程度上与“我的母亲”在讲述上构成呼应。而“我”作为整个故事的讲述者，既采取全知视角，也接受有限的听众视角；既直接评价“母亲”的讲述，也直接进入白蛇人物之中，以

① 蒋勋．舞动白蛇[M]．桂林：广西师范大学出版社，2004.

她的视角来推进故事、感受故事。尤其值得关注的是，总体故事讲述者“我”对人物、故事内的故事讲述者和自我的评析，近于口头媒介的故事讲述者一边讲故事，一边臧否人物、解说背景，使得故事的讲述充满了历史的沧桑、人情的感念和生命的意味。这种以书面媒介还原口头媒介的艺术尝试，这种精巧、繁复的讲述者交互关系，成为书面媒介建构《白蛇传》的艺术创新，故事讲述者在此得到淋漓尽致的表现。这是我们读到的最美的《白蛇传》异文，在多层次故事讲述者的交织与叠合中，在书面媒介的过渡性建构中，口头传统得到延续，历史情怀倍受尊崇，故事讲述者的叙事功能和艺术价值充分发掘出来，《白蛇传》的书面媒介极其深刻地强化了故事传承。

《白蛇传》的书面媒介极其深刻地强化了故事传承。

三、表演媒介中《白蛇传》的故事讲述者

表演媒介是一个大概念。我们基于人作为媒介的状态来讨论表演媒介，但又有区分。相对口头媒介时代的作为媒介的人，表演媒介的人所应当具有的主体性越发消散了，甚至只是客体性的道具。在表演媒介中，人不是生活中的本真形态，人被故事规范成为角色替身，人只能是舞台或银幕/屏上的一种表演形象。这种情况下，人在担任媒介的历史线索上发生了第一次大演化。表演媒介区分开它与口头媒介的差异，它的内部也需要作出差异性分析。戏剧舞台表演是以现实时间和现实空间为依据的表演，表演者与观众之间存在象征性的舞台距离。影视艺术表演则是以分离的技术处理的时间和空间为依据，表演者与观众之间存在着不可跨越的物理距

由于表演媒介的核心要素是作为媒介的现实的人，它展开与传播的方式则以观众为对象，观众与表演者之间形成了深刻的依存关系。

离。需要强调的是，由于表演媒介的核心要素是作为媒介的现实的人，它展开与传播的方式则以观众为对象，观众与表演者之间形成了深刻的依存关系。这种关系是现场的：戏剧表演媒介更为直接，影视表演媒介相对间接，但在故事生产过程中则以观众为基点。表演媒介对接受主体——观众的强调，事实上是表演媒介建构艺术的重要表现，自口头媒介时即已显现出来，在表演媒介中获得了更为复杂、更为生动的表现形态。尤其在世俗文化样式主要以表演媒介为主体的时代，无论从观赏角度还是从再生产角度，表演媒介都更多地依赖于观众的理解与参与。舞台场景或影视镜头的言说，叙述人称的设置，结构模式的选择，乃至整个文本的时空建构，无不受到观众的影响。观众的视角和审美方式以某种有效的途径转换为表演媒介的存在依据，观众在这种转换中也获得了表演媒介的身份，观众因此潜在地融入表演媒介之中，成功地参与了表演媒介的艺术建构。观众与表演媒介的内在关系并非表演媒介的特性，但在艺术媒介史上表演媒介对观众的推崇超越了其他媒介，因此，表演媒介在一定意义上也建构了艺术接受的观众，与观众达成了互为前提的协约。这种协约，从最初的戏剧表演媒介开始，观众的主导性不断受到压制。到了大众媒介时代，影视表演媒介在协约上更加大了对观众的诱导性控制，观众一方面成为表演媒介的先生，一方面则以信众的身份寄望于表演媒介，受控于表演媒介。在法兰克福学派的理论中，这种信众身份是文化工业时代的必然，影视表演媒介与大众传播机制一起，将政治意识形态洒遍世界，水泥般的媒介社会控制着观众，控制着社会变革的思想，媒介权力正在走向人类的对立面。总之，观众视野是我们讨论表演媒介时必须隐含的重要维度。表演媒介的两种形态有一个非常直观的共性，那就是二者都以特定的物质框架来表现艺术文本：戏剧表演文本以舞台的形式面对观众，影视艺术表演文本以框格(幕体和视屏)的形式展示。这种共性，既是表演媒介的物质性，也是故事讲述者在表演媒介上的一种显现。

这种共性，既是表演媒介的物质性，也是故事讲述者在表演媒介上的一种显现。

进一步讨论表演媒介，我们分别从戏剧表演媒介和影视表演媒介两个方面来展开。

在京剧《白蛇传》中，不同的编剧、导演和表演者所演绎的故事其风格不尽相同，这种差异来自整体上的不同叙事者——编剧和导演。田汉编剧、黎涛导演的文本，着力淡化白娘子的妖性，消解白、许爱情的感恩因素，突出情感的自由、真诚和动态平衡，倡导民主意识，推崇追求进步的反叛与积极抗争。这种编剧的观念和导演的倾向，由戏剧表演媒介的故事讲述者将其功能直接赋予人物，自身处于不在场的舞台背景之后。故事人物通过对白、演唱、动作和布景来推动故事的展开，主要人物是最强劲的叙事动力，他(们)以其主导性的功能关系影响故事的其他人物，共同决定情节的发展和演变。这种隐含的故事讲述者是编剧和导演，在故事表演的整个过程、人物塑造与表演策略、事件组织与冲突设计等方面，都预先作出决定性的编排。这些编排，本质上就是一种故事讲述活动，编剧与导演虽置身故事表演之外，却将故事的结构、人物的型式、冲突的效果、舞台的布景、主题的表达等作出具体的艺术编排，故事讲述者的意图与功能融入故事的表演全程之中，似隐而显。整个舞台的意义在叙事机制上，与表演本身无关，而是由编剧和导演所承载的。固然戏剧表演的故事讲述者隐于舞台之后，但在充满活力的舞台上还是时隐时显地有所表现。布景的变化、场次的转换、人物的上下、音乐的协调、表演之间的补白，等等，都立于故事表演之外，让观众感受到有一种机制直接运作了故事的表演，将复杂而灵动的人物表演栩栩如生地展现为一种真实，一种与生活息息相关的场景，一种可以让观众融入其间而忘乎所以的客观存在。这也可以说就是戏剧表演媒介的故事讲述者的某种外观，虽然不是全貌，却可以指代故事讲述者的功能，彰显出隐身的故事讲述者对于舞台表演的建构与艺术实践。

第一个把白蛇故事搬上戏曲舞台的，是明代的陈六龙，只是原剧失传。《远山堂曲品》记："相传雷峰塔之建，镇白娘子之妖也。以为小剧，则可；若全本，则呼应全无，何以使观者着意？且其词亦欲效颦华赡，而疏处尚多。"至今尚存的最早的白蛇戏曲表演剧本，是清代早期黄图珌的《雷峰塔》传奇。这部作品一脱稿，戏曲艺人就把它搬上舞台，演出后，一时轰动江南，尤其盛行于江、浙一带。黄图珌根据戏剧表演媒介的需要，考虑了白蛇故事的整个布局和场次安排。戏剧表演媒介对白蛇故事的发展，到了清乾隆中叶，已达到成熟阶段，先后出现了梨园旧抄本《雷峰塔》和水竹居刊本《雷峰塔》。这与乾隆本人对于《白蛇传》戏剧的看重有很大关

戏剧表演媒介对白蛇故事的发展，到了清乾隆中叶，已达到成熟阶段。

系。据《清稗类钞》所记，乾隆第五次南巡时，两淮盐商“延名流数十辈，使撰《雷峰塔》传奇”，因担心伶人不熟悉唱本，以新剧本为台本，而“用旧曲腔拍，以取唱衍之便利”，架台于两舟之上，为皇帝表演。这个袭用“旧曲腔拍”的本子，很可能就是在黄本《雷峰塔》的基础上加工、整理而成的。现存的梨园旧抄本早于水竹居刊本，相传为清代名伶陈嘉言父女的演出本。陈嘉言是清代昆腔老徐班名丑。《扬州画舫录》记：“三面以陈嘉言为最，一出鬼门，令人大笑。”方成培创作了水竹居刊本《雷峰塔》，他删掉了旧本的《窍巾》、《审问》，增入《夜话》，对《求草》、《合钵》、《祭塔》也作了一些改动①。近代以来，除京剧表演过《白蛇传》外，地方戏曲中，川剧、滇剧、闽剧、楚剧、越剧、粤剧、庐剧、评剧、扬剧、锡剧、婺剧、淮剧、黄梅戏、皮影戏、秦腔、湘剧、汉剧、河北梆子、同州梆子、吕剧、绍兴高腔等 20 多个戏曲品种都上演了《白蛇传》的相关故事②。戏剧表演媒介对白蛇故事的演绎可谓百花齐放，艺术精湛之至。现代白蛇故事的戏剧表演以田汉编剧的《白蛇传》③为代表。

现代白蛇故事的戏剧表演以田汉编剧的《白蛇传》为代表。

作为中国传统名剧，《白蛇传》的故事表演具有非常丰富的艺术资源。23 个地方剧种的个性化表演，将白蛇故事呈现为艺术媒介传承中最为经典的故事之一。不同剧种的创造性表演，深化了这一媒介的表现能力。在这

① 沈达人，颜长珂. 古典戏曲十讲[M]. 北京：中华书局，1986.
② 谭正璧，谭录. 弹词叙录[M]. 上海：上海古籍出版社，1981.
③ 田汉. 田汉戏曲选：下[M]. 长沙：湖南人民出版社，1980.

戏剧表演媒介对于白蛇故事的创造性发展，较之其他媒介更为突出。

个层面上，我们可以说，戏剧表演媒介对于白蛇故事的创造性发展，较之其他媒介更为突出。在艺术媒介史上，戏剧表演媒介展演故事，承继了口头媒介以鲜活的人作为媒介直接面对观众的传统，也保留有书面媒介长于人物塑造和冲突设计的个性，还为表演媒介的技术性拓展提供了基础。鉴于剧种的繁复和戏剧表演媒介所具有的共性，我们讨论《白蛇传》以京剧为主，辅之以其他剧种，较为全面地认识《白蛇传》的故事讲述者在戏剧表演媒介中的形态和规律。1999年北京戏剧研究院演出的京剧《白蛇传》以田汉剧本为底本，整部戏剧分为十六场：《游湖》、《结亲》、《查白》、《说许》、《酒变》、《守山》、《盗草》、《释疑》、《上山》、《渡江》、《索夫》、《水斗》、《逃山》、《断桥》、《合钵》、《倒塔》。十六场又可按故事关系理解为四个大的冲突：结亲—酒变、盗草—释疑、水斗—断桥和合钵—倒塔。这两条线索正是编剧/导演作为故事讲述者的叙事依据。第一个冲突(第一至第五场)的叙事以白素贞、小青、许仙、法海四个人物为主；第二个冲突(第六至第八场)的叙事以白素贞、小青、鹿童、鹤童、仙翁、许仙六个人物为主；第三个冲突(第九至第十四场)的叙事以白素贞、小青、许仙、法海四个人物为主；第四个冲突(第十五至第十六场)的叙事以法海、白素贞、小青、许仙四个人物为主。各个冲突都以对白、独白、动作、装扮的方式推进故事，故事讲述者的职能直接附加到人物身上，故事讲述者隐而不显，故事逻辑却暗示出他的存在。

另外，京剧《白蛇传》的故事讲述者在舞台上也有现身的痕迹。每一场的布景及场景的变化，多个场次的转换，各种器乐的伴奏及其声律，都不是故事人物所能承担的要素，直接呈现出舞台表演的故事讲述者的身份，让观众意识到戏剧表演有一种高于人物的叙事机制存在。这种机制既保证了人物的塑造，也建构了舞台表演的完整性和生动性。故事讲述者的这种出场，正是戏剧表演媒介的必然要求。一方面，媒介借助人物的对白、独白、动作和装扮来隐藏故事讲述者。这种隐藏，为戏剧表演媒介提供了艺术建构的可能空间，生活中的人因为表演故事而成为具有一定虚构性质的人物，与观众没有太多现实屏障的舞台也因之而成为高于现实、超越俗世的神秘世界。另一方面，媒介又要求故事讲述者去完成故事表演所未能完成的舞台讲述，以此来与观众见面，向观众传达故事表演的意图和程式，并期望这种见面能反馈出观众的喜好与批评。

这种机制既保证了人物的塑造，也建构了舞台表演的完整性和生动性。

川剧对《白蛇传》有重要的发展。故事讲述者赋予人物的动作较其他剧种更为鲜明，尤其《水斗》一场。川剧注重表演者的武打动作，除《舟遇》、《定情》是细线条的叙事，其他各场都是粗线条的展示。从《扯符吊打》到《惊变》、《闯阵盗草》、《水漫金山》、《断桥》、《合钵》等，大量运用武功身段，设计了竹椅、耳帐子、吐火、靴尖开眼和蹿火圈等特技，通过高难度的武戏和技艺来表现白娘子的反抗意志和斗法的艰辛、王道士的恐惧以及法海的无情镇压。川剧强调白蛇故事主题斗争性的一面，生动传神，叙事效果更为显著。此外，还有些地方戏受说唱艺术和当地传说的影响，在叙事上也有独特之处。

扬剧继承王万青所传清曲，将白娘子回忆往事而后决定上金山找法海理论，以及白娘子与小青在江中行舟一线强化，编排为单独的一折戏《上金山》。故事讲述者以这种增加折子戏的方式来突出故事的悲剧意识。高甲戏的《许仙说谢》一折，表演许仙被发配至镇江后被陌生人保释，遂与友人徐乾去回谢恩人。当发现恩人就是白素贞时，许仙极为恐惧。后经白素贞、小青辩解，方与许仙改善关系。细节的变化，表明了故事讲述者的侧重塑造许仙这个人物的叙事倾向①。

《白蛇传》的故事在戏剧表演媒介和影视表演媒介中获得了空前的发展，这是我们需要深入思考的重要问题。

《白蛇传》在影视表演媒介中获得了丰富的艺术表达。截至2011年，先后有6个国家和地区拍摄相关电影、电视剧和舞台剧，共24部。其中，日本2部电影；韩国1部电影；新加坡1部电视剧；英国1部电影；中国台湾地区2部电影、1部电视剧；中国香港地区5部电影、1部电视剧、1部舞台剧；中国大陆8部电影、1部电视剧。如此丰富的改编与创作，对《白蛇传》的塑造与传承发挥了重大作用。《白蛇传》的故事在戏剧表演媒介和影视表演媒介中获得了空前的发展，这是我们需要深入思考的重要问题。为什么《白蛇传》故事在表演媒介中获得如此巨大的生命活力呢？书面媒介在继承口头媒介的故事传统时，被口头媒介淹没了，包括故事的叙述方式和基本结构，书面媒介大都采取了直接继承的原则。从文化接受的角度分析，《白蛇传》之所以在表演媒介有转折性的变化，主要在于两个因素：一个是《白蛇

① 张庚，郭汉诚．中国戏曲通史[M]．北京：中国戏剧出版社，1981.

传》主题对于表演艺术媒介的选择；一个是《白蛇传》传播对于表演艺术媒介的扩展。前者以家庭为核心，以神奇人物为线索，故事通过表演媒介具象化为现实中可歌可泣的平凡人物，使早已熟悉故事的观众受到更为真实的震撼；后者更是受益于口头传统已经培养起来的良好的故事接受群体，他们对于影视艺术媒介的故事塑造起到了推动作用。

影视表演媒介是直观的技术媒介，隐藏了真正的故事讲述者。电影叙事学家罗·伯戈因在探讨电影叙述者时认为："电影叙事理论的最令人畏惧的问题，集中在叙述者的身份上。"①谁是叙述者？影视表演媒介如何讲述故事？我们面对影视屏幕上声色喧嚣的故事表演，很难作出回答。然而，故事讲述者的问题又是我们进入影视表演媒介时最需要弄清楚的问题。一方面，导演与编剧以协作的方式规定了故事、确定了演员，在具体的拍摄过程中也会直接干预故事，事实上充当了故事讲述者。另一方面，影视艺术通过后期剪辑，将镜头本身的完整性和故事的视觉节奏整合起来，这是导演展示个性、强化其故事讲述者的媒介特质。虽然电影与电视之间存在媒介差异，不过，为了研究的集中与可操作，影视艺术媒介以电影艺术媒介为基础、以电视艺术媒介为辅助来展开讨论。

我们以夏祖辉导演的电视剧《新白娘子传奇》和徐克

---

① 罗·伯戈因．电影叙述者：非人称叙事的逻辑学和语用学[J]．王义国，译．世界电影，1991(3)．

导演的电影《青蛇》为代表来讨论《白蛇传》故事讲述者在影视媒介中的表达。

《新白娘子传奇》是一部较为忠实地承袭清末剧本《义妖传》的电视剧，情节丰富，形象鲜明，自 20 世纪 90 年代早期开播以来，成为影视媒介形态最有影响力的《白蛇传》文本。导演夏祖辉尊重传统，从情节到人物基本上传承了清末较为定型的成熟剧本，对故事的情节发展、对人物性格的把握、对矛盾冲突的设置，与口头传统中的基本倾向趋于一致。宏观来看，就这种传统观念讨论，可以将导演定位于一名普通而传统的故事讲述者，我们在这个判断下面分析《新白娘子传奇》的故事讲述者。电视剧《新白娘子传奇》一共 50 集，故事讲述者以影像和字幕的方式贯穿全剧，影像则以视点的确立来呈现隐藏的故事讲述者。在这部大型电视剧中，故事讲述者大量运用视点的转换来推动故事，以字幕的跳跃性将整个故事划为三大段落：西湖结亲、苏州开店与镇江水斗、西湖镇塔与出塔。视点的集中而频繁转换，是《新白娘子传奇》故事讲述者的显现方式。从白娘子出场，到许仙与白娘子相遇，电视剧的视点转换构成了故事的不同影像：以白娘子为视点，西湖盛景，感恩情怀，春心荡漾，故事自然引出郊外祭祖的许仙。同时，视点转换到许仙，清明风俗，人心思亲怀祖，眼望春光明媚的西湖，也只是清新淡雅之所。两种不同的视点，都是故事讲述者所预设的影像表达方式。在这一组视点的转换中，人物的视点都得到充分呈现，白娘子的视点引出了西湖和许仙；许仙的视点则融合了白娘子，实现了借伞定亲、取伞成亲的故事功能。就这一组镜头而言，视点的塑造和转换成为故事讲述者显身的最好印证。苏州开店与镇江水斗是故事的矛盾激化情节。复杂的人物关系和事件冲突，使得白娘子和许仙一次又一次陷入困境，难以摆脱。故事讲述者巧妙地运用人物对白和唱段来组织故事，以黄梅调为基础的人物对白和唱段在整个故事中起到了讲述者的作用。尤其那些表达人物内心世界的唱段，有效地展开了故事。黄梅调的大量运用，在故事讲述的层次上，并非随意而为的。当这些人物唱段显现了故事讲述者的意图与功能时，置身于黄梅调中的故事讲述者就充满了传统的艺术个性，这与电视剧总体情节的编排完全吻合。这也是故事讲述者在《新白娘子传奇》中所创建的另一种出场方式。故事讲述者在影像表达中很难直接表现内在的人物；而人物的内在塑造往往又是故事行进的一种动力。对这一难题，电视剧《新白娘子传奇》以人物的唱段来处理，既突破了人物内在塑造的局限，又能动地创造了故事讲述者的栖身之所。

对这一难题，电视剧《新白娘子传奇》以人物的唱段来处理，既突破了人物内在塑造的局限，又能动地创造了故事讲述者的栖身之所。

电影《青蛇》较电视剧《新白娘子传奇》，在故事情节的编排方面，有很大差异。前者重创新，后者重继承；前者以青蛇为主线，后者以白蛇为核心。这种差异，实质上是作为故事讲述者的导演/编剧的差异。《青蛇》是改编自李碧华同名小说的电影。对传统故事大幅度的变革，这种挑战性不言而喻。故事讲述者在电影中也主要以视点和字幕来表现，但较《新白娘子传奇》要简洁、集中得多，这也是电影与电视剧在人物情节和承载容量方面的重要区别。电影《青蛇》主要以青蛇的视点来推进故事。这一视点的中心化，充分展现了故事讲述者的创新意图。白蛇视点退居其次，故事重心落在青蛇的感受、需求、意愿上，于是，影像表达也获得了一定的自由：青蛇视点在传统故事中是弱势的，对于形象塑造和个性发展都留有较大余地；而且，在传统故事中原本就给青蛇赋予了一定的反叛性，这有利于故事讲述者去强化这一性格。青蛇的视点在整个故事中成为核心线索，由她去看西湖、看白蛇与许仙的婚姻、看法海的两面性，也是以青蛇的理解来建构其他人物。影像上反映出来，青蛇的湿润、碧绿、苍翠、嫩滑、肉感，强烈地烘托于郁郁葱葱的竹林丛中。这是青蛇的出场，也是青蛇视点展开的大背景——她是天籁之物，生命充沛，俗世难容。故事讲述者正是以青蛇的本性为基础来定位其视点的。电影的基调也以蛇的本性为主，青、白二蛇的视点于是具有了新的意义：人类社会的形态变得摇曳不定，传统的认知因为蛇性的观照也出现了全然不同的表现，故事讲述者也因为青蛇的视点而处于一种陌生化的语境之中；而且，人物在传统故事中的关系变得模棱两可、暧昧不清。尤其对法海的权威性消解，让青蛇与法海之间形成一种情感关系，从青蛇的本性视点出发，这种巨大的传统变革才有可能。显然，《青蛇》的视点转换塑造了一个主张从本性、从感官去消解或重述白蛇故事的故事讲述者，影像的技术化达成了故事讲述者的变革想象。这要比小说《青蛇》的语言表达来得切实而震撼，令人心旌摇荡、魂不守舍。这就是感性的《青蛇》，激情与本性

影像表达也获得了一定的自由：青蛇视点在传统故事中是弱势的，对于形象塑造和个性发展都留有较大余地。

的电影化诉求。故事讲述者实现了他的目的。

四、《白蛇传》的故事讲述者对媒介的选择

《白蛇传》穿越多种艺术媒介的历史，正是媒介与故事讲述者发生多重关系的一个见证。口头媒介创造了白蛇故事的文化传统，人与媒介融合共存，故事讲述者在媒介中建构了最为稳定的故事线索。《白蛇传》倾向于表演媒介。这是它在书面媒介之后所作的革新式选择。书面媒介对白蛇故事的记录，对表演媒介的书面文本的创作，都不能说明白蛇故事的口头传统的变化。相应地，从书面媒介的记录中，我们发现了口头媒介的延续，一种传统在另一种媒介中相当完整地保存下来，这是媒介史上的奇观。尽管人的媒介表现不再鲜明，但口头媒介中的人的功能与表达，都在书面媒介中获得新生，而且有了更好的、更为丰满的叙述。想象与语言的结合，将书面媒介扩展为大叙事的媒介平台，数千年的口头媒介传统被精心融汇到书面媒介之中，书面媒介成为口头媒介的一个开放性媒介变形。表演媒介却走出了这种媒介变形。

口头媒介创造了白蛇故事的文化传统，人与媒介融合共存，故事讲述者在媒介中建构了最为稳定的故事线索。

人第一次以人物扮演为个性的媒介探索，就是戏剧表演媒介的雏形。故事讲述者充分运用戏剧表演媒介来演绎白蛇故事，在舞台上将白蛇故事生活化，白蛇开始有了世俗的根基。从白蛇故事的媒介变迁来看，正是在戏剧表演媒介的背景下，故事讲述者开始了介于真实与虚构之间的艺术创造，主题得到拓展，人物获得重塑，基于想象的口头媒介在表演媒介中被超越，人物与故事同时在舞台上生动地展开。故事接受者在表演媒介中将

故事定型化，而人的表演又将故事定型发展为某种可修改模式，《白蛇传》的媒介选择于是有了方向：表演媒介。明清时期的两个重要剧本及其演出，都足以证明这种选择的有效性。从此，在戏剧表演媒介上的尝试，推动着故事接受者与媒介的深入交互；现代中国 30 多种戏剧表演的全面参与，更是让白蛇故事辉煌之至。自 1953 年以来，影视表演媒介承接着戏剧表演媒介的风力，再度显现出白蛇故事对表演媒介的倾向性选择。日本，新加坡，中国台湾、香港、大陆等陆续将白蛇故事媒介化，影视表演媒介更为深切地塑造出白蛇故事的人物，主题更为开放地得到彰显，意义更为深刻地发掘出来。影视表演媒介最为重要的贡献在于，表演者以其外观展示了故事讲述者的意图。这些意图，正是《白蛇传》的媒介愿望。

影视表演媒介最为重要的贡献在于，表演者以其外观展示了故事讲述者的意图。

第二节　故事的媒介建构——讲述者维度

故事讲述者借助媒介演变获得了更多的表达形式，然而其主体性身份则在演变的过程中逐渐削弱，媒介身份相对地得到强化，职能上也就由对话向操控演变。故事讲述者的相对独立性受到影响，媒介对于故事讲述者的制约日益明显，故事讲述者被蒙上媒介使者的面纱。经典叙事学有一个重要的理论命题，就是讨论故事讲述者的活动与性质。宏观上考察故事讲述者的功能、内容、性质及其影响，学界已有较为公认的看法。这些讨论和明确的观点一定程度上阻碍了故事讲述者的进一步研究，尤其是立足于叙事媒介的故事讲述者的一些问题，很难得到开拓性的讨论。不过，随着当代叙事作品越来越凸显其媒介因素，故事讲述者的表现形态、文本功能、社会操控权力及其与故事内在要素的关系，也就越来越生动、驳杂和丰富，越来越需要对其作出细致的媒介研究，方能作出新的理论阐述。

一、故事讲述者的媒介处境

故事讲述者作为故事的核心要素，他的原初形态是现实中的人。这一形态所依托的口头媒介，事实上直接建构了故事讲述者。故事讲述者的主体出场缺乏独立性，他隐含有媒介身份与角色品格。技术媒介参与故事制作，沿袭了人类学媒介的基本传统，同时，又以其个性影响了故事讲述者。叙事理论中的故事讲述者源于口头传统中的讲述人，后逐渐向书面文本和电子文本中的作者或非实在的讲述者漂移。这种漂移，就是媒介在讲述者维度的建构结果。媒介以其技术和独特的面对世界的姿态，改变了讲述者存在的方式及其显身的理由。当然，这种漂移过程，不仅仅有媒介因素的单一影响，还受到作者观念、接受状态和文化史的内在规律等因素的制约。我们在此强调媒介因素，更具体的立场是媒介的主导性价值。媒介处境的演变是我们考察故事讲述者的一个前提。技术的进步直接推动了媒介处境的变化，这在人类文明的进程上是极为显见的事实。尽管如此，媒介处境并不是容易引人关注的问题，尤其对于故事讲述者的功能与价值，深入讨论显得非常困难。

媒介以其技术和独特的面对世界的姿态，改变了讲述者存在的方式及其显身的理由。

20 世纪中期以来，多伦多学派很系统地讨论了人类文明史上的媒介处境演变问题，讨论着眼于政治文化的建构和人类发展的动力学来源。前一个命题中，媒介处境的演变，对于人类的政治结构和权力机制的模式，产生了深远影响。据此，伊尼斯将人类文明作了媒介层面的分期：(1)莎草纸和圣书文字——埃及文明时期；(2)拼音字母——希腊—罗马文明时期；(3)羊皮纸和抄本——中世纪时期；(4)中国纸笔时期；(5)印刷术初期；(6)报纸——启蒙时期；(7)印刷机、铸字机、铅板、机制纸等——机器印刷时期；(8)电影时期；(9)广播时期。分期以媒介演变为其线索，同时将媒介与社会文明的内在关联具体化，充分挖掘媒介的文明史价值，第一次把媒介提升到文明建构的高度加以讨论，对于我们思考媒介问题至关重要。伊尼斯和麦克卢汉有一个共同的判断，那就是媒介演变的不同时期，文明的发展与选择存在偏向问题。这也就是说，不同的文明形态所倚重的媒介是不同的，从而形成不同的倾向某种媒介的特征。媒介的偏向对于它们所在的文化而言，总是过于突出某一种媒介特性，因而对于文化的发展产生阻碍作用。以伊尼斯的观念，倚重时间的媒介的性质具有耐久性、延续性，如羊皮纸、黏土和石头以及口头媒介，它们都以耐磨持久的品性为人们所看重。这种媒介的笨重或现场性，不便于运输或移动，非常适合知识在时间上的纵向传播。而另外一些媒介，则倚重空间，质地轻，易交换，如莎草纸、印刷品以及其他书面媒介，它们都以轻便、集中而广为人用，适合空间上的知识传播。正是由于这种偏向，媒介之于政治权力的建构才有了决定性作用："一个成功的帝国必须充分认识到空间问题，空间问题既是军事问题，也是政治问题。它还要认识到时间问题，时间问题既是朝代问题和人生寿限问题，也是宗教问题。”①这也就是说，政治建构必须注意媒介的平衡发展，纠正社会意义上的媒介偏向，进而维护政治结构的相对稳定性。后一个命题在麦克卢汉深入而富于创见的讨论中，我们明白了媒介演变对于社会发展的动力学意义。麦克卢汉扩大了媒介概念，将所有对于人类发展具有中介功能的文明产物都纳入媒介视野中，而不仅仅局限于传播媒介。这可以说，媒介概念的开放性正是麦克卢汉对于媒介社会的重要贡献。他把媒介理解为人的延伸、新的价值尺度，以及社会发展的转换器。这些观念，直接引导出他对开放性媒介的讨论：词(口语词、书面词、印刷词)、印刷品、滑稽漫画、打字机、报纸、照片、广告、唱机、广播电台、电影、电视、电话、电报、道路、轮子、自行车、汽车、火车、轮船、飞机、服装、住宅、数字、自动化、网络、游戏等。不同层面、不同领域，只要具有显著的中介功能，体现了延伸价值和新的社会尺度，都成为媒介的内容，都是社会发展的内在动力。如果我们尝试对麦克卢汉的媒介作一个大致分析，可以总结出以下特征：媒介范畴扩展到诸多领域，语言、交通、通讯、传播、娱乐、机械、智能等，都有重要的媒介功能，在不同时期发挥了重要作用，成为社会的媒介动力；媒介扩张成为社会的显性趋势，尤其是多媒介复合技术的开发与运用，直接导致了

政治建构必须注意媒介的平衡发展，纠正社会意义上的媒介偏向，进而维护政治结构的相对稳定性。

① 伊尼斯．帝国的传播[M]．何道宽，译．北京：中国人民大学出版社，2003.

新媒介的产生也就是新的社会价值取向的产生，媒介因此成为一种社会定性的基本依据。

人们生活方式与思维观念的重要变化；媒介成为社会价值变迁的内在因素之一，新媒介的产生也就是新的社会价值取向的产生，媒介因此成为一种社会定性的基本依据。从多伦多学派的媒介阐述中，我们可以较为明确地判断出人类社会的媒介处境，即媒介由单一向多维扩充，由身临其境向远影斜阳淡化，多种媒介交错互动，媒介形态极为丰富。这一处境正是故事讲述者的媒介处境。故事讲述者可以在语言、电子、网络、影视等媒介中为自己塑造多个形象，同时采取丰富的叙事手法来交代故事，编织线索，展示出宽广的叙事前景。不过，新的叙事媒介一定程度上也规定了故事讲述者的内在结构，很多探索性的叙事策略也受到大众媒介固有的反叙事性的抵制，当代新媒介提供的不仅是可能性，也有一种陷阱性的叙事解构力量在发挥作用。

此外，媒介身份也成为理解故事讲述者的重要前提。我们常常将故事讲述者作为叙事元素予以考察，又常常忽略了故事讲述者的媒介身份及其对叙事的制约性，这也是传统研究的局限所在。打开媒介维度的亮光，很快就会发现故事讲述者所暗含的媒介色彩。什么样的故事讲述者，必然显示什么样的媒介状态。我们把故事讲述者纳入媒介之中还会发现，故事讲述者的讲述方式与讲述效果存在着媒介的差异；也可以反过来说，媒介影响了故事讲述者的显身。这样推演过去，故事讲述者事实上兼有媒介身份，与听众和其他层面的故事接受者照面。进而可以说，故事讲述者受到媒介身份的制约，在不同媒介情境下，媒介直接参与了故事讲述者的建构，尤其对于故事讲述者的表达起到至关重要的作用。黑格尔认为，一个绘画性的情境和一个雕刻性的情境在表达上存在的基本区别在于：雕刻表现本身独立自足的、无冲突的、没有始终一贯定性的平板(无害)情况，只有到了浮雕中才开始主要运用一群人物的组合，使人物形象向史诗方面伸展，以及描绘以一种冲突为基础的动荡较大的动作；而绘画若要完成它所特有的任务，就得跳出人物和外界无联系的独立自足性以及缺乏明确定性的情况，才能走进人和外在环境不断发生关系的情况，以及情欲、冲突和动作之类生动活泼的运动中，即使在描绘自然风景的构思中也坚持要有一种具体情境的定性以及它的最生动鲜明的个性。相应地，其他媒介的表达也直接表现了媒介个性。诗艺不仅能表达一般情感和思想，而且还可展示出它们的转变、进展和上升。就集中了的内心生活而言，这种情况尤其适用于音乐，因为音乐所要表达的正是灵魂的运动①。在故事讲述者层面，绘画媒介侧重色彩与构图；雕刻媒介侧重质地与形态；书面媒介侧重叙述者与叙述方式；音乐媒介侧重旋律与声调。这些差异，一定程度上也表现了隐藏在故事讲述者背后的主体愿望，正如黑格尔所考察的绘画与朗诵的情况一样，他认为荷兰画派取材于村俗，粗野和平凡的自然中不重要的偶然的事物，这些景象却显得渗透着一种毫无拘束的快活热闹的气氛，以至形成真正的题材内容的不是那些平凡、村俗的东西而是这种毫

这些差异，一定程度上也表现了隐藏在故事讲述者背后的主体愿望。

① 黑格尔．美学[M]．朱光潜，译．北京：商务印书馆，1990．

无拘束的快活气氛。所以我们所看到的不是平凡的情感和情欲，而只是下层生活中的朴质的接近自然本色的东西，也就是快活的谑浪笑傲的喜剧性的东西。在这种自由自在的放荡之中就有一个理想因素：这就是生活中的礼拜天，它使一切平等无差别，扫除了一切邪恶。在荷兰的故事讲述者那里，喜剧性将情境中的邪恶消除掉，爽朗气氛和喜剧因素被创造出来，从而使荷兰画获得崇高的价值[①]。媒介的差异决定了在口头传统中白蛇故事的讲述者立身于口头媒介，将自身分解成若干个人物和角色，担当事件陈述、情节安排、人物定位以及人物表演等多种功能。《白蛇传》的故事讲述者是熟悉中国文化传统关于家庭观念和家庭价值的民间老艺人。在江南城镇经济逐渐兴盛起来时，农村结构向城镇结构的部分转型也随之拉开帷幕，老艺人从乡间进入城镇，他们的视角与情趣也随着城镇生活发生变化。这种变化是适应性的，也是创造性的。乡村社会的故事传统所蕴含的传奇意味，所塑造的神灵形象，仍然是老艺人讲述故事的基

《白蛇传》的故事讲述者是熟悉中国文化传统关于家庭观念和家庭价值的民间老艺人。

① 就电影叙事理论而言，大体上分析，主要有四大理论形态：一是以麦茨为代表的“句法学”叙事理论，重视对电影句子、段落的结构研究，提出了著名的电影结构“大组合段”理论。二是以艾柯、沃伦为代表的影像符号学理论，否定电影影像是现实物象的纪录和复制，强调电影语言作为文化符号的性质。三是文化符号学理论，核心观点是讨论影片话语与意识形态、观众心理的深层联系，对影像修辞与观看主体、电影机制与意识形态、视点运用与权力话语、修辞策略与叙事操纵等影像与文化的若干问题作出解答。四是以米特里、波德威尔为代表的综合叙事理论研究。这一理论从叙事整体的美学与艺术角度来看待和分析电影符号学的特性和影片的表意功能，兼顾了现实与符号、内容与形式、客体与主体等各个方面。李显杰. 电影叙事学：理论与实践[M]. 北京：中国电影出版社，2000.

础和拿手活，也是乡村社会传统转型为城镇社会新貌的必然表现。这种口头媒介背景，正是《白蛇传》的故事讲述者所承载的整体意义。中国意义上的乡村社会与城镇社会有着血脉相承的文化关联，口头媒介则成为这种关联的有效通道，乡村的口头讲述转为城镇的口头展演。在此意义上，表演媒介可以视为口头媒介的一种延伸形态。乡村社会的白蛇故事定型为充满神秘感的异类婚故事，人物被泛化，生活背景十分模糊，故事寓意在于传承民间神秘信仰和婚姻理念；城镇社会的白蛇故事定型为世俗浪漫色彩浓郁的异类婚故事，人物明确，生活场景非常具体。这种转型中的变与不变，正是故事在不同社会结构中由其讲述者依据媒介的变化而作出的顺应性调整。口头媒介中，讲述者侧重白蛇故事的神秘传统；表演媒介中，讲述者侧重白蛇故事的世俗生活。由此可以得出结论说，媒介处境是白蛇故事讲述者选择叙事策略的重要因素。推及影视媒介和网络媒介，故事讲述者也因之而确立了不同的叙事策略。影视媒介强调形象直观和生动逼真，故事讲述者也就侧重白蛇故事的表演者与生活场景的营构，侧重声音、色彩等要素在故事中的功能；网络媒介以虚拟、互动、全球化为特征，故事讲述者则以游戏为手段，以增强娱乐性为其目的来延续故事。故事讲述者在这些媒介中的不同表达，实质上也是其不同的显身方式；而白蛇故事基本母题的传承仍然获得媒介的支撑，一定意义上又说明了媒介之间的历史性关联。

从上述讨论中，我们能够厘清一种思路，历史维度的故事讲述者有不同的媒介身份，跨媒介处境放大了这一身份，强化了人们对故事讲述者媒介形态的思考。而大众传播背景下的媒介反过来推动故事讲述者演绎故事，媒介建构故事在一定意义上解构了主体，审美成为媒介展示的一种结果，情感变作媒介应用的一份清单。口头传统支撑起来的故事讲述者渐行渐远，大众媒介开始利用并挟持故事讲述者，无论印刷时代、影视世纪，还是网络家园，故事讲述者的主体性隐藏在媒介背后，颂神乐章的虔诚已难寻觅，故事朗诵的生动不再真切，戏剧歌唱的忧伤无人聆听——故事讲述者沿着媒介划定的轨道走下去，源自口头传统的转变来得迅速、短暂而零碎，犀利而智慧的故事讲述者从此着装华丽，嬉闹沉沦，柔弱无主，不再灵通。

二、媒介综合的探索

当代媒介群体极大地拓展了媒介影响的领地，以商业广告的名义向社会收取巨额报酬，信息时代的命名由此找到重要的支撑点。观察故事讲述者的媒介处境，我们在比较各种媒介形态的基础上，有一个更为复杂的问题需要讨论：多种媒介重叠置放，交互共鸣，形成了一个媒介综合的系统，在人工智能技术与通信技术高度发达的条件下，创造虚拟、开放、创造性的媒介平台已成为现实。那么，故事讲述者进入这样的多媒介平台会发生怎样的演变呢?

故事讲述者曾经与单一的媒介共谋，对应的事件也非常规整，关系结构容易辨识、接受。然而当故事讲述者面对多个互相关联的媒介群体时，尤其是面对建立在互相支持的媒介系统之中的多媒介时，他所呈现出来的矛盾是可以想见的，而且所伴生的问题还处于混沌的认识过程之中，一些全新的故事表达将故事讲述者彻底改变。不是故事讲述者去运用系统化、智能化的多媒介，而是这些高水平的多媒介系统设计了故事讲述者的出场方式和显身形态。外在的感受是故事讲述者对多媒介的占用，本质上却是对多媒介技术的依赖和屈从。媒介综合的另外一个结局是，仿生学意义上的媒介表现成为可能。口头传统中的媒介形态属于多媒介系统的人类学表现。人类智慧集中处理了声、色、动作、创造等媒介功能。多媒介的基础是人类自身的官能与行为。原生态的人类自体性多媒介具有良好的交互性与良好的行动能力，是人类建立起强大文化力量的基本前提。与人工智能技术与通信技术支撑的多媒介系统相比，人类学多媒介系统具有更强的智能性和更广的感应界面；然而本质上却已大致相近，都采取智能系统控制，都建立了多媒介的感应模块，都运用了多媒介交互支持的具体手段。仿生学上的多媒介系统，可以说是人类在延伸身体官能方面的最佳理想，也可以说是人类在技术维度上远离人类本性之后的回归。而其反面的背离也成立，技术层面的媒介对人体官能的延伸在终极意义上取消了回归人类本性的可能，媒介替代了人，人被媒介控制而丧失了生态系统上的诸种本能。故事讲述者被动地从多媒介系统获益，但并不幸运，他很容易为技术的要求而改变初衷，甚至于局限在技术的程序中盲目行进、南辕北辙。多媒介环境下的故事讲述者已经不可能找回人类学状态

技术层面的媒介对人体官能的延伸在终极意义上取消了回归人类本性的可能，媒介替代了人，人被媒介控制而丧失了生态系统上的诸种本能。

下的叙事自信，唯有向单一媒介的故事讲述求援，重新在分割的状态下建立相应的叙事营垒。这是必然的现实，多媒介系统席卷了所有的传统媒介，然而传统媒介的单一性依然存在，它们无可奈何地听任多媒介系统的喧嚣与号令，同时从中去领略自己融入多媒介系统的风采。另外，单一媒介还是承担了一定的职能，在社会需求中较为稳定的建构日益萎缩的地盘，这些努力在多媒介时代仍然起到辅助与映衬的作用。

如果说故事讲述者在媒介综合的时代迷失了自我，那么，也可以反过来推论说，媒介综合在故事讲述者的功能中找到了自信，媒介交互平台和智能软件设计几乎可以建构起所有想要建构的故事讲述者，媒介操控成为不可回避的现实。就《白蛇传》的网络游戏而论，故事讲述者置身于软件设计者之中，运用多媒介系统将故事人物、情节融入互动的娱乐性之中，人物的价值取向、行动方式、个性装扮、情感关系以及行为选择等都成为媒介娱乐化的手段，媒介综合完成了单一媒介不可能实现的超强表达能力。《白蛇传》的意义不再是某个主题或特定的文化语境，娱乐性倾向已经成为故事延续的基本动力。从《白蛇传》的网络游戏《青蛇》、《青蛇Ⅱ》两个文本来看，青蛇的形象构造、功力训练、情感养成、复仇历程等都具有浓厚的游戏趣味；而许、白关系则以具体行动、形象构造以及情感互动等具有游戏性的情节为重点；法海的情节则突出了武侠风格、正与恶的较量等易于游戏化的主题，所有的人物都成为故事讲述者精心安排给玩家的伙伴。故事讲述者以娱乐为旨归所作的这些安排的内在依据是媒介技术与媒介综合，技术制约着故事讲述者的设计与叙事意图，媒介综合支撑着故事讲述者实现各种时空表达和情节再现。故事讲述者与媒介综合的关系错综繁复，故事如何讲述，故事如何在娱乐化背景下呈现人类的传统价值，游戏故事与故事变迁还会有怎样的共振、互动关系，等等，都将成为此后研究的重要命题，也是未来社会实践必然探索的基本问题。

第三节　对话与操控——媒介与故事讲述者的对话关系

罗兰·巴特从媒介、体裁以及历史、文化等多个维度提出了叙事的普遍性命题。这是叙事学史的重要命题，它把叙事与媒介的关系的命题也深刻地展示出来。令人迷惑的是，巴特将叙事推向普遍本质的时候，为何将很重要的一些命题要素给遗忘了，而这些要素都与叙事存在着内在的关联。我们在此关注的媒介与叙事者/故事讲述者的关系命题，即是一个被忽略的命题。就叙事的施动者而言，这个命题可以进一步转换为故事讲述者与媒介互动的关系命题。

一、媒介与故事讲述者的对话关系

从人类艺术媒介的流变与转换中，故事讲述者经历了曲折而充满悖论的媒介过程，在口头媒介中的故事讲述者与现实中的生命饱满的人没有距离。同时，现实中的生命饱满的人因为讲述故事而失去了完整性和独立性。他的讲述使得自己具有了多重性质，既是现实的，也是虚构的；既是故事人物的塑造者，也是故事人物的

在口头媒介中的故事讲述者与现实中的生命饱满的人没有距离。

扮演者，还是故事第一位的接受者。虽然故事讲述者不再那样的完整和独立，但我们还是分明感受到他饱满的主体力量和丰富的生命意味，媒介的人与人的主体融于统一的结构之中，故事讲述者从口头媒介获得了真正的艺术身份，口头媒介也随之成为艺术媒介。正是基于上述关系，故事讲述者与口头媒介之间存在一种对话机制，在人类学的视野下，故事讲述者向口头媒介表达自己的媒介意愿，期待以聆听的姿态面对自己的故事接受者，以共在的生存理想描述现实生活和未来世界。

口头媒介满足了故事讲述者的讲述期待，在人与人的共在处境中让故事讲述者自由、自然地现身。

口头媒介满足了故事讲述者的讲述期待，在人与人的共在处境中让故事讲述者自由、自然地现身。这种自由是既保证故事讲述者的媒介身份又维护其主体性身份的自由；这种自然是在原初意义上的生活现实中故事讲述者所展现的自然，无需人为的创造，无需媒介的提示。故事讲述者与口头媒介融为一体，故事接受者也成为口头媒介的内在对象。我们由此抵达重要的人类学情境(人、媒介、故事讲述者、故事、故事接受者)之中。人作为媒介时，媒介隐身于故事讲述者之后，故事讲述者与故事接受者共同传承和共同享受故事。故事是生活，更是历史和传统。口头媒介与故事不是简单的建构关系，故事从口头媒介那里获得了内容的细节和意义。故事讲述者以媒介者身份面对口头媒介，口头媒介以弱主体性身份面对现实中的人，对话关系在媒介层次和主体层次同时建立起来。媒介史上，故事讲述者唯一的也是最本原的仅与口头媒介融而为一，对话因此也是内在的文化建构。

书面媒介的故事讲述者具有更为灵活的媒介适应能力。书面语言是书面媒介隐含其中的最有价值的媒介要素。书面叙事的开放与拓展都在书面语言的叙事力量中得到支撑。法国叙事学从口头叙事作品及其相关理论出发，落脚点则是书面叙事作品。书面叙事的故事讲述者形态丰富，层次多样，对故事的把握方式极其灵活，叙事话语和叙事结构变化无穷，有着极强的对生活世界和社会人生的表现力量。故事讲述者借重书面媒介实现了前所未有的对于人生和世界的深度把握及其艺术显现。故事讲述者获得自由表达的同时，书面媒介的价值与力量逐渐增强，书面媒介对于故事讲述者的语言要求被强化，平等的、融合的对话关系开始在两者之间出现裂痕。故事讲述者也以其虚拟的方式获得更多的表达自由，然而主体性的意义却难以凸显。书面媒介也在故事文本的接受者一面设立了语言成规，故事讲述者、故事与故事接受者从此分离。隐含读者是指那些具备书面语言能力的人，而不是普遍的接受者。

如前所论，这正是书面媒介过渡性的一种象征，口头媒介与故事讲述者融而为一的对话关系，故事讲述者以媒介性和主体性双重身份所得到的自由与自然力量，进入书面媒介后开始了双重演变。首先是媒介层面的演变。书面媒介极大地开放了自己的表现领域，媒介的独立性开始得到强调，媒介的主体性则被弱化；其次是故事讲述者层面的演变。故事讲述者的话语形式极大丰富，叙事力量极大提升，表达自由充分张扬。不过，故事讲述者的媒介身份却被取消，他的媒介表

口头媒介与故事讲述者融而为一的对话关系，故事讲述者以媒介性和主体性双重身份所得到的自由与自然力量，进入书面媒介后开始了双重演变。

现受到限制。这也就是说，书面媒介与故事讲述者的对话关系不再均衡，书面媒介的主体性被弱化，故事讲述者的媒介身份丢失，口头传统延续下来的媒介与故事讲述者的关系在书面媒介时代发生重大转折，对话已成往事，倾斜的不平衡关系成为此后的媒介发展中的一个基本方向。

表演媒介却在书面媒介之后有了较大的改观。这也许是表演媒介的特殊来源所致。人类学上，口头媒介与表演媒介具有共生性，只不过表演媒介的成熟是在书面媒介之后。尤其以影视表演媒介为主体的形态，更是后起的表演媒介形态。戏剧表演媒介与口头媒介同出一源，都是人类原初的文化形态。因此，媒介的主体性色彩和故事讲述者的媒介身份都很典型。完备的戏剧表演媒介，有了一个脱离表演生态的转换。戏剧表演媒介不再是生活本身的形态，而成为一种与生活存在某种距离的艺术媒介。尤其是舞台与化妆、道具的完善和成熟，表演者结构的丰富与规范，逐渐地将戏剧表演媒介蒙上书面媒介的阴影，故事讲述者、故事与故事接受者不再处于同一个层级之中，尽管故事接受者重新被强化。

影视表演媒介开启了以技术媒介为主导的媒介方向。

影视表演媒介延续了戏剧表演媒介的重要特征，又以其发展了的技术力量建构了它的新形象。影视表演媒介开启了以技术媒介为主导的媒介方向。事实上，这一方面在书面媒介中已有显现，但书面媒介的技术与自然媒介的基础有非常密切的关联；而影视表演媒介则以技术为主导，技术系统与技术表达都超越了自然媒介的亲和性，对话已受到限制，技术成为影视表演媒介的话语权。故事讲述者在其中受到规训，同时也富于智慧地建立起新的媒介表达语法，将原已封闭在自然媒介中只有依凭想象才能得到表达的内容显现出来，将故事接受者的审美想象接受变化为官能接受，将听觉与想象的媒介接受演变为视觉与体验的媒介接受。故事讲述者在技术媒介中所坚持的艺术原则也发生了重要变革，而最为重要的变革是外在的艺术化形象成为艺术总原则。于是，艺术的静穆、庄重、悠远，变得难以找寻，其中的故事也不再为艺术守身，官能的、感验的、刺激的外化形象将故事的完整性彻底颠覆，故事碎片堆砌起来，进一步建构起外化形象的营垒，在看似故事的线索中堂而皇之地卖弄外化形象，以感官接受为审美旨归。视觉时代的故事转换为形象，故事退场，形象替代故事，故事讲述者也就在影视媒介中无法立身，他所有的出场都只是媒介的虚拟，真实的出场者是感官化的形象。这也就是说，故事讲述者与媒介从对话走向对质，媒介对故事讲述者的控制性影响日益增强。

视觉时代的故事转换为形象，故事退场，形象替代故事，故事讲述者也就在影视媒介中无法立身。

二、影视媒介、网络媒介与故事讲述者的互动

电影叙事的基础理论侧重于不同的媒介问题，或者强调媒介结构，或者注重媒介符号，或者细读媒介修辞，或者兼顾媒介的符号功能和现实功能。媒介结构故事的方法和媒介符号指代的意义成为影视媒介叙事的关键问题，而这些问题的理论探讨，本质上都与影视表演媒介的故事讲述者有关。电影叙事学是研究电影文本是怎样讲述故事、调用哪些元素与功能、设计什么样的布

局结构、采用哪些策略与手法以达到何种叙事目的的学科①。我们结合戏剧表演媒介的讨论来分析，影视媒介的故事讲述者包括两个层次的内容：一是隐藏着的导演和剧本编剧；二是以剪辑、字幕、画外音、音乐等方式显现在影视媒介文本中的故事讲述者。

影视媒介文本以连贯、完整、动态的技术与艺术机制展示给观众，既是真实的艺术作品，也是虚拟的技术仿象。

影视媒介文本以连贯、完整、动态的技术与艺术机制展示给观众，既是真实的艺术作品，也是虚拟的技术仿象。声、色、情、义，社会、人生、世界、想象，通过逼真而感性的艺术形象，讲述了直观、迷幻的故事。技术建构的艺术作品在向观众表情达意的同时，不由自主地暴露出技术背后的人为意志。正是这种幕后意志，规定、设计、制作和讲述了影视化的故事，尤其是在文化工业思潮下，意识形态和市场利润全面渗透影视故事，社会成规取代了艺术原则。那些隐藏在幕后的人为意志本质上就是故事讲述者的意志。从影视表演媒介文本的技术制作与艺术创造来看，剧本编剧和导演发挥了故事讲述者的功能，功能的实现以字幕、画外音、具体表演和媒介文本的整体效果为标志。导演和编剧最为强势的功能表现是画外音解说，这也是影视表演媒介的故事讲述者最为鲜明的标志②。从结构上讲，字幕、画外音解说常常是作为故事讲述者的导演的干预性手段，既成为一种艺术文本的类型特征，也是导演不得已而为之的一种技术性调节。故事讲述者主要以人称叙事与非人

---

① 李显杰. 电影叙事学：理论与实践[M]. 北京：中国电影出版社，2004.

② 李显杰. 电影叙事学：理论与实践[M]. 北京：中国电影出版社，2004.

称叙事的方式来进入影视表演媒介文本。画外音、剧中人物、镜头、字幕等都是其表现形态。画外音的出现，意味着影视叙事拥有了与小说叙事同样性质的“人称”。人称叙事在影片中表现为叙述人以“我”、“他”甚或“你”的身份和语气、以画外音或画内人物的声音来讲述故事，整个故事被定下人称叙事的基调。人称既是故事讲述者的主观定位，也建构了整体意义上的故事讲述者，在相应的叙述视野下呈现出故事讲述者和故事接受者的对话情境。在没有直接叙述者的电影中，匿名的叙述人以两种情形存在。一是严格意义上的“非人称叙述人”，即叙事完全交由呈现系统来完成：镜头与影像的直接呈现。这种呈现，既没有推动故事的“讲述者声音”，也没有字幕的标识。还有一种非严格意义上的缺乏明确的故事讲述的“非人称叙述人”，也就是“影像＋字幕”的叙述①。这对于呈现故事信息，确立故事讲述角度，构筑讲述者与听述者之间的距离关系有着直接的影响。正是在这个意义上，可以说叙述者形态使影视文本变得更有故事性了。

与人称同等重要的叙述元素是视点。作为影视叙事最重要的叙事元素，视点是故事讲述者处理媒介文本结构的主要方法，将人物和故事情节设定为一些具体的观察角度，从而构造出多重的故事内、故事外及故事人物之间的叙述层次，形成交错、紧张、真实的叙述效果。在影视媒介的艺术建构中，视点以故事讲述者的身份进

---

①　李显杰. 电影叙事学：理论与实践[M]. 北京：中国电影出版社，2004.

入文本，有着强劲的叙事力量和崇高的叙事地位，成为故事讲述者赋予影视表演媒介的叙事动力。影视媒介以影像“语言”来讲述故事，故事讲述者充分运用了这种语言的二重性，即一方面作为物象记录、复制技术的“物象呈现性”，另一方面作为叙事的表意元素、讲述手段的“表意性”和“叙述性”，从而实现了两大功能：讲述层面的功能——确立故事的叙述界域，设定故事的叙述基调，说明故事的人物身份，展开故事的情节线索；主题层面的功能——解说情节，塑造人物，抒发情怀，揭示含义。

技术将影视媒介切分为两个断层：一层是对表演者的技术复制和记录；一层是故事的影视化剪辑。

技术将影视媒介切分为两个断层：一层是对表演者的技术复制和记录；一层是故事的影视化剪辑。故事讲述者不能直接让表演者进入故事，也不能与表演者共建一个故事空间。表演者作为媒介，还受到技术媒介的淘选、变形和抽象。现实的人成为媒介后再一次媒介化。人被二次媒介化之后，已完全失去主体性，故事的符号性特征在人身上更为贴切。同时，故事讲述者可以掌握剪辑大权，对表演者及其表演作出拼接和新的组合。技术媒介给了故事讲述者一个非常重要的对话平台，以此来继承媒介所承担的人的使命。表演者被第一次技术化后，已经进入虚拟的艺术世界。当故事讲述者第二次以技术的名义对其作出重要决定的时候，表演者本质上已脱离故事讲述者的掌握范畴，技术已然是决定者。故事讲述者在一个相对的平台上所获得的对话资格，只是一个媒介操控故事讲述者的媒介条件，从此，故事讲述者进入技术媒介，而自己不再拥有独立。

网络媒介中的故事讲述者延续了影视表演媒介的线索，媒介的主导性、技术化策略进一步强化，网络所建构的故事更为深邃地将人媒介化，人只能是网络的传输者。故事的展现以游戏和超链接文本为基本形态，技术在媒介中更大程度地实现了对故事讲述者的主导，故事讲述者匍匐于技术之下，一切故事的构拟都只是技术的一种演绎。

由此而论，媒介线索上的故事讲述者，在与媒介的关系中，经历了一个由融合到对话、到被操控的历史过程。融合是人类的原生态，对话是人类的历史延伸，被操控则成为人的媒介化现实。人走入自己编织的技术网络之中，主体性遗落了，自由交给了技术，工具性在人的故事背后被透视出来。

融合是人类的原生态，对话是人类的历史延伸，被操控则成为人的媒介化现实。

第三章 媒介对《白蛇传》故事时间的有限把握

时间是媒介建构故事的必经之路。人类对时间的体验与感知，在故事中得到较为充分的表达。

时间，作为人类叙事的内在依据，事件的发生、故事的演绎，都受到它的规范与塑造。时间是媒介建构故事的必经之路。人类对时间的体验与感知，在故事中得到较为充分的表达。对于时间的理解，黑格尔在音乐艺术的讨论中有经典表述："音乐所特有的威力是一种天然的基本原素的力量……就它的外在状态来说，就是时间。因为第一，它消除掉等值的空间并存现象，把这种并存现象的持续性凝缩(集中)到时间点上，即凝缩到'此时'(现在)上。其次，时间点却同时显出它对自己的否定，因为这个'此时'一出现就把自己否定掉，让位给另一个'此时'，从而显出它的否定的活动。第三，由于时间在其中运动的外在界，这固然还不算达到第一个时间点和由否定'此时'而出现第二个时间点之间的真正的主体的统一，但是'此时'在它的变动中毕竟还是同一个'此时'，因为每一个时间点都是一个此时，与另一个此时并没有什么差别。"①显现在声音媒介上的时间性，也

① 黑格尔. 美学[M]. 朱光潜，译. 北京：商务印书馆，1990.

具有与时间相同的三个本质属性：持续性的凝集、时间点的相继否定和时间点的同质性。同时，时间在声音媒介上的个性，是主体性可以在时间上得到塑造和揭示，声音因此而具有了一般时间媒介所不具备的主体色彩。从另一个层面上看，叙事包含有两个时间序列：被讲述事情的时间和叙事的时间。这种双重性不仅使一切时间变为可能，更为根本的是，可以把一种时间兑现为另一种时间①。故事时间因为讲述故事的时间而获得证明，而且还可以由讲述时间转换。两个时间序列共同作用于媒介，成为媒介表达故事的重要前提。

第一节　媒介与《白蛇传》的故事时间

《白蛇传》的故事时间是多维的。由于故事以神话时间与世俗时间相交错的方式来建构其时间线索，因此不同媒介塑造其故事时间都必然会遇到难题，或者可以说，《白蛇传》的故事时间在媒介形态中处于无法全面表达的尴尬状态。当然，除了神话时间与世俗时间的交织带来了媒介表达的危机外，本质上也是时间难以呈现的属性在媒介上的直接反映。这些问题正好说明媒介的有限性、技术的有限性以及人类的有限性。在多元媒介对《白蛇传》故事时间所作的塑造与表达中，体现了多维性时间的存在形态。结合上述讨论，我们具体地考察《白蛇传》，尝试在文本层面作出切实的媒介分析。

由于故事以神话时间与世俗时间相交错的方式来建构其时间线索，因此不同媒介塑造其故事时间都必然会遇到难题。

① 热拉尔·热奈特. 叙事话语　新叙事话语[M]. 王文融，译. 北京：中国社会科学出版社，1993.

一、多媒介系统中《白蛇传》的故事时间

多媒介系统关于《白蛇传》故事时间的处理，主要以超文本时间与游戏时间两种方式展开。

多媒介系统关于《白蛇传》故事时间的处理，主要以超文本时间与游戏时间两种方式展开。前者是集书面媒介和表演媒介于一体的时间表达，丰富、重叠、片面；后者是虚拟世界中的时间表达，时间具有虚拟性。与客观时间相比，虚拟世界的时间具有可逆性、多向性。同时，正因其虚拟，现实的时间感知才被完全消解，与其说有一种时间表达，倒不如说以一种无时间性替代了时间。超文本的时间表达是累叠的空间表达。我们能够明确，一个故事可以不考虑其超链接符码而按照阅读时间向前延伸，故事时间也在这种线索上可以被简化成一种单一的刻度，从中建立起基于一定逻辑线索的故事时序。然而在实际的超文本中，对于故事时间的考量是需要尽量尊重和表现其丰富性的，使其具有超越单一媒介的可能。我们先按故事逻辑来剖析《白蛇传》的时间：

情节发展上，白娘子和小青的时间、许仙的时间、法海的时间具有一致性。他们存在于同一个世俗时间之中，交互往来。尤其以许仙的真实的世俗时间为坐标；白娘子和小青以起居饮食同在的日常方式印证着与许仙时间的同步性；法海则以启示和教谕的方式与许仙对话，并以强制的手段将许仙纳入寺庙生活，从而将许仙的世俗时间转换为法海的生活时间，这种同步性也就得到保证。而这种一致性在人物性质的层面看，又具有悖逆性。白娘子和小青的时间显然是多向的，可仙、可妖、可人、可鬼，三界往返，时间向度非常复杂，而且

这些多向性时间还具有转换功能，互不设防，沟通自如，瞬息而变，这种时间能力已进入神话时间的宏观领域。法海的时间性是在寻找、识别、阻止白娘子和小青的时间转换中获得神话特征的。他本身也曾沐浴过神话时间的洗礼，但由于他本质上归属于世俗时间，因此其转换时间缺乏必要性，只有当他行使降妖除魔的天命时方能够与多向时间交往。或者说，法海的时间性是依附在白娘子和小青的时间结构之中的。显然，许仙是被拒之于神话时间门外的凡夫俗子，他无法判断时间的性质，也无法抵御外来时间的侵袭，更不能在多种时间之中转换生命。那么，他在故事中是否有一种可能：无意地穿越神话时间呢？如果可能，这势必对于故事的想象与发展造成极其可观的效果。我们进入具体的故事情节看一看：端午时节，许仙听信法海挑唆，以雄黄酒勉强白娘子饮下，结果酿成大祸。他自己被吓得魂魄出窍，命归西天。这个情节是《白蛇传》里重中之重的核心情节，正是惊变，才让白娘子显出原形；正是惊变，才使此后的法海挟制许仙上金山成为可能。然而，情节到此为止，也是可以的，符合故事逻辑。倘如此，就不能成就一代白蛇形象了。那么，情节得以延伸的关键在哪里呢？关键就在故事时间的转换。许仙居然可以存在于两种时间之中，肉身居于世俗时间内，魂魄则游走于神话时间之间。许仙还存在，他可以由此与白娘子进行多向时间的交往，可以获得白娘子舍生忘死地为他重续新生。故事时间在此成为整个情节的行动元，决定了故事的延伸方向，也成为塑造人物形象的绝妙好笔。人物功

故事时间在此成为整个情节的行动元，决定了故事的延伸方向，也成为塑造人物形象的绝妙好笔。

能上，白娘子和小青的时间、许仙的时间、法海的时间三者始终处在矛盾之中，时间的冲突成为人物功能实现的基本方式。白娘子和小青有一个不可逆转的方向，就是认识许仙，报答前世救命之恩。这种功能趋向所造成的时间冲突主要表现在两个事件之中：一个事件是许仙与白娘子结亲后收受了白府的银两，结果罹祸及身。于是他带着官差前往白府取证，不巧来到白府只看见断壁残垣、瓦砾成堆的破败景象。这种结局，事件发生之前的故事接受者恐怕都不曾料及。本质上，这正是许、白的时间冲突所决定的一个后果。另外一个事件是水漫金山后的断桥相遇，白、青二蛇为救许仙甘冒天下之大不韪，水淹金山寺，败后退回杭州西湖。还是在西湖，当许仙落荒而逃来到断桥处时，恰遇白、青在此。这怎么可能呢？也正是时间的冲突，才形成了一段伤别的冲突情节。第一个冲突的结果是相合而分；第二个冲突的结果是相分而合。人物功能正是通过这种冲突时间不断地调整而完成的。许仙自遇法海启示，内心时间一直与生活时间不相协调，将信将疑的调节中许仙的时间与法海的时间发生了尖锐的冲突：一是被软禁在金山寺后，许仙对于世俗时间的向往与法海对世俗时间的否定之间产生了剧烈冲突。如果说此前许仙对上山还有所犹豫，那么一段时间的远离世俗则加倍地引发了他对世俗时间的向往。这种冲突，也是法海金山寺斗法没有取得决定性胜利的一大根源。二是法海终以法钵收服白蛇、镇于雷峰塔下的一节，法海的神话时间以绝对优势压制了许仙的世俗时间，二者的冲突将故事推向巅峰。

也正是时间的冲突，才形成了一段伤别的冲突情节。第一个冲突的结果是相合而分；第二个冲突的结果是相分而合。

那么，对这么复杂的故事时间，多媒介系统的超文本可以充分表达吗？我们从超链接符码的设定上开始讨论。上述故事时间其实在故事维度上都是一体的，因此，无须区分二者的时间维度。主要的超链接符码设置在三个人物上：一是白娘子；二是许仙；三是法海。小青的设置其实与白娘子是一体的。在这三个人物的超链接方向上，白娘子的超链接对应的是一组视频文件，即直接显现她在不同时间之中的转换与变化，将所有的时间转换情节都设计成视频文件，因此，我们在阅读中只要去表达她的时间，都可以直接链接。同样的，法海的超链接也可以采取视频链接的方式来完成。而许仙的链接则以语言文本为主，设置一组语言文本来处理不同时间的表达，进而在这些链接文本之间建立起时间线索，于是，时间的多向性也可以得到完成。当然，这种超链接还是存在着难题，那就是如何将三个人物的时间极其准确地同步起来。尤其要在时间转换的过程中再现三者的交往，无论如何也不能够从超文本中得到解答。

这种超链接还是存在着难题，那就是如何将三个人物的时间极其准确地同步起来。

为突出多媒介系统的时间表达特性，笔者主要在游戏时间层面讨论。游戏《青蛇Ⅱ》是《白蛇传》在多媒介系统中的代表异文。对故事时间可以作出具体的分析：仙界与神界时间——白、青二蛇与众神仙的时间及人世时间——许仙等凡人的时间及过渡时间——僧尼与道姑的时间。《白蛇传》的故事时间以凡人时间为线索，缠绕着另外两条时间线索；而且非凡人时间更为关键，它们起到主宰故事的作用。游戏《青蛇Ⅱ》延续了《白蛇传》故事的基本时间结构，但在时间的可逆性和发散性上作了深这些重置并不改变故事本身，可逆的时间在游戏媒介中得到维护，这种维护是以时间的虚拟性为前提的。

入的重构。一是在故事进行的过程中，允许玩家处理时间，将时间退后，时间呈现可逆性，故事因此可以回到上一个时间点重新开始。人物随着玩家对时间的重置而回到上一个时间点的状态。这些重置并不改变故事本身，可逆的时间在游戏媒介中得到维护，这种维护是以时间的虚拟性为前提的。《青蛇Ⅱ》中，游戏为故事设置了五大时间界面，成为故事的五个主要情节。这些时间界面彼此关联，同时又具有相对的独立性。五大时间界面是故事时间的连续性线索，前后相继。同时，它们也表明了故事时间的切分界面，人们可以从这五个界面中同时展开故事。二是玩家在故事中，由于参与故事的方式与入关水平的差异，故事时间的流向呈现出多向性，故事并未结束，时间已有变化，源故事因此而被分解为多个故事流。《青蛇Ⅱ》中，故事时间的展开与玩家的实践水平有关，玩家建构的故事可能只有一个时间段，前无时间起点，后无时间终点，故事时间就在一个非完整的时间结构里得到尊重。随着玩家熟悉程度与整体水平的提高，故事时间也得到发掘，从而形成极不相同的故事时间，故事的结局也极为不同。三是玩家可以任意选择一个时间点作故事起点，故事时间则以故事起点为其起点，故事的展开也就建立了新的时间系统。《青蛇Ⅱ》中，游戏设置了五个故事入口，每一入口的故事时间并不一致。尽管如此，但是故事可以在任何入口处展开，每一处展开的故事时间都因所在的入口而表现出独特性，所有入口的故事时间共同构成《青蛇Ⅱ》的总体故事时间。

虚拟平台对于《白蛇传》故事时间的表达，以超链接文本和游戏结构来完成，其根本的原则是虚拟性。超文本的跨媒介本质上是同一媒介的变化而已，游戏结构中的时间则来源于程序员的人为设定。故事的时间不能逆转的特征在虚拟平台上被打破了，被消解了，被玩家控制了。这种结局，时间表达事实上没有得到兑现。一场原本在多媒介系统中实现的故事时间的有效表达，它的结果恰好是相反的，虚拟的消解，成为这个有着强大媒介功能的系统表达故事时间的悖论性命运。

二、书面媒介中《白蛇传》的故事时间

《白蛇传》的三维时间，体现在书面媒介中是以其承载者来实现的。一维是神仙时间；一维是僧道时间；一维是凡人时间。三者共同建构了故事时间，采取叙述和描写两种方式来表达。“白蛇历经千年修炼，已脱胎换骨，具有了人的气象”，以概述的方式将漫长的千年时间浓缩成一个时间点：白蛇化蛇性为人性，以妖身而成精灵，展示给故事的是清纯女子白素贞。而许仙与白娘子结亲之后屡遭官司，三度辗转，从杭州来到镇江，不过几年光阴，却构成故事时间的大部内容。从许仙娶妻、发配、开店到出走、得子，故事时间与千年修炼相比，只能算约数了。但故事以约数为主体，书面媒介即以描写、插叙、对话、突显细节等时间表达形式来延长这个约数，使之在故事时间的具体建构上，超越千年时间的感知，而成为整个故事的时间背景。以另一种视角来讨论，书面媒介在处理故事时间方面有多种方式，对于《白蛇传》的处理的最大的特点是以概述与扩述来建构

《白蛇传》的三维时间，体现在书面媒介中是以其承载者来实现的。一维是神仙时间；一维是僧道时间；一维是凡人时间。

故事时间。概述修炼时间，扩述世俗时间，从而在整体的故事时间上形成对比效果。隐藏的修炼时间本质上是对世俗时间的另一维度的隐藏，这个维度是世俗时间的非世俗维度。我们读到世俗时间中的每一个事件、每一个人物，其实在《白蛇传》中恰好是其背后的修炼时间及其所依附的神性时间使之意味深长。正是这种时间，让充满活力的世俗时间总有一种未定的束缚力量在控制着方向，总有不同于世俗日常的时间在发挥作用，这就是隐藏的效果，也是时间对比表达的效果。明暗相间的时间线索中，扩述的时间其实极为短暂，而概述的时间深远难测。扩述白、青二蛇历验的世俗人生，反射在她们被概述的修炼时间上，获得了另外的时间意义：社会时间与心理时间的交织效果。相反，如果以等述或扩述的方法来叙述成仙修炼时间，不仅故事重心无法建立，而且许、白爱情，白、法冲突等核心情节都将被淡化，故事理解也将因此受到影响。

《白蛇传》的故事时间是不平衡的，始终在三个时间维度上交替、转换。

故事中还有非常困难的时间转换，即从神仙时间向凡人时间的转换，这在媒介表达上需要做到真实、可信。严格区分，《白蛇传》的故事时间是不平衡的，始终在三个时间维度上交替、转换。而且，两个主要人物白娘子和小青同时在神仙时间和凡人时间中存在，有时甚至无法辨别她们的时间立场。故事主要的表达方法是以凡人时间为主线，强调时间的日常性和世俗性，把原来属于神仙时间的白蛇、青蛇和属于僧道时间的法海、道士们纳入凡人时间上观察。总体的时间准则和一般性表现成为对所有人物的规范，即使是神仙时间背景中的白、青二蛇也不能随意超越这个时间限定。本质上，这是底色为神怪的故事获得世俗意味的时间原则。从这一时间原则出发，书面媒介对故事时间的线性表达可以建立起整体性的时间链条，并在多维时间的转换中保证故事时间的条理化，并使不同性质的时间转换具有世俗层面的可信度。而且，这些种类丰富、结构庞杂的时间转换之所以达成，还有赖于书面媒介在时间表达方面的潜在优势，即它可以充分发挥叙述功能来说明时间背景及其不同维度的时间关联，以跳跃性的方式将各个时间转换呈现出来。尽管它有线性表达的局限性，然而层次感与转换关系是非常清晰的。

另外，只有在一些独特的时间点——"时间窗"——之上，如无人的夜晚、隐身之所和无以回避的冲突场面，不同维度的时间面才可同时显现出来，神仙时间对空间的超越性、僧道时间对神仙时间与凡人时间的衔接能力，才能获得认可与表达。"时间窗"强调的是生物在时间维度上周期性规律的一种显现，某些生物现象只有在特定的时间点上其存在方为有效。这一理论最先运用在缺血性脑卒医学实验，后推及社会事物的规律上，如股市起伏的"时间窗"现象等。在故事时间中，"时间窗"理论关注的是故事时间中存在一个独特的满足三维时间共在的"时间点"。如端午节期间，法海以雄黄酒唆使许仙试探白娘子真身的故事片断，就是一个独特的时间点——端午节。端午节在中国夏历五月初五至十五之间，这一充满文化张力的民俗时间，可以承担起三维时间的共在，同时也推动了故事的发展，形成《白蛇传》最

在故事时间中，"时间窗"理论关注的是故事时间中存在一个独特的满足三维时间共在的"时间点"。

重要的一个时间集合，也是最重要的故事高潮。还有一个“时间窗”——深秋也是如此。许仙被困金山寺，身怀六甲的白娘子与小青前往金山寺解救许仙，法海据家门之利试图收服白、青二蛇。深秋是另一个中国节日——中秋节的时间延续，即中国夏历的八九月间。佳节团圆，寻夫救夫，也就具备了建基于民俗时间上的合法性，人情常理可以支撑三维时间的同时出场。书面媒介以大容量的时间叙述来集中展示这些独特的时间点，采用细腻而又模糊的时间语言，将三种不同维度的时间集合于端午节和中秋节之时。由此，流动的时间在书面媒介的线性化叙述中立即充实起来，现实的时刻转变为有着丰富内涵的历史传统，而且一直向前伸展，与未来时间紧密相联。书面媒介的“时间窗”表达，有效地完成了故事时间的多维性建构，克服自身局限性的同时，将重要的故事情节叙述为建基于一段时间和一定空间的世俗性事件。于是，时间成为故事的动力要素，自然性时间被“时间窗”定格为社会性时间，故事时间演进为文化时间。可以说，书面媒介实现了这些细部的有效转化。

时间成为故事的动力要素，自然性时间被“时间窗”定格为社会性时间，故事时间演进为文化时间。

三、表演媒介中《白蛇传》的故事时间

表演媒介在接受层面的内部差异是先听后看与先看后听，前者是戏剧表演媒介的接受特征，后者是影视表演媒介的接受特征。其实，看与听所对应的就是表演媒介的时间表达模式。戏剧表演媒介先声夺人，侧重时间性；影视表演媒介以形动人，侧重空间性。听觉是时间官能，声音是时间媒介。在故事时间的表达上，表演媒介的两种形态也就产生了一些差异。《白蛇传》在戏剧表

演媒介中，时间表达非常丰富。我国近代以来有二十三种戏剧都上演了《白蛇传》的相关剧目，不同剧种对时间的表达并不完全一致。总体上看，戏剧表演媒介的时间表达方式大同小异。在此，我们以京剧为主来展开讨论。

表演者的声色、语言是京剧塑造时间的基本手段。田汉底本的京剧《白蛇传》在白娘子与许仙的声腔上可以感知出不同的时间维度，前者悠远、轻灵，后者质朴、沉重；前者所表达的时间也相应的邈远、富于变化，而后者表达的时间则相应的短暂、平和无奇。这是以京剧为代表的中国戏剧表演的时间表达特性。不仅可以从词意中表达时间，还可以直接从声腔中唱出时间，艺术媒介的个性可见一斑。除了不同人物的表演所塑造的时间有差异，不同表演者对同一人物的时间塑造也存在显著区别。我们分析京剧四大名旦在塑造白蛇形象时所表达的时间概念，以深入理解表演者与故事时间的深刻关系。梅兰芳在《断桥》一节以其圆润、婉转、妩媚的唱腔塑造了凄美回环的故事时间，将白娘子一腔幽怨与爱怜的复杂心绪呈现出来，矛盾性得到拓展。程砚秋在《金山寺》、《合钵》中塑造了另外一种故事时间，以其幽咽婉转、刚柔相济的唱腔延宕了故事时间，将白蛇的悲愤抑郁之情转化为一种时间感知，凝重、深刻，有着浓烈的悲剧性。尚小云以宽亮、刚劲的唱腔，在《祭塔》一节塑造了丰盈、迟滞的故事时间，将白蛇坚定、抗争的心理凸显出来，悲壮感得以确立。荀慧生以激越高亢、欢快清丽的唱腔，在《游湖》一节塑造了悠远、明亮的故事

不仅可以从词意中表达时间，还可以直接从声腔中唱出时间，艺术媒介的个性可见一斑。

时间，白蛇初入人世的新奇、欢喜、沉醉等心理状态得到很好的展示，充满了和谐的力量。

借助台词来叙述时间是戏剧表演媒介时间表达的重要形式。与声腔一起，台词往往融入声腔中再显现其语意。这也是为什么戏剧表演媒介的“声”较“形”更为重要的缘由。一句同样的台词，经不同声腔处理，其意相去甚远。不同角色对同一台词的表演，也会意随人起。台词可以直接叙述时间，如京剧《白蛇传》中白蛇千年修炼下山后的感叹：“人世间竟有这美丽的湖山！这一边保俶塔倒映在波光里面，那一边好楼台紧傍着三潭；苏堤上杨柳丝把船儿轻挽，微风中桃李花似怯春寒。”“在峨眉修炼之时，洞府高寒，每日白云深锁，闲游冷杉径，闷对桫椤花；于今来到江南，领略这山温水软，叫人好生欢喜。”豫剧中的白蛇下山前以独白的方式叙述：“白素贞在峨眉千年修炼，脱胎换骨幻化成二八婵娟。住深山孤凄凄白云为伴，每日里冷清清锁眉尖。羡红尘景色好春光温暖，背师傅到人间去度半年。驾云头随定了风帆九转。”故事时间——千年修炼在台词中直接交代出来，而且两种时间及其生活对照而叙，把白素贞的修炼之苦与下凡之乐融于一体，为故事的延续定下了时间基调。

布景也是时间表达的有效方式。

布景也是时间表达的有效方式。京剧《白蛇传》的舞台布景有六次大的变换。在《游湖》—《结亲》、《说许》—《酒变》、《守山》—《盗草》、《索夫》—《水斗》、《逃山》—《断桥》、《倒塔》等场次，舞台布景有实质性的变换。《游湖》—《结亲》以青山绿水、红花鸣鸟的西湖情景为舞台背景，人物服饰艳丽，一派草木葱茏、情意绵绵的春日风光，初春多雨，以伞为媒方才可能；《说许》—《酒变》以阳光、红黄色彩为背景，人物服饰明亮，夏令时间特点极为显著；《守山》—《盗草》以虚幻缥渺、灵动多彩的云、山为背景，人物服饰奇异，体现了神仙时间的独特性；《索夫》—《水斗》以阴暗潮湿、风声喊声为背景，人物服饰零乱，体现了神仙时间、僧道时间和凡人时间的交错与重叠；《逃山》—《断桥》以寒风冷雨、萧条山色为背景，人物服饰破败，显示了冬日的惨淡氛围；《倒塔》以云水茫茫、彩云层叠为背景，人物服饰清艳，此时间正好与开场时间相合，春天充满希望的时间表达让白娘子重获新生。从这些布景上的时间表达来看，我们找到了一条以四季变换为背景的时间线索。京剧《白蛇传》很好地把握了故事时间所隐含的四季线索，既突出了人物，也提炼了思想，还在有限时间内将事件较为集中地展示出来，可谓时间表达的最佳效果。

京剧《白蛇传》很好地把握了故事时间所隐含的四季线索。

影视表演媒介以形象来展示时间。在《白蛇传》的影视异文中，时间表达也呈现出丰富性。

电视剧《新白娘子传奇》的时间表达有一个总体特色，即以明暗、昼夜为时间标志，无论神仙时间、僧道时间还是凡人时间均以此为准则，从而在故事时间的呈现上有了鲜明的个性，成为时间贯串故事的整体性风貌。《新白娘子传奇》共有 50 集，每一集都有明确的时间表达。从镜头上讲，以明暗、昼夜来表达时间的每集约有 5～6 个镜头，时间长度约为 2～3 天，这样一个时间格式为电视剧的结构编排创造了有利条件。50 集的故事时间以平均每集 5～6 个镜头的长度来展开，事件的时间选择和人物的时间选择都得到合理编排，时间的建构意义得到强调。故事的三维时间在《新白娘子传奇》的媒介表达上是一个难点。不像一维时间的媒介表达，可以自然而且较为固定地进行时间表现。另外，三维时间在《新白娘子传奇》中交融的程度十分深入，有时三维时间就在一个时间点上同时展开。就三维时间表达的难点而言，电视剧《新白娘子传奇》采取了点面结合的表达方法。时间点上，属于白、青二蛇的神仙时间和属于法海、道士的僧道时间都独立表达，影像上给予直接的或幻化或法术的显现。时间面上，凡人时间成为三维时间的主线，所有角色都以这条主线为其时间总则，从而将不同层面的角色整合为一个可交流的系统，并在凡人时间层面被普遍认可。

时间面上，凡人时间成为三维时间的主线，所有角色都以这条主线为其时间总则。

神仙时间的表达以白娘子和小青的形象为载体，在服饰上定格，从而将神仙时间的永恒性体现出来。电视剧中的白娘子和小青，由于其身世的奇异，时间表达也就有很明显的区分，一个显著的标志是人物服饰的定格。从电视剧最初的镜头，到最后的一个镜头，所有涉及白、青二蛇的镜头所表现的服饰都未加改变，白娘子着白色衣裙，小青着青色衣裙，轻衫薄纱，飘逸飞舞。若干个时间片断，若干次人生迁徙，寒来暑往，风雪易节，衣裙依旧，无以略改。一个可以明证的解释是，时间在她们身上是永恒的，不会改变，哪怕季节变迁，哪怕世事轮转，神仙时间的超越性保证了她们服饰的静态，单一的装扮并没有影响人物的塑造，相反，这是以符号来界定两个角色特性的最好形象，时间在她们的服饰上显示出精怪身份。

僧道时间的表达以一道一僧的法术表演为载体，在斗法上展示，从而将僧道时间的过渡性体现出来。《新白娘子传奇》在神仙世界与凡人世界之间设置了一个新的过渡性世界，即得道很高的僧人与道士所拥有的世界。这个世界中的人，既可上天入地，也可通神悦人；既可度人超凡，亦可引神下凡。自然，其中的时间特性，也是过渡于神仙时间与凡人时间的。如何给予表达呢？电视剧采取了以法术显灵的方式来再现其时间性。道士的法力较浅，其法术也就在于表面层次，一是可以观人气象以识人、妖身份；二是可以施之简单法术，以令妖形还原。不幸的是，道士法术太浅，竟不能使他所识破的妖物显形，结果反被妖物所害。僧人法海的法力得到强调，他既识破了蛇精的形象，也以不凡之力和神性法器——金钵收服了白蛇，还其原形并罚之于雷峰塔下。法术灵验与否，成为僧道法力高下的见证，本质则是在进一步突出过渡时间的意义。法术不灵验，证明妖物法术更胜一筹；法术灵验，证明僧人果然能运用通神悦人的法术。法术背后，正是一种时间模式的表达，即我们所说的《新白娘子传奇》的僧道时间。

僧道时间的表达以一道一僧的法术表演为载体，在斗法上展示，从而将僧道时间的过渡性体现出来。

三维时间的交错与融合，在影视表演媒介上可以得到较为形象的表现。一是以人物的变化、隐身、飞翔来表现；一是以空间景物和环境气氛的变化来表现。《新白娘子传奇》主要有三个时间点表现了更为显著的三维时间合一的表达方法。一是游湖相亲；一是端午惊变；

一是水漫金山。不同时间维度的人物相遇，和谐共处。许仙的凡人时间让他处于安然自在的状态；白、青二蛇的神仙时间令其变化多端；法海的僧道时间促其使命神圣、两面受敌。正是这种时间的交错，较好地揭示出人物的矛盾和故事的悲剧性。

电影《青蛇》与电视剧《新白娘子传奇》在时间表达上共性很多，但也有较为个性化的表达方式。《青蛇》的故事时间较《新白娘子传奇》略少，电影体裁也决定了《青蛇》在时间表达上的相对集中性。与《新白娘子传奇》一样，《青蛇》的故事时间也是三维的，人物也基本一致，只是时间主线发生了重大变革。《新白娘子传奇》以凡人时间为主线，而《青蛇》以神仙时间为主线。这一区分，导致《青蛇》在时间表达上有两个显著特点：一是突出神仙时间；一是强化三维时间的冲突。《青蛇》立足于神仙时间，以其神性与超越性来审视凡人时间和僧道时间，使得后二者的时间属性近于委顿和悲凉。青、白二蛇自由、变化、永恒的时间在电影中成为张扬的主线，凡人的局限性和僧道的自不量力，都在相应的时间中被刻画出来。神仙时间的偏重，与电影设定的某种自由主题不无关系。《青蛇》的三维时间总处于不协调的关系之中，这与《新白娘子传奇》注重三维时间的和谐存在巨大差异。电影在水漫金山之后青蛇对法海与许仙的双重仇恨中，最典型地反映了三维时间的冲突。时间表达以三人的矛盾直接显现出来，由于以青蛇的时间为主线，故在三维时间的矛盾中，凡人时间与僧道时间处在被否定的价值层面上。

由于以青蛇的时间为主线，故在三维时间的矛盾中，凡人时间与僧道时间处在被否定的价值层面上。

第二节　故事的媒介建构——时间维度

故事在因果事件中得以存在，时间也就成为故事的基本元素。一个古老的故事，在口头传统中被反复讲述而融入民俗生活；在书面媒介中被精心重述而受到主流观念的浸润；在表演媒介中被不断修改而获得形象意义；在网络媒介中被多元建构而呈现出开放的文化姿态。历史的起源，生活的锤炼，主流的接纳，形象的展示，多元的开掘，对于故事发展而言，都是传承中的时间表达。媒介在故事的时间表达中所扮演的角色，成为故事研究的重要命题。

一、故事时间的媒介表达

中国故事的时间模式有一种经典表述——“很久很久以前”。无论故事主题如何，无论人物如何，也无论传承背景如何，故事时间在中国都成为古老的象征。尽管我们所观察的中国故事缺乏时间精度，但它所设定的时间模式则反映出一种媒介形态——口头媒介。正是由于口头媒介的历史担当，中国故事在传承过程中才形成了虚化故事时间的特点。比较世界各国的传统故事，它们的时间模式都大致相近，故事时间的虚化都是口头媒介传承的结果。

无论故事主题如何，无论人物如何，也无论传承背景如何，故事时间在中国都成为古老的象征。

书面媒介无论在口头记录还是书面创作上，对于故事时间都能给予丰富、灵活、生动的把握。时间的延续性和不可逆性在书面媒介中得到充分表达，故事的艺术建构因此也更为鲜明地凸显其时间性。而且，书面语言的时间把握能有效地创造出形式多样的表达方法。表演媒介较之书面媒介，在空间展演方面具有更大的表现力。而且，表演媒介将书面媒介作为自己的基础，从而在空间和时间上实现了相对的统一。在以舞台和场景为空间结构的表达上，人以时间的方式成为空间的展示者，这是表演媒介的艺术特性。故事时间的基本表达集中在人身上。人，既同于现实的生活者，也塑造了故事的艺术形象。表演媒介不仅充分发掘了人的时间性与空间展示功能，而且还在时间性媒介上强化了人的意义。乐器伴奏和背景音乐以声音的姿态进入表演媒介的整体之中，表演媒介也就在时间维度上获得了书面媒介的个性，在故事的时间表达方面找到了行之有效的建构方法。有一个说明，那就是 20 世纪早期影像表演的无声时代，也被称为“默片时代”，没有声音媒介的基础，表演媒介以影像技术成功地讲述了故事，虽然这些故事非常短小。戏剧表演媒介也创造有“哑剧艺术”。这两种表演媒介的无声状态，本质上是有声的。人的表演将声音以动作的姿态表达出来，尽管不像后来的实际产生效果的声音媒介那样鲜明和丰富，却给观众留下了想象的空间；因此，这种艺术形态所创造的艺术形象与艺术效果，也有其独特性。

表演媒介中除了人的声音媒介外，音乐是其时间特性最关键的媒介要素。

表演媒介中除了人的声音媒介外，音乐是其时间特性最关键的媒介要素。我们需要特别地关注音乐在表演媒介中的功能和价值。它对于故事的讲述、人物的塑造、事件的展开、表演的整体性以及时间空间的处理等，都产生了神奇的建构性影响。一个非常直接的原因是，表演媒介以人为时间性媒介，而人的主体性最能为音乐所渗透和融汇。作为真正适合内在生活的媒介，音乐形成了一种表现方式，它的中心内容是主体性的，表现形式也是主体性的……由于运用声音，音乐就放弃了外在形式这个因素以及它的明显的可以眼见的性质[①]。因此，当音乐媒介直接以时间媒介的表现形态贯串于表演文本中时，观众们就可以通过同样具有主体性的官能——听觉来领会。听觉像视觉一样是一种认识性的而不是实践性的感觉，它比视觉更具观念性。以时间性和主体性渗透在故事中的音乐媒介，以空气振动的方式去表达对象，可以深入人的内心深处去建立令人震颤的情感与思想效果，所创作的不再是静止的无关的声音，而是观念性的故事化或心情化的召唤。

听觉像视觉一样是一种认识性的而不是实践性的感觉，它比视觉更具观念性。

多媒介系统对于多种人类媒介形态的把握与运用，只有到了计算机技术与通信技术媒介之中才能真正实现其功能。多媒介系统的时间表达有两种形式：一是建基于传统媒介的时间形式，如书面媒介、表演媒介等；一是创建于虚拟技术之上的时间形式，这是多媒介系统特有的时间表达形式，时间是虚拟的，世界是虚拟的，人也是虚拟的。严格而论，第一种时间表达形式只是媒介借用的形式，而第二种时间表达形式才是真正的多媒介系统的时间性表达。我们讨论时以第二种时间表达形式为主。

多媒介系统以其兼容与互动的技术平台将传统媒介形式综合于一体，因此，其时间表达丰富、自由、生

① 黑格尔. 美学[M]. 朱光潜，译. 北京：商务印书馆，1990.

动。由于媒介文本可以被混合于多个时间媒介之中，它就需要以超链接的方式来完成这些媒介之间的转换与互证。在几乎同步的条件下，媒介文本被多层面、多形态地展示出来，这个文本也就成为超文本。人声、乐器声、语言时间等媒介之间不是相互独立的关系，而是可以相互链接和支撑的共同体。这种超文本，成为多媒介系统的一个文本特质。更为复杂的时间形式是多媒介系统的虚拟时间。与现实时间相比，虚拟时间无需客观实在的物质表现，时间是可逆的，而且可以修改，时间在虚拟世界中是多向的，可以建立起任何形态的时间结构。与此相应，虚拟的主体——人，具有双重性，既是主体性的，也是客体性的；既是时间性的，也是非时间性的。虚拟时间媒介建构故事较之传统时间媒介而言，无疑获得了空前的表达力量。时间不再是线性定向的，故事的一切关于时间的想象都可以被表达；而且，时间自身被虚拟性所建构，同时被否定，虚拟时间成为客观时间在虚拟世界中的一个投影。事实上这个投影在虚拟逻辑中只是投影，只是人类现实和心理成规的一种需求，时间在此是不存在的。这就是一个黑洞式的悖论，虚拟时间开放了人类表达时间的领域，拓展了时间多维表达的可能性，同时却让时间无立足之地。故事获得了时间媒介；另一面则是故事的消解，人被消解了，意义亦无法建构。多媒介系统所开拓的时间表达形式，对于我们的故事、对于我们的世界，充满诱惑，同时又是无法抵达的黑洞。

虚拟时间开放了人类表达时间的领域，拓展了时间多维表达的可能性，同时却让时间无立足之地。

二、媒介的时间表达与故事类型

时间作为故事的基本依据，故事所采用的时序、时间呈现的方式以及故事时间与客观时间的对应程度等，书面媒介、表演媒介和多媒介系统都有自己的表达形式，它们以不同的形态建构了不同的故事类型。

就书面媒介而言，对故事时间的表达主要有两种方法：一是叙述；一是描写。这两种方法面对世界、面对存在的态度大相径庭：叙述呈现时间是一种积极进取，描写逃避时间是一种静观无为；讲述一件事完成了时间的过程，描写一件物品完成了空间的过程，时间在空间背后密切监视，没有时间的显现，物品也变得孤独、苍白。或许最意味深长的差别是叙述在陈述的时间连续性中恢复事件的时间连续性，描写则必须连续不断地变换手法表现同时并置于空间的物品。如此，叙述语言以某种时间性吻合区别于它的对象，描写语言相反却无可挽回地失去这种时间性吻合。

叙述语言以某种时间性吻合区别于它的对象，描写语言相反却无可挽回地失去这种时间性吻合。

书面媒介在时间层面上的表达，以声音(口头媒介)和文字(书面媒介)为具体形式[①]。深入分析书面媒介对于故事时间的处理，我们发现最基本的方法是以直接叙述来完成对故事时间的表达。经典叙事学理论将这些方法归纳为：回顾、预叙、等叙、省略和概述[②]。就等叙而言，是一种将空间时间化的叙述，空间变成了时间场景。场景即叙述故事的实况，一如对话和场面的记录，故事时间与叙事时间大致相等。场景可以说是戏剧原则在叙述中最充分的应用，它的两个基本构成是人物对话

① 迈克尔·海姆．从界面到网络空间——虚拟实在的形而上学[M]．金吾伦，刘钢，译．上海：上海科技教育出版社，2000.

② 杰拉尔·日奈特．叙事界限[J]．王文融，译．外国文学评论，1985(5).

和简略的外部动作的描写。刘恒的小说《伏羲伏羲》①中菊豆送天青上路时的一段对话，即是场景化的表达：

“太薄啦！来年让你叔叔多花几个钱，我给你厚扎扎絮一件……这衣裳怕要冻着你哩！”

“我结实，冻一下就冻一下。”

“揽不到活儿早些回来，外头生人生脸，咋也不如家里。”

“……记下了。”

“挣了钱多花几个在吃上，你叔叔他人贪，你带回一驮子钱来也喜不了他，吃饱了身子要紧……记清了？”

“清了，水泉有冰，婶子你担水离远着，看跌了筋骨……我走啦。”

“去吧，遇上恶人长个心眼儿，别让他瞒哄了，别惦着叔叔，家里有我哩……”

“记下了，记下了。”

书面媒介完全记录了两个人物的对话场景，故事时间与事件时间大致相等，故事获得完整的同步表达。

描写在故事文本中主要有两种功能：一是装饰性的；二是解释性和象征性的。

另外，描写是书面媒介处理故事时间的反时间手法。描写在故事文本中主要有两种功能：一是装饰性的；二是解释性和象征性的。对相貌、衣着和室内陈设的描绘带有透露并解释人物心理状态的倾向，这些描绘既是人物心理的征象，又显示了其前因后果。描写停留在同时存在的人或物上，而且将行动过程本身也当成场

① 刘恒．伏羲伏羲[J]．北京文学，1985(3)．

景来观察，所以它打断了时间的进程，有助于叙事空间的展现。本质上，描写是书面媒介游离于故事时间之外对时间的一种反抗，故事时间因此被遮蔽，从空间的角度对故事给予表达。这种反抗，存留着时间的线索，只不过线索暗含于空间之中而已。

表演媒介较之书面媒介，更能直观地从行动中建立故事时间。这种人类学的时间塑造方法，以人和空间、事件等近于现实的时间结构为其表达策略，非常自然地将故事与现实对照起来，于是，表演媒介成为直观表达故事时间的媒介。

表演媒介成为直观表达故事时间的媒介。

表演媒介也运用了书面媒介的部分时间表达形式，以人物语言、字幕等来说明故事时间[①]。因此，表演媒介一方面运用了书面媒介所承载的积极的想象，另一方面又以表演者的动作、实在的物品等增强较为具体的审美的理解，二者同时取得了作为一般性的表达故事时间的功能。与书面媒介有本质差异的是，语言的词的结构再也离不开具有感觉材料性质的人、物、环境等的非词的结构。

戏剧表演媒介以布局来实现总体上的时间表达。布局就是按照戏剧体裁的规则安排故事的表演结构。故事时间的幅度、具体情节的时间展开等，都可以在布局中获得清晰的表达。布局综合了书面媒介与表演媒介的表达方式。狄德罗认为，“布局支撑一个复杂的剧本，而

① 乔治·布鲁斯东．从小说到电影[M]．高俊千，译．北京：中国电影出版社，1981.

台词和对话的艺术使得一个简单的剧本可听可诵。……布局按照想象构成，台词则应该依据自然”①。在实际的表演文本中，布局和台词都是故事时间的基本建构方式，布局更为自由地表达时间，语言则相对客观地再现时间。戏剧表演媒介以幕间歇的方式来延续故事时间，处理了表演过程中幕与场所带来的看似故事时间的中断。当活动在舞台上停止的时候，事实上，剧情并未中断，故事时间仍在幕后继续进行。幕间歇以表演停顿的方式延续着故事时间，这是戏剧表演媒介极为灵动的表达。戏剧表演媒介还以舞台布景的变换来直接展示故事时间。这种变换伴随着人物装扮、动作及与故事有关的表演的变换。变换不只是一种技术的变换②，而且融入了生活内容。人物与布景的协调，显示了戏剧表演媒介的生命力。川剧中的许多折子戏都是舞台变换与生活现实的变化相协调，艺术效果显著③。

布局和台词都是故事时间的基本建构方式，布局更为自由地表达时间，语言则相对客观地再现时间。

在影视表演文本中，从一开始，导演就将自然时间的描述排除在外，而以多种方法对其作出了变形和否定——也就是说，在影视表演文本中的故事时间，早已脱离了它在创作时所依赖的自然时间。这些被删减或者颠倒的时间，影视表演媒介给予了全新的时间塑造④。这种塑造的基本方式是蒙太奇，有效地实现了处理时间

① 狄德罗．狄德罗美学论文选[M]．张冠尧，译．北京：人民文学出版社，1984.
② 王行之．老舍论剧[M]．北京：中国戏剧出版社，1981.
③ 林黎胜．影像本体论：作为创作的电影[M]．北京：中国电影出版社，2003.
④ 基·科亨．电影叙事与语言[J]．赫大铮，赫欣，译．世界电影，1985(3).

的相对自由[①]。蒙太奇的特性在于，它把固定在各个拍好的片断中的时间联接起来，打破了时间的自然流逝，同时产生时间的新质，促使时间的变形。这种变形是有节奏地表现时间的一种方式，阿·塔尔科夫斯基称之为“雕塑”时间[②]，在艺术的层面上将蒙太奇这种媒介手法对时间的表达提升到哲学的高度，表明了影视表演媒介对故事时间的建构，已经超越了技术的意义。对时间的扩展与强调是强化型蒙太奇的功能。它往往通过捕捉情节链条上的一个凝聚点，然后调动电影叙事中的多种元素：镜头快速分切、高速摄影、特写镜头、倾斜构图、旋转镜头、节奏及声音的强化等，极力轰击它、摇撼它、震荡它，使这一情节点激活为一种震动源，而向某一极，即向意识深层及深层无意识、向心理情绪的高峰体验、向人性的普遍性良知、向诗意的崇高境界等，发射出具有强大能量的吸引力和刺激力，从而使观众在视听感知觉上得到一种强刺激，感受到一种深刻的触动与冲击，在心理情绪上产生一种强烈的震惊与震撼，最终导致对某种意象、情绪、诗意、观念的领会与感悟。强化型蒙太奇主要从“点”(情绪性)上追求对叙述时间的扩张与裂变，多以对时间的延展、扩大见长。另一种类型的蒙太奇与此相对，可以称之为“重构型蒙太奇”，主要是从线性(“情节性”)上来实现叙事上的时间畸变[③]，大多体

蒙太奇的特性在于，它把固定在各个拍好的片断中的时间联接起来，打破了时间的自然流逝，同时产生时间的新质，促使时间的变形。

① 马塞尔·马尔丹．电影语言[M]．何振淦，译．北京：中国电影出版社，1980．

② 阿·塔尔科夫斯基．论电影形象[J]．罗慧生，译．电影艺术译丛，1980(5)．

③ 李显杰．电影叙事学：理论与实践[M]．北京：中国电影出版社，2000．

蒙太奇不只是时间的表达方式，也是时空统一的运动。

现为一种对时间的简化与压缩、对时间顺序的颠倒与重排、对场景的持续时间和出现频率的控制与操纵。然而，蒙太奇不只是时间的表达方式，也是时空统一的运动，强调或忽略其中任何一方，都不可能真正把握住电影蒙太奇的特殊个性。也正是因为电影蒙太奇具备时空统一、视听兼备的特性，才使得电影叙事与现实故事本身的风貌相接近，而与单独突出某一方面(时间或空间)特性的艺术媒介有较大不同[①]。

蒙太奇对故事时间的有意变形，在著名导演爱森斯坦的电影《战舰波将金号》中有经典表达[②]。导演让士兵用了将近十分钟才走下阶梯，而一般人跑下敖德萨阶梯约需两分钟。导演运用蒙太奇手法把实际时间扩展为影片时间，以便突出这场屠杀的重要性。具体方法上，爱森斯坦在这场屠杀的全景中不断切入孤立的细节行动。此外，他把同一事件表现了不止一次，因此也扩展了时间。有一片刻，阶梯上的人全被驱散……突然阶梯上又一次挤满人，士兵在向他们射击。但是我们已完全沉浸在剧情之中，以至在看电影时从来没对这第二股人群的由来产生疑问。我们只在感情上接受这样的事实——对于那些被堵在阶梯上的人，屠杀是在无休无止地进行着。爱森斯坦扩展了时间，违背了逻辑，这在技术上的可能性在美学上也是合理的。

声音也是影视表演媒介用以表达故事时间的有效方

① 李显杰. 电影叙事学：理论与实践[M]. 北京：中国电影出版社，2000.

② 爱德华·默里. 十部经典影片的回顾[M]. 张婉晔，等，译. 北京：中国电影出版社，1986.

法。巴赞分析塔蒂的喜剧片《于洛先生的假期》时指出：声音为这部影片所增加的时间厚度比它的画面所表达的效果更明显。如前文所述，声音是多种的，最重要的是音乐[①]。

具体的故事时间在影视表演媒介的表达，通常的标志是开始时的淡入和结尾时的淡出。淡入、淡出的快慢则决定于影片当时的感情基调，以及导演希望给予这一停顿的多大的强调。一个时间过渡到另一个时间，表演媒介以“溶”或者“化”的方式显现。这些淡入、淡出，或“溶”与“化”，不仅建立起故事本身的时间表达，而且建立了时间流逝的召唤结构，成为观众意识中故事时间的流逝品质[②]。最后，影视表演媒介以画外音和字幕的方式直接叙述故事时间，成为其表达故事时间的强制性形态[③]。时间叙述实际发挥了两种功能：一是对故事事件自然顺序的时间指示，使连续的过程变成了人为的片断，从而为创造性的时间重构立下界标。二是以经济的富于暗示性和表现力的画面为背景，重新组合出叙述时间与故事时间，进而在片断的、零散的时间点上建立起故事时间的整体流程。

具体的故事时间在影视表演媒介的表达，通常的标志是开始时的淡入和结尾时的淡出。

表演媒介的时间表达有一个难以解决的内在矛盾：空间结构的表演力求给人以时间和空间的完整性，然而表演的实现则决定了故事时间的非完整性[④]。一方面，

① 巴赞．电影是什么[M]．崔君衍，译．北京：北京大学出版社，1995.
② 李显杰．电影叙事学：理论与实践[M]．北京：中国电影出版社，2000.
③ 李显杰．电影叙事学：理论与实践[M]．北京：中国电影出版社，2000.
④ 李显杰．电影叙事学：理论与实践[M]．北京：中国电影出版社，2000.

表演媒介虽然可以呈现场景和活动，却不能概括，它的结构是断断续续的；另一方面，舞台表演媒介束缚于时钟与日历的紧密进程，影视表演媒介受制于图像时间的假定性，两者都无法表达时间的多样性和现实性。表演媒介对故事时间的表达常自命为“现在”，却缺乏现在时的丰富与感召力量，因为它们只能展示，而不能告诉时间的完整内容，时间的第一性即完整性难以得到表达。

第三节　延续与拼接——媒介对故事时间的有限把握

故事时间较之自然时间，关键的差异是故事层次引发的故事时间的复杂性。

纵观媒介发展的历史，口头媒介、书面媒介、表演媒介以及多媒介系统/网络媒介，我们可以看出媒介表达时间的不同方式与能力的差异。书面媒介对时间的表达较为自由，几乎所有的自然时间格式都可以叙述。故事时间较之自然时间，关键的差异是故事层次引发的故事时间的复杂性。同一个故事，会以故事内的故事及此故事与彼故事的关系建构起来的故事等方式呈现。不同层次的故事，它们的时间也不一样。这在自然时间中是不存在的。多重时间的共时表达在线性的书面媒介上难以实现，尽管其采用叙述的方式来表达。这仍然是一个难点，也是书面媒介在建构故事时必须向表演媒介过渡的内在依据。网络媒介具有综合传统媒介的时间特征，自然时间的同步性表达、多重时间的互动性建构、故事时间与自然时间的交织等，都能较好地实现。原因在于网络媒介对影像化的口头媒介、电子化的书面媒介和内嵌式播放的表演媒介等具有包容功能。

媒介对故事时间的表达以延续自然时间为基本前提。口头媒介以故事讲述者的自然时间为基础；书面媒介以书写的自然时间为基础；表演媒介以表演者和表演活动所承载的自然时间以及影视拍摄、制作、放映的自然时间为基础；网络媒介以其所提示的自然时间为基础。自然时间的延续对应到故事时间之中，口头媒介的表现十分显著，以至于在现实的讲述环境中形成了一些故事类型：夜晚较长的时间，口头讲述人会讲一些传奇、灵异、神秘的故事，如白蛇故事，容量较大，而且情节较为丰富，这也是故事类型中非常重要的一类故事，媒介的自然时间在故事建构中显然发挥了重要作用。另一方面，媒介的自然时间不仅在故事外部显现，而且也会渗入故事时间之中，成为媒介把握故事时间的能动形态。在各种媒介中存在的等述叙事，就是故事时间与自然时间的同步表达，从而在话语建构的故事时间中置入客观的自然时间，故事的时间结构由此变得真切、细致；不过，自然时间的置入并不意味着故事的客观性，它只是一种时间表述形态，既是媒介的实在性的明证，也是故事讲述者运用媒介的一种策略，但与故事时间的文化品质不具有对应性。自然时间在口头媒介的自然状态，到了表演媒介之后，自然时间不再有完整的表现。同时，艺术建构也需要探索时间表达的其他方法，于是，采用了拼接、剪辑等具体方法，对自然时间作出艺术化的媒介处理。同时，也创造了一些时间模式，如虚拟时间。这些探索与创造，既是故事时间在媒介方面的必然要求，也是艺术媒介表达故事时的内在向

媒介对故事时间的表达以延续自然时间为基本前提。

这些探索与创造，既是故事时间在媒介方面的必然要求，也是艺术媒介表达故事时的内在向度。

度。表演媒介借助于想象与蒙太奇以及舞台省略来穿越自然时间，一定程度上也是对自然时间的重塑，将自然时间加工为心理时间、技术时间、灵异时间等丰富多彩的时间格式。平面的、线性的自然时间被切分成不同层次、不同类型的故事时间，时间的整体性仿佛受到侵蚀，然而真正有效的、有价值的时间则被创造出来，这也是自书面媒介之后自然时间消解的本质原因：故事时间必然从自然时间中获得新生，自然时间也就以分解的方式融入故事之中。从另一个角度上讲，表演媒介对于自然时间的延续，较之书面媒介，自由度要小得多。每一个时间都需要通过具象的行动或物体来完成，这就相当于自然世界的时间过程；不过，正是表演媒介的具象性使得它在表达自然时间方面尤其生动、真实，即使在故事时间的表达上也很逼真，细节化的形象与现实世界没有太大差异。多媒介系统的时间表达也有其延续自然时间的一面，那就是以超文本形态表达的时间。超文本作为语言和表演媒介两种文本以计算机技术或通信技术支撑起来的文本形态，它的时间表达的优势在于使传统媒介可以同步转换于一个文本背景之中，或者说，一个文本兼容了书面媒介与表演媒介的文本格式。这种延续，具有混合性的特点，既有书面媒介的时间表达，也有表演媒介的时间表达；既有高度的表达自由，也有超强度的表达真实，时间的延续功能可以得到保证。

故事时间的片断化与多层性，决定了媒介表达的非延续性。与之相应，媒介对故事时间的表达具有一定程度的技术性倾向。这种非延续性既是故事时间的特性，也是许多媒介自身的特性。媒介在表达故事时间的过程中，一方面要准确表达故事时间，一方面又要克服自身的片断性局限。这就必然要使用技术，通过技术化的过程来表达时间，这是故事时间表达的拼接与剪辑。从延续与拼接的表达策略来比较，延续是自然的过程，也是时间呈现的总原则。然而，在实际的故事时间的表达上，拼接时间可能更为普遍，因为无论何种媒介，都不可能完全地延续时间，都有一定的对于时间的不协调性。拼接成为媒介表达故事时间的又一个重要特点。口头媒介因其弱主体性而直接与时间的延续性关联起来。故事讲述者在安排故事时间的同时自身的时间性不可能与客观世界分离，不过相对封闭的故事时间轴决定了故事时间具有复杂性。口头媒介为了更好地表达故事时间，除了延续自然时间外，还运用模仿、穿插、说明等技巧来表达故事时间。对白蛇故事的仙界时间，口头讲述者一方面说明白蛇修炼历验了漫长的时间，一方面以较为具体的参照来说明这种漫长——山中方一日，世间已百年。这种说明在民间还传承为著名的“南柯一梦”故事类型。而白蛇故事中仙界时间、僧道时间和世俗时间的多层关联更为复杂，在时间上体现出空间关系，于空间上展示了时间原则。口头媒介分别运用直接叙述、人物模仿和故事时间的交互穿插来拼接这些复杂的故事时间，以白蛇盗取灵芝的情节来看，故事时间存在着交互的多层结构：世俗时间上，许仙被还原现形的白蛇吓死，世俗生命消亡；冥府时间上，无常二鬼锁定许仙魂魄将其拘往阴曹地府；仙界时间上，南极仙翁的守宝二

媒介在表达故事时间的过程中，一方面要准确表达故事时间，一方面又要克服自身的片断性局限。

童与前来盗取灵芝的白蛇交锋厮杀，这是典型的多维时间交织的情节。口头媒介将三维时间穿插、转换，辅之以时间说明，主线则是世俗时间上期待救助的许仙，语言说明与叙述转换建立起紧张的时间压迫感，在片断的时间表达中促使听者自觉地复原了故事时间的整体性，从而在时间维度上将白蛇故事的艺术魅力显现出来。这些叙述技巧方面，书面媒介的时间表达与口头媒介相近，但书面媒介以书面语言叙事的强大功能更好地处理了片断性故事时间。张恨水改编的《白蛇传》在故事时间的处理上在前文已有分析，笔者在此主要就张本《白蛇传》处理片断性时间的方法作出讨论。仍以上文所讨论的端午惊变情节为例，口头媒介主要运用了直接叙述、模仿和说明等方法，将三维时间交替表达出来，并形成了由听者复原故事时间整体的表达效果。张本《白蛇传》也运用了上述方法，除此而外，还以书面语言极为细腻地刻画了白素贞的心理时间，这是书面媒介的拓展，将三维时间延伸为四维时间。同时，它又以白素贞的心理时间作为转换三界时间的一个通道，这样就把口头媒介所处理的故事时间主线作出了艺术调整：白素贞综合三界时间而成的心理时间成为时间主线，白素贞这个人物也就完成了片断性时间的整一化过程，故事时间非常精当地拼接在白素贞这一中心人物之上，艺术技巧更为鲜明。影视媒介在展示故事时间上所采用的拼接方法较之前者要复杂得多，艺术技巧与技术技巧并重，成为现代媒介表达故事时间的主流方式。吴家骀导演、刘涛主演的《白蛇传》在端午一节，运用蒙太奇手法来转换三维时

艺术技巧与技术技巧并重，成为现代媒介表达故事时间的主流方式。

间，有效地展示出许仙死亡、白素贞盗仙草、冥府使者拘走魂魄等三维同步不同质的时间状态：许仙画面的凝重性使世俗时间变长；白素贞画面的紧张使仙界时间获得空间感；无常画面的阴森使冥府时间充满神秘。同时，三组画面辅以大量的声、色效果，还运用特技手法使白素贞飞行于神界，将无常塑造于隐隐约约的时空之间，等等。这些都是影视媒介大量运用技术来表达故事时间的表现，技术性拼接完成了《白蛇传》的时间整体性。网络媒介的基础是计算机技术和通信技术及其相关设施。在游戏《青蛇》中，端午一节被处理成巨大的时间溶洞——多种故事时间和多个人物的多个时间方向共居一处，故事缺乏既定的发展趋向，时间也相应地被散落成无序的故事因素。故事时间的完成必须由玩家在技术的支持下来建构，显然这些时间只能是由拼接完成，因为游戏所提供的时间基础就是一个散漫的无方向的时间溶洞，或者是储存时间的一个空间结构。拼接成为网络媒介表达故事时间的技术选择。《青蛇》的端午一节包含五大板块的时间：许仙、白蛇、青蛇、无常和守宝二童各自独立的时间模块。这些模块分别由多种可选项的衣物、饰品、能力、法术、精神养成、外貌、宝物、行动路线、交往方式等构成。有些材料是共享的，如精神养成的方式、衣物等；也有一些是私有的，如行动路线、宝物等。每一个时间模块都有相对独立的时间拼接，如许仙模块由饮酒时间、探视时间和昏死时间构成；而无常模块则由任务时间、拘役时间、回程时间等构成。下一层故事时间则是几大模块之间的时间重构，一条线索

故事时间的完成必须由玩家在技术的支持下来建构，显然这些时间只能是由拼接完成。

是按照白蛇故事传统来拼接故事时间，还有更多的线索是以玩家的故事期待和技术水平为原则来发展的，路向非常多，而且这些时间拼接有可能不能实现，甚至故事时间在此被终止。由此可知，网络媒介对故事时间的表达，技术性已成为主导方式，时间拼接是网络媒介的时间表达个性。在更深的层次上考虑，时间拼接最初是由游戏的软件设计者所决定的。在设计者的技术与任务中，故事时间是不存在的，只是一些素材的未来表达，因为故事也不存在。存在的只是用于建构故事和时间的素材，如声音的、色彩的、器物的、行动的、线条的等。数字化技术以虚拟的方式将这些素材归入某个程序之中，在《青蛇》里这个程序就是有着传统白蛇故事逻辑的一个指令系统。当然，网络媒介在多用户的同步互动中建立时间关系，远比我们所作的时间拼接理解要复杂；而且，这种虚拟技术已经发展了一个虚拟的社会，网络媒介支持下的故事成为虚拟社会的故事形态，技术在此已超越我们传统理解的技术内涵，时间拼接的概念也只是接近这种媒介的表达方式，《青蛇》游戏所建构和表达的故事时间仍有待深入分析。不过可以说，在发生学的角度上理解，网络媒介由于建基于人类所开创的技术之上，虚拟社会及其虚拟故事完全由程序设计者来建构，因此，网络媒介的时间拼接这一分析还是成立的。而且，故事时间的虚构性本身就是虚拟的，充满了想象的张力和未知的挑战，网络媒介以其特定的方式来塑造故事时间，并不能充分地承担起表达故事时间的重任，它也只是人类探索故事时间表达的一种新媒介。值得进

在设计者的技术与任务中，故事时间是不存在的，只是一些素材的未来表达，因为故事也不存在。

一步思考的是，网络媒介作为一种全新的叙事媒介，它所带给人类的叙事可能，将会有极大的探索空间。

从时间延续与时间拼接两个层面上，我们要注意到媒介演变过程上的一致性和差异性。一般意义上讲，所有媒介都有时间延续的功能，这一功能置于故事中，即可成为故事时间的表达形式。然而，不同媒介在故事时间的拼接表达上却存在很大的差异。这与不同媒介所面临的时间表达问题有关①。书面媒介所面临的是如何直观地将故事时间多向同步地展示出来，它所依附的语言所具有的不可逆性和线性取向决定了它对故事时间的单一性适应。表演媒介所面临的是如何实现时间的全面表达，其以情景的空间化来再现时间的局限，使得表演媒介只能是局部地拼接故事时间，而多媒介系统所面临的是如何将现实时间与虚拟时间有效地对应起来，从虚拟的平台上将时间的具体性和实在性表达出来，也许本身就有违虚拟的本性。故事时间的媒介表达，已越来越成为媒介与故事之关系的重要一维。随着媒介的发展，它对时间的表达也更为丰富了。媒介从延续时间到拼接时间，都在不断地推动自己时间表达能力的提升；然而，故事时间的多层性、连续性以及不确定性，对于媒介已有更高的表达要求。媒介面对故事时间，也只能是尽力表达。这种表达的有限性是必然的，正如人们对于时间的理解与把握一样。表达是接近时间的一种努力，然而人类最终会因为自己被时间所规定，因此永远只能是有限性的表达和有限性的把握。

表达是接近时间的一种努力，然而人类最终会因为自己被时间所规定，因此永远只能是有限性的表达和有限性的把握。

① 杨新敏．电视剧叙事研究[M]．北京：文化艺术出版社，2003.

第四章 《白蛇传》故事空间的媒介展示

故事空间在故事构成要素上常被忽略，因为在传统意义的媒介文本中，它并不直接地建构故事，而是通过人物、事件、时间等其他要素来显现。然而，随着表演媒介和网络媒介的空间要素越来越明晰，空间要素的功能越来越强大，空间问题也就越来越为人们所关注。空间要素如何被展示，如何参与叙事，如何在故事中形成意义，都是需要深入讨论的问题。

第一节 现代《白蛇传》空间要素的流变

现代《白蛇传》在不同媒介中都建构了层次鲜明的故事空间。

现代《白蛇传》在不同媒介中都建构了层次鲜明的故事空间。这些空间，从故事内容的显现来讲，不同媒介都要作出相应的表达。同一空间在不同媒介中有何差异，不同空间在相同媒介的表达上有何共性，以及空间要素在不同媒介中的历史传承，等等，都是我们考察《白蛇传》空间要素流变的重要内容。

一、书面媒介中《白蛇传》的故事空间

现代《白蛇传》的语言文本基本承袭了故事传统，在主题、情节、时间、空间等方面都未有大的变化。这是

由中国传统故事《白蛇传》的审美传承原则所决定的。黑格尔认为，“如果所描述的故事在它的实际发生时的新鲜形式或是在历史事实里的形式，原已为人所熟知，诗人凭人工造作的作品就会更显得矫揉造作而不根据事实”①。也就是说，在传统的和历史事件中，故事已为人们喜闻乐见，诗人在这些故事的改编与创作中，只凭其感想去描述客观事迹、人物和情境的话，就容易影响故事的接受，故事本身的建构也会显得生硬、造作。传统故事的美学原则是对其历史性原则的一种揭示。我们研究《白蛇传》语言文本的故事空间问题，也选择按照上述原则改编的故事文本。

书面媒介的代表文本是张恨水的小说《白蛇传》。小说建构的故事空间，由于继承了口头叙事传统，因此在故事空间的细化方面与口头讲述所建构的故事空间极其相似，都注重空间的细节刻画，都强调空间的烘托功能，这也显示了作家改编、加工口头叙事作品的一个主流模式。张恨水是我国继承传统文学观念较为典型的通俗小说家。在他的主要作品中，民间取向和传统模式成为基本特征，从小说在处理故事空间的表现形态这一方面，也可得到很好的证明。

小说中，空间建构主要采取了三种模式：一是全景总览模式；一是细部雕刻模式；一是层次递进模式。

小说中，空间建构主要采取了三种模式：一是全景总览模式；一是细部雕刻模式；一是层次递进模式。

全景总览模式以西湖空间的描摹与建构为代表。许仙在清明时节去西湖为双亲祭祀，长时间在城里的店中

① 黑格尔. 美学[M]. 朱光潜，译. 北京：商务印书馆，1996.

忙活，没有闲情野趣来赏略西湖山水。这么个人间胜景，在许仙眼中如何呢？小说家正是立足于此，从人物的感知中来面对空间，在故事的线索上将西湖作为事件的中心背景来表现，这就需要一种渐进的、震惊的、大幕若揭的手法，以此来暗示叙述方向。西湖空间在许仙的视野里，空阔，辽远，而又宁静秀美，空间由高及低，由远而近，由朦胧而清晰，由客观自在而主观遐想，空间中融入了故事情节，自然里流露了人文意绪：城外，三面是山，西湖居中，苏堤、白堤深入湖心，两岸垂柳密密地围成两条绿廊，外边的两行近山高高地延伸下来，犹如椅子扶手，稳稳地衬出西湖的安详，同时也将整个杭州城环抱住，人事与天籁由此缠绕无间。西湖的秀美，从高山、低树的倒映中现出清澈明亮的底色。叙述者以许仙的视角，立于杭州城外总览西湖美景，空间层次与天人关系得以明确，背景性的故事空间从方位、结构、内容到季候、节令、风物，都细致入微地展露出来，细化的空间在时间与世俗事件中获得丰满的意义，总览的空间在故事线索与事件发展中拥有舞台背景的地位。

细化的空间在时间与世俗事件中获得丰满的意义，总览的空间在故事线索与事件发展中拥有舞台背景的地位。

全景总览模式所塑造的故事空间，在媒介线索上是口头传统的重要形态。作为一种延续，书面媒介在细化方面有较大的发展，而且由于接受方式的变化，书面媒介在阅读时可以更为精细地设置空间，并从多个视角上为读者提供空间感知印象，细化的理解也较口头传统更容易。全景总览模式在故事线索上起到极其重要的基础性作用。这一模式所建构的故事空间，往往置于故事展开的大背景上，成为故事情节得以发展延续的前提性条件，主导性地影响着故事进程的方向，很大程度上映射了叙述者的情感取向和故事主题。从故事进程上看，全景总览模式建构的故事空间通常会在故事发展的重要环节上再次强调，而且往往与主要人物、关键情节、剧烈冲突等叙事要素相关，与最初所建构的空间相呼应，也起到重建与翻新的功能，从而在整个故事中显现出这一故事空间的独特地位。从叙述者的情感取向和故事主题而论，全景总览模式建构的故事空间多为叙述者直接叙述，并以主要人物的视角与情感取向来理解和认知故事空间，故事空间因此潜在地渗透到故事主题之中，故事背景、人物生存和发展的主客观环境等功能形态成为故事的关键要素，与人物、情节、主题、结构等都发生深层次关系。就西湖空间而言，小说在第一章以全景总览模式建构了西湖的湖、山、树、色、影等空间框架，较为明确地辅叙出故事展演的空间环境，在小说的叙事线索上定下了空间基调：山水相间，天人相接，秀美丰润，深邃悠长，垂柳碧波，烟雨朦胧之中隐含着神秘空间与俗世景观的双重内涵，这就是西湖空间的要义。既是双重内涵，必然就内在存有冲突，或倾向神秘，则为俗世所景仰，也可能为俗世所诋毁；或倾向俗世，则为神秘者所窥视、所侵袭，也可能为神秘者所向往、所爱怜。最为繁复的冲突是二者合一，一半神秘者一半俗世人，矛盾之尖锐，关系之缠绕，方向之迷离，主旨之深刻，令故事异趣横生，线索清晰，情节丰满。叙述者饱含生命的激情融入这一奇特的空间之中，汪洋恣肆，神

从故事进程上看，全景总览模式建构的故事空间通常会在故事发展的重要环节上再次强调。

在整个叙述过程中以探险的方式来架设叙事结构，实为民间叙事的佳酿。

秘莫测，在整个叙述过程中以探险的方式来架设叙事结构，实为民间叙事的佳酿。作为呼应与重构，小说在第十三章《断桥相遇》中又强化了西湖空间的细节：

> “忽然之间，南极仙翁叫声停，两足似乎落了土。立刻睁起眼来一看，只见眼前大亮，自己(许仙)站在一段堤上。看那堤外头，两旁是山，山底下是湖。再一细看，山树亭台，样样都有呵，这是西湖呀。再看看身旁，堤身有四五丈宽，两旁杨柳，一棵一棵排得很密。正是西湖歇脚的所在：苏堤……”“许仙心里暗想，南极仙翁多么慈善，总不会骗我的，娘子面前，不妨慢慢哀求，至于小青姑娘，她不能杀了我吧！多赔小心就是了。于是顺了苏堤，顺步往前走。苏堤走完，又由孤山的大道，踅上了白堤。那太阳已经起山，照见那西湖的水，像大铜镜一样，把西湖的观宇楼台，倒映在水里。可是看青白两位大姑娘，依然并无只影。许仙想，昨午那一场大斗，她主仆二人，落荒而走，晓得是往哪里去了？南极仙翁之言，也许一时料错了。现在既回到杭州，亲戚朋友也还有几位，暂去借个地方住了再说吧。行至断桥所在，一道白堤将要达尽头的地方，流水一弯，堤身中断了，在这流水上面架了石板桥。因此，桥两边是半圆形。在桥的中间，架了一座半圆形的亭子。这就是许多墨客骚人讽咏‘断桥残雪’之地了。”

首章之湖山秀树、长堤远影，都只是个大略，全景之内，更多显出场景的气势与神秘，等于涂了个画框的轮廓，隐隐约约有些线条，却并不明白。到了断桥之处，故事之大喜大悲，全已展开，空间的转换也正好有一个轮回，先是全景含蓄开张，露一段模棱两可的线索，为故事的发展留下遐想空间和延伸的多向可能性，再是局部明丽亮相，垂柳细密，湖水荡漾，苏白二堤具形具貌，断桥凉亭凄婉动人。首章所绘西湖，空间结构整体上呈纵向，自上而下，由高山而低湖，从天空浩渺空阔，流云逐月，到大地细腻繁复，藏木隐水，一时天地浑成，气势含蕴宇内，空间视野极其博大。勾勒粗线条的西湖空间，让人自觉一个完整的天地世界。然后以白描手笔稍细而绘，点染山水之可感、可亲、可爱，视觉建构于是取了横向的远近空间关系：远山环绕，两座近山搭成扶椅的一对手柄；近山脚底，正是安宁娴静、温柔多情的西湖。山湖之拥托亲昵，空间上也给了恰到好处的安排，这自然不是作者的刻意比拟，而是空间造化，西湖一绝，内在地包孕了某种意趣与神秘。日常视觉空间中的西湖，于是有碧水微澜，有垂柳拂岸，有长堤入湖，有微风洗面。远山来得沾亲带故，自然而明地塑造了西湖横向空间的外层结构；近山更是手足情深，暧昧朦胧的绕作西湖横向空间的内层结构，核心结构正是西湖本身：水、岸、堤、树、风、影；绿波、碧叶、灰径；清明亮丽的山树水影、和美细密的回环春风，等等，立体的湖光山色、感怀的阳春时节、人情事理寓于空间之内，成为西湖核心空间内的一个要素，可谓匠心独运、精雕细镂之工了。

立体的湖光山色、感怀的阳春时节、人情事理寓于空间之内，成为西湖核心空间内的一个要素。

《断桥相遇》一章所细化之西湖空间，由于不着意整体，无大的时空描绘，而在于细部追怀，呼应首章之全局预设：四五丈宽、垂柳婆娑的苏堤，关联苏白二堤的孤山大道，大铜镜般的湖水，直入湖心的白堤，半月形的白石板断桥……西湖不再气势空阔，不再有首章所绘的疏朗清新、模棱两可，而是浓墨重彩地点缀西湖的一景一物，沉重地直观那些与现实毫无缝隙的长堤、大道、湖水、石桥，而且都是忧郁的。苏堤有四五丈宽，湖水似大铜镜，白石板桥断裂着——西湖全景下的呼应在此显现出来，空间映射情感，影响题旨，天人融合，已从全景的预设落到现实的显现了。

简而言之，西湖的三层横向空间，立于两重纵向空间之内，串插季候时令物象，融汇世俗人情礼制，空间、时间、世俗，天人之间，从此密不可分。西湖空间所预设的空间意味和小说题旨，正是以天人关系作为深厚的底子。空间表达与时间表达、情感表达共鸣，成为全景总览模式所建构空间的一大特色。

细部雕刻模式是小说建构故事空间的重要形态，着眼于具体而微的空间。

细部雕刻模式是小说建构故事空间的重要形态，着眼于具体而微的空间，以精雕细刻的工力逐一地呈现空间中的每个细部。这些细部的性状，有的以日常视野可直接感知，有的则需俯身近距离观察，有的甚至要借助放大认知才能充分表达。细部工笔的空间建构，处在小说情节的基本单元上，往往与深入、微妙的事件并接着，透视出此情、此景、此人的行动与情怀，空间的具体性与独特性表达非常鲜明。小说《白蛇传》第二章《美满姻缘》中有一个典型的片断，是细部雕刻模式建构故事空间的代表：

“许仙走进屋门一看，是一大间客厅。上面是雕花细木的炕床，铺了绣花床垫。上面是雕花木炕几。下面是六把太师椅子，夹了四个茶几，全是细花。椅子尽头，有两个细瓷围墩。右面是个檀木小屉桌，有四个圆椅相配。左面一张大琴桌，一张小花桌，上面所摆花盆，养的花娇艳艳的。桌椅上全有绣垫，正中条案，横列着是琉璃、珊瑚、玛瑙制成的花缸、瓷盆、镜子等类东西，许仙却是分不出来。四壁都挂着字画，许仙也来不及细看。心想，白家是位官宦人家，你看，这是何等排场呵?”

小说在此建构的故事空间较之我们日常感知的空间环境更为细腻。就日常感知而言，对于眼前的空间布局和事物性状，也有非常具象、极为准确的把握。空间方位、事物相当细部的外形、事物组合关系、事物性状的认知与判断以及具体化的空间总体特征，等等，都是以日常生活的惯性思维和理解能力、控制水平为依据的。相比之下，细部雕刻模式所建构的故事空间更多一种专门性的空间认知和空间表现意识，更多一点对于空间事物性状的地方性知识和技术性经验。既是相对专门性的空间认知与空间表现，在空间布局的考量上，小说也就会精思细研了：大客厅总体背景下，里层空间的上结构是铺了绣花床垫的、雕花细木的炕床；下结构是细花的太师椅和茶几，附近还有细瓷围墩。中层空间有条案，有琉璃、珊瑚、玛瑙制成的花缸、瓷盆、镜子等。外层空间是内墙四壁，挂满了字画。左层空间有大琴桌、小花桌，上结构是养了许多鲜花的花盆。右层空间有一张檀木小屉桌，附近有四把圆椅。从空间布局上讲，小说在建构白府空间时采取了以横向排列为主、纵向延伸为

小说在此建构的故事空间较之我们日常感知的空间环境更为细腻。

辅的策略；而在横向空间上的建构极重细节，从里层到中层，到外层，层次递进，结构分明。每一层次上，空间设置所关联的事物都刻画得非常逼真：雕花细木的炕床、绣花床垫、雕花木炕几、细花太师椅子和茶几、细瓷围墩、小屉桌、圆椅、大琴桌、小花桌、绣垫、花缸、瓷盆、镜子、字画，等等，白府空间的客厅塑造总计布置了近十类不同家什及其相关饰品，这比之日常视野中的观察要具体得多。一些细微的事物与空间重叠形成的隐藏事物，日常视野是无法观察的，也就不可能形成整体空间印象。另外，白府空间的许多空间事物都被定了性状与属性：炕床、炕几是细木制的；围墩是细瓷制的；小屉桌是檀木制的；花缸、瓷盆、镜子等是由琉璃、珊瑚和玛瑙制成的。一般观察者没有把握这些品性的空间能力。地方性知识与日常生活经验累积所建构的空间把握能力将空间透明化，雕刻般地凸显出空间的每一个细部、每一个层次、每一个属性。叙述者将日常观察所能触及和不能抵达的层次都展现出来，空间不是外观印象，而是对空间布局者的空间观念、故事理解方式、世界认知态度等的陈述与说明。以雕刻的工力抵达白府空间主人的心灵，这种深邃的理想浮现在空间的每一个细部，空间意义由此得以确立：床是雕花细木的，绣花床垫和雕花木炕几作了陪衬，装饰家私的细花和绣品，娇艳开放的鲜花，四壁的字画，由此可以推断出是官宦世家的空间居室，女主人的爱好和品格也从中有了一些映射，而即将展开的主要事件的线索与方向也在空间雕刻中获得充分的滋养，白府空间真正被建构起

叙述者将日常观察所能触及和不能抵达的层次都展现出来。

来了。

细部雕刻模式所建构的空间在小说事件的链环上较为普遍，它不仅是故事空间的重要类型，也是故事情节展开的一种模式。具体而微的人物与事件都可以从中获得观照。空间与人物，从细部雕刻方面搭建起与品性相关的桥梁。空间细部越深入、越丰满、越独特，人物品格也就越真实、越复杂、越深刻。在这个意义上，细部空间的表达是小说水准的一个见证，也是故事深度的一杆标尺。叙述者建构起来的雕刻般的故事空间，不是观察者意义上的空间结构，而是故事情节内涵上的空间意识。每一个重要的事件和冲突的发生，如果能够重建一个与之相应的细部空间，那将是非常有效的艺术选择。

层次递进模式所建构的故事空间是多重空间，在媒介文本中它不是某个单一的空间表达，而是故事线索上的连续相关的空间群落，在空间层次上以某种秩序体现出递进关系，同时也与情节发展链环上的递进关系相适应。《白蛇传》第九章《昆仑盗草》的空间建构很好地运用了层次递进模式，成为这一模式的范例：

层次递进模式所建构的故事空间是多重空间。

> 轻风一阵，白素贞来到昆仑山前。四围一观，只见白云一片，封锁了最高最险要的所在。自己私下念着，这里已经离南极仙翁所居洞府不远，须要小心一二。因此脚步慢慢地轻移，石子草皮身上，一点声音都没有。那山上石径小路，也没有人声，有时清风过去，那成千上万的松树，松针自相磨搓着，就发出哗啦哗啦的声音，这声音还有了雅号，叫着“松涛”。

> 松涛哗啦不断的地方，这更表示山上没有人住。那山路在密密的松林钻着，前面两山并排，忽然闪了开来，中间显出一个孤峰。孤峰上面，下半截，白云封住；上半截，是几进宫殿，都有松、柏、杉、槐，以及大小的竹子，分别掩盖。半天打了一下磬，又半天细风飘过，有一阵檀香。

白素贞为夫君冒着生命危险来求仙草，所历验的空间印象非常强烈，这与仙草的奇异和珍贵有关。它所生长的环境、存在的条件、守护的严密、求取的难度等都决定了空间要素的重要性，任何企图获得仙草的人都需要了解和熟悉它的空间环境。这就是第一层次空间的建构目的：宏观上描绘获取仙草的空间屏障，突出仙草的珍贵，强调求取的难度。那么，如此关键的空间屏障是如何被建构起来的？它的外观结构又是怎样的呢？时间线索上，白素贞来到昆仑山下，接着往里走，最后是逐渐寻找到仙草的具体空间位置。由顺序结构所编排的时序有利于空间线索上的处理，进而形成时间与空间两条线索的合一。空间线索上，白素贞来到昆仑山前，先是与空间中的石子、草皮轻触，不至于有声响，以免惊动守护仙草的天兵神将；其次则以反向结构突出昆仑山的动感与喧声。山风猎猎，松涛阵阵，风起到了承上启下的空间功能。前面是小心翼翼，哪怕石子、草皮也不敢弄出声来，而风在山中的空间威势却让整个世界波涛汹涌、轰鸣如雷——一正一反，将动与静的空间感知融入客观的空间表象中，于是，立体的、层次分明的空间被建构起来，茫茫林海，松涛阵阵，风起云涌，淹没于巨

由顺序结构所编排的时序有利于空间线索上的处理，进而形成时间与空间两条线索的合一。

大空间中的个体却为自己极其渺小的空间行为心存忧虑，一石、一草，唯恐其发出惊人的声响，此忧何其误也。然而，正是这种忧虑，将空间表达具体真实地体现出来，从宏大的森林，过渡到一座座相对独立的峰峦，再缩小到故事人物所在的特定的狭小空间之内。天籁声构成大空间，行动制造的声音构成小空间，两重空间既浑然一体，又在空间感知上各有势力。大音稀声，始终是空间的主宰与品质，外在于大空间的世界，是可以感知并承受其重要影响的；小声震耳，断断续续地形成空间对人心理的巨大压力，自然空间与心理空间联结起共鸣的声腔，对话也在空间中自然展开。心理空间的收缩，也就是自然空间的扩张；而心理空间的疏缓，正是自然空间的旁落。心理空间对自然空间感知的变化，折射出空间建构的深度价值。大空间以风声为其标志，它对小空间的覆盖和支撑，使身临其中的故事人物时时刻刻都能感受其影响。同时，又以自身所处的小空间为前提，身边的一草一木一石一土，它们的形貌声态、细微变化、空间位置，无不深刻地包裹着人物的视野，建构起人物生存空间的特定场景。这个小空间，较之大空间而言，对于人物感知空间世界的敏感程度，前者更为深入，也更为切身，甚至有时还能以小空间的直接性笼罩超越大空间的控制，身边的空间形态及其变化直接而强烈地进入空间感知中，大空间此时被遗忘、被搁置，小空间成为空间世界的全部。这就是主观世界进入空间结构的结果：大自然声浪的肆虐早已抹平了一切小空间的声响，可故事人物的空间感知仍在小空间上念念不忘、

这个小空间，较之大空间而言，对于人物感知空间世界的敏感程度，前者更为深入，也更为切身。

忧心忡忡，于是导致一种层次混杂的空间互动效应——大空间宏大狂放，小空间渺小细腻，有林海松涛的冲击，更有小草沙石的羁绊。大空间的轰鸣声与小空间的摩擦声交织起来，两相更替，一时是巨大的轰鸣，一时是入心的摩擦，有如影视媒介的镜头切换，远景时有大空间的声势，特写时有小空间的生动。大小空间形成的内外空间结构不断地交错、换位，空间不再是孤立的结构，而成为渗透了人物与事件的充满活力的世界，同时，空间互动促使故事人物获得更为深刻的塑造。

大小空间形成的内外空间结构不断地交错、换位，空间不再是孤立的结构。

第一层次的空间是白素贞进入昆仑山之后的总体感受与空间认识，有大空间的绘制，也有小空间的刻画。这种空间互动手法为下一层次的空间表达定下了基调，融主观的空间感知与客观的空间结构于一体，交错并行，空间的立体性与情节性有效地得到表达。第二层次的空间更为强烈地运用了空间互动的比照原则，大空间和小空间的建构与此起彼伏的结构关系更为鲜明，空间世界与空间意识都获得深刻的理解：

> 她(白素贞)想着，此时先观看仙草所产生的地方要紧。于是将身子一趸，走到松柏遮盖的第一进宫殿，远远看到三个守门的人，在那里闲话。白素贞心想，仙草绝不会长在第一进宫院。这下面有一道山沟飞瀑，我由这里进去，他们料想不知道。于是将身子轻轻一溜，溜到清水潭边。
>
> 这里山沟慢慢一弯，有一个大缺口，水由缺口向下奔流，流出来有桌面那样粗细，落在大石上，变成了一个小潭。那巨流后面，长些长长的青苔。

> 白素贞看了，就顺着青苔，希瑟希瑟地一步一步前进。因为这里万不能驾云，一驾云，仙洞的人都会知道的。白素贞爬上了二层，一点声音都没有，大概是瞒过了。站在这里，四面一望。只见三面是山，山中间有微微挖平的地方，就是两楼的宫殿。宫殿以外，全是树木，就是白素贞所到的山沟缺口，那水流着一道清沟，也弯弯曲曲，由树林下经过。白素贞找了一棵大松树，不声不响，便爬上了树顶。登高一望，这第二进宫殿，又分为前后二进。前后进房子，中间一片院落。院子四周，种了奇怪花草，约一人高。这奇怪花草之间，蒲草堆积有一堆四方的花圃。但这花圃中间，并不种花，就是种了许多草。那草是蘑菇形，有四五寸高。呵，这就是灵芝草呀。看那草种的面积，四围只有一丈多。你看仙人多少，而种的灵芝草，就只这样多，无怪当是一种稀世奇珍了。

第二层次的空间是第一层次的空间的深入与细化，在第一层次的基础上，深入到细微的、具体的、目的性的空间之中，这种递时关系成为空间建构的内在逻辑。林海松涛之下的某座山峰之中的一个小空间，正是第二层次空间的所在。第一层次空间的建构采取了先大后小的顺序，以大空间为背景，突出小空间的意义与主观感知。第二层次空间则有些变化，从小空间起始，一步一步地拓展和延续小空间，形成一个具有时间进程关系的小空间链：第一进宫殿→一道山沟飞瀑→清水潭边→大缺口→有桌面那样粗细的巨流→大石→小潭→长长的青苔。小空间的具体性与切身性超出了空间建构所可能表达的意义，小空间的移动与转换之后，其实有一个主体认知与感受的问题，空间与主体存在着深刻的交织关系，一显一隐，空间延伸与主体视野同步得到开掘，因此，小空间链也可看成主体的视野链，在空间逐渐展开的过程中视野也变得丰富起来。

小空间链也可看成主体的视野链，在空间逐渐展开的过程中视野也变得丰富起来。

小空间链后面接上一个大空间，成为空间结构的重要延伸方式。这里一定要强调小空间链的基础性功能，正是小空间链提供了观察点，提供了空间延续支点，大空间才得以被建立起来。这种空间结构本质上也是一种递进关系下的结构，事件的延续与空间的拓展恰成对应，大空间是小空间自然递进的一个结果，故事由此获得新的空间平台：从小空间出来，白素贞站定后四面一望，发现三面是山，山中间有微微挖平的地方，是一座两楼的宫殿。对这个大空间的扫视，蕴藏了深刻的叙事动机。它作为前面一个小空间链的结果，整齐、集中、宏大，似乎可以一览无余，却仿佛又掩藏了一些未知的空间，因此，在开阔、明亮的山中宫殿之后，还有待进一步地寻找更隐蔽的空间。这个大空间也就有了导线的作用，展开并获得建构的目的，是要由此引出更为深刻的故事空间——因为地势不甚高，“白素贞找了一棵大松树，不声不响，便爬上了树顶。登高一望，这第二进宫殿，又分为前后二进。前后进房子，中间一片院落。院子四周，种了奇怪花草，约一人高。这奇怪花草之间，蒲草堆积有一堆四方的花圃。但这花圃中间，并不种花，就是种了许多草。那草是蘑菇形，有四五寸高。

呵，这就是灵芝草呀。看那草种的面积，四围只有一丈多。你看仙人多少，而种的灵芝草，就只这样多，无怪当是一种稀世奇珍了”。空间内核得到净化，仙草灵芝的生存空间与仙人的背景空间和白素贞所感知的空间相比，要神圣得多，细致得多，也要重要得多。

层次递进模式的故事空间与故事情节本身对空间的需求有关。在故事情节所涉及的内容中，空间成为其发展的必然要素，而且是情节展开的必不可少的条件；同时，随着情节的发展，空间也得到发展。这样的关系，使得层次递进模式的故事空间在具体建构中有着极强的中心感，所有情节均以其为前提，空间的转换和深入、细化，成为情节延伸的标志。这与全景总览模式和细部雕刻模式所建构的故事空间有着很大的差异，后二者所获得的故事主体地位较层次递进模式所建构的空间而言，是略微逊色的。从层次丰富的角度讲，它与全景总览模式有相似之处，二者都是空间群落，都是空间延展过程的总体面貌。然而，全景总览模式的空间建构是分散的，不同背景下的空间与故事情节的关系也是不同的，有时很密切，有时则很疏离。空间彼此之间的关系呈呼应之势，但并不相互粘连。层次递进模式所建构的空间结构是紧凑的，与故事情节的关系是同质的，都非常深入地与情节延续关联起来，而且彼此之间衔接自如，深刻交织，从而形成相对一体化的空间群落，在意义建构上也就完成了实质的一个故事空间的功能。

层次递进模式所建构的空间结构是紧凑的，与故事情节的关系是同质的。

二、表演媒介中《白蛇传》的故事空间

表演媒介对《白蛇传》的演绎，有着非常丰富的经

验，也有着较为独立的表达系统。在塑造故事空间这一方面，它将语言想象中的空间具象化，而且在导演与演员的创造性发挥方面也给定了故事空间的具体性与地域文化的个性，从而为《白蛇传》的广泛传播与深刻变革提供了媒介可能性。

戏剧表演媒介的故事空间表达主要以舞台及其布景为手段，辅之以道具和人物形态表达，在空间的处理上采取了虚实相生、现实场景与表演场景相结合的艺术方法，对《白蛇传》的故事空间作出了丰富多样的塑造和阐释。

故事空间在舞台传统中主要的表现形式是固定的、现实的、相对独立的舞台结构。

故事空间在舞台传统中主要的表现形式是固定的、现实的、相对独立的舞台结构。舞台多由某个高出四周水平面的固定建筑充任，有些是长期固定的，有些是临时搭建的，还有些是借助于永久性固定建筑物来作临时舞台之用，原有目的却不是戏剧表演的舞台。舞台的产生，是戏剧表演在空间方面的一个拓展，是乡间戏剧表演走向集镇、城市的一种变形。原初形态的戏剧表演并不需要特别的、相对固定的标志性空间，它随地随时而演，空间的想象性仍是主要的特征，口头传统还在主宰着人物表演故事的方向，人物对故事的理解也主要依赖口头传统的规约。只是到了戏剧表演的专业性与城镇性功能增强的时代，戏剧表演才需要某种独立的与口头传统有异的一些特点和可识别标志，于是空间强化成为一个有效的手段，被延伸出来，固定的、区别于观众空间的、可以直接进入故事内涵的客观空间出现了，这就是舞台空间。空间的形成，从此开启了故事的真正形式化的表演传统，也在区分口头传统的故事类型上作出了极有价值的艺术探索。表演媒介于是在故事发展的历史链条上成熟起来，成为富有艺术生命力的重要媒介形态。舞台空间是舞台风格的主要表现方式，舞台空间“是假定的，也是仪式化的，神话化的”①。这一判断非常值得讨论，深入分析可以见出舞台空间的本质及其与戏剧表演艺术的内在关系。舞台空间的假定性是戏剧表演艺术在媒介上的一个性质，它保证了表演与观众之间达成通约性共识，也在故事情节展开之时创造可见可想的空间结构。京剧在舞台上为《白蛇传》故事创造了一个以西湖为背景的故事空间，整个舞台与观众无形地被区分开，舞台假定为春日西湖，繁花似锦，艳阳高照，风轻水暖，一派江南水乡的空间气象。舞台假定直接构成故事内容的一个要素，人们感知舞台空间也就是在理解故事，在假定条件下对故事的认同。空间就在舞台上展开，无论西湖波澜，无论三面环山，也无论绕岸杨柳，还是修炼成仙下界寻亲的白素贞所经之地，亦或许仙踏青祭母一路新奇的远景近影，舞台空间都给以支撑和表达。假定性空间以实在的客体形态，既延续了口头媒介中的空间想象功能，也开发了表演媒介自身的空间建构功能，许仙于是兴奋异常地游览西湖胜景，白素贞于是在舞台空间中实现了由仙界下凡的空间转换。在这个意义上，假定性空间具有双重性，一是确定性，一是想象性。前者直接表达了故事空间，且弥补了口头媒介缺乏

在这个意义上，假定性空间具有双重性，一是确定性，一是想象性。

① 周贻白．周贻白戏剧论文选[M]．长沙：湖南人民出版社，1982.

空间感的不足；后者间接丰富了故事空间，且弘扬了口头媒介在空间表达上的表现传统，借助语言，借助旁白和对白，借助舞台空间所建构的故事情景，将错综复杂的故事空间逐渐地复原并放大，在观众的故事接受上起到关键作用。

舞台空间的仪式化与神话化，在口头传统的革新方面，是在深入继承口头传统的仪式精神之基础上得以实现的。

舞台空间的仪式化与神话化，在口头传统的革新方面，是在深入继承口头传统的仪式精神之基础上得以实现的。仪式化是一种以实践为前提的形而上精神；神话化是以仪式及相关信仰为原则的创造精神。口头传统是有仪式的，这在口头媒介的表现上常常为人们所忽略。其实，口头媒介的核心——叙述者——人是仪式化的主持者和参与者，叙述者是现实人的隐身，现实人在实践中以仪式的名义讲述故事，听众也主动或被动地参与了仪式，而且这个仪式也是故事主题的一部分，口头传统的内在精神正是以仪式为载体而得到传扬的。仪式化在舞台空间的建构上成为一个秘密，故事在舞台空间里通过表演者的演述得到展开，观众借助舞台空间来理解和接受故事表演，一场以舞台空间为核心的艺术对话得以进行。这种对话是仪式性的，故事空间成为神圣的场所，仪式进行，故事开演，观众聆听、观摩，神话在仪式中形成，信仰随之而生。空间正是在仪式之中成为一种仪式，从而为故事的自尊、表演的自尊和空间的自尊争得地位和荣耀。《白蛇传》由于具有深厚的信仰基础，又有着生活习俗端午节的印证与关联，因此，仪式化和神话化的舞台空间维护了白蛇故事的中心地位，表演者也在表演中成为舞台空间的一部分。仪式——蛇仙化美女、善良温存的西湖结亲真正恢复了口头传统中的威力，空间是神圣的，这就是舞台空间仪式化和神话化的内涵。

《白蛇传》的舞台空间在不同的剧种里有不同的表达，但基本上都采取了空间相对固定的艺术手法，以舞台空间的转换来推进故事，从而实现空间的情节性功能。就京剧而言，故事空间在舞台空间上的转换主要有三次：仙界空间向凡俗空间的转换——峨眉山空间向西湖空间的转换；市井空间之间的转换——西湖空间向苏州市井空间的转换；市井空间向神鬼空间的转换——苏州市井空间向地府空间、昆仑神界和金山寺空间的转换。三次转换以西湖空间为主体，西湖空间决定和引导了故事空间的延展方向。在故事空间的实际构成上，西湖空间出现过多次，反复建构，循环呈现，舞台空间因此也被潜在地认定为西湖空间，其他空间及其相互转换只不过是叠加在西湖空间之上的一些依附结构。舞台空间被无形地划成了多重空间，一重是客观实在的空间，一重是西湖空间，一重是隐而不显的仙界、地府、佛寺等超凡空间。空间之间可以不断地更替，不断地转换，不断地回应，从而不断地为故事表演提供内涵丰富的空间意味。舞台空间的整体性，成为戏剧表演媒介的一个基本问题。整体性意味着一个系统的有机构成和构件之间具有密不可分的协作关系，系统内部存在构件的相对独立性，系统外部则只有相互关联的构件综合体。舞台空间在假定性基础上，以其整体性原则来规范表演，约束观众的接受，创造艺术世界。舞台空间是故事表演的

舞台空间的整体性，成为戏剧表演媒介的一个基本问题。

完整而不可侵犯的神圣领地，观众被舞台空间所震慑和吸引。大多数情况下，完整的舞台空间就是故事场景，相对观众而言，是远离现实而又近在咫尺的意义空间，“第四堵墙”正是舞台空间的完整性在接受美学层次上的称谓。观众立于整体性的故事空间之外，所观察到的是封闭的由叙述者、表演者、表演道具等其他表演要素充分表达所形成的故事。因此，《白蛇传》以西湖空间为舞台空间，它的完整性实现了故事的完整性，同时也实现了观众接受空间的完整性。空间在观众与故事的关系上成为必要的连接点。舞台空间成就故事，接受空间成就观众，二者的连接点与分离点都在舞台空间的完整性上得到标识。

观众立于整体性的故事空间之外，所观察到的是封闭的由叙述者、表演者、表演道具等其他表演要素充分表达所形成的故事。

戏剧表演媒介除了舞台空间的建构以外，还有一些辅助性的手段，如道具的布置、人物动作的虚拟、独白或对白的提示等，借此在舞台空间的大背景下补充或增加故事空间和表演范畴，扩大故事空间的场域，同时，也是舞台空间横向拓展的有效方式。川剧《白蛇传》强化了武戏的特点，设置了塑造青、白二蛇灵动身段和精灵斗法本性的一些空间结构，如架高的桌椅，悬空的大圈，青、白二蛇飞升的虚拟动作，断桥、空谷的台白提示，精灵与法海的斗法过程。川剧重空间动作，以形体表演来塑造人物的特性，在空间拓展方面作出了很好的建树。一个相对固定的舞台空间，因为这些辅助空间的设计与建构而获得了新的意义。空间虽然固定但不僵化，一些相对稳定的空间结构与人物灵动的空间表现相映生辉，空间静中有动，现实性与客观性得到弥补，舞台空间的假定性在此也得到了某种真实性的依据——舞台空间正在发生与我们现实相近的空间事件，在故事人物的空间感知方面尤其显著，假定空间正是在这些空间表达的切身性方面具有了真实可感的亲和力，假定不再是硬性的规则，也不是舞台强制的一种无奈。事实上，空间拓展的多重性为假定性空间提供了真实性的身份。

从另一个层面上讲，辅助空间对舞台空间的补充，为表演者和故事空间架设了融会贯通的桥梁。表演者(人)的因素与空间的因素得到统一，尤其是借助于人对空间感知所作出的动作表达，显示了人在空间世界中的存在意味和空间能力，从空间维度上实现了表演者对世界的一种理解和表达。如越剧中白素贞的尽力飞跃，是对障碍空间的超越的一种表达，或是对日常空间如沟、谷、高墙、河流等的跨越，或是对非凡空间如天空、仙界、地府等的法术性适应；许仙的转弯抹角，是对生活空间的顺应和自洽性表达，或是居所空间的应对性动作，或是西湖空间里有所选择的路径性行为。空间与人融为一体，没有僵化的空间，也没有只在时间线索上存在的人。人在空间中要对空间作出说明和理解，空间借助一些具象的场所来与人交流，世界由此得到鲜活的意义。

表演者(人)的因素与空间的因素得到统一。

电影符号学理论在故事空间方面有较多的讨论，以蒙太奇、摄影机移动、景别、画面与有声语言的关系、段落、大组合段中的其他单位等相关概念和方法为主，构造画面，塑造故事空间。其中，有两个最核心的要素。一是色彩要素，色彩是影视媒介的核心元素之一，是影视媒介发展历史上的重要突破，对于空间塑造有极其重要的意义。

当色彩从技术上获得表现以后，空间感知更为细致，更为确定，也更为真实。

黑白片时代，空间的立体性与真实性没有得到较好的展现。当色彩从技术上获得表现以后，空间感知更为细致，更为确定，也更为真实。“光影与色彩能够表现出景物的不同明暗层次与冷暖调子，从而形成视觉上的节奏变化。二者的处理与配置能够凸现画面构图的重心，使镜头画面的语义重点得到强调。……为影像叙述提供某种语气调子。”①媒介的表现力量极大提升，以此为媒介线索，叙述者可以通过色彩来确立自己的叙事基调，表达故事空间，建构人物性格，推进人物命运，完成叙事行为。《白蛇传》影视作品中，不同导演在处理色彩方面显出了较大差异，从而在《白蛇传》的理解与再创作方面也表现出丰富的艺术个性与文化观念。《新白娘子传奇》以花开鸟鸣的西湖春色为色彩基调，空间明朗清新，充满生命活力，表示了对精灵力量的肯定，以及多种生命滋生蔓延、交织冲突的可能。《青蛇与白蛇》以日常光线为色彩基调，空间朴实、真切，生活现场感浓郁，力求在日常生活的范畴内消解青、白二蛇的精怪性情，同时以日常理念来恢复传奇存在的本义。央视版《白蛇传》以灰暗模糊的颜色为色彩基调，空间阴冷神秘，世界多重性意味强烈，以口头传统建基的传说与信仰为背景凸显白蛇的身世与际遇，在当代奇幻审美思潮影响下提供了传说的另类重述。尽管难以突破此前多种

① 杨新敏．电视剧叙事研究[M]．北京：文化艺术出版社，2003.

版本的《白蛇传》模式，但在世界多重性与当代奇幻思潮的展现方面有其独到的表达。由此，我们可以看出色彩对于故事空间的建构具有极其重要的功能和审美价值。色彩在彩色影视时代与画面空间的关系是本质的，成为影像表达中空间元素的核心。一个好的色彩基调，对于空间的塑造，对于主题的开掘，对于人物事件的处理，具有非同寻常的功能意义。色彩运用较典型的还有张艺谋的红色影像。他把中国理解为红色，把传统理解为红色，把人性理解为红色，把红色建构成一种影像空间，所有的主题一经红色化，张艺谋风格也就被烙下印迹。《大红灯笼高高挂》、《红高粱》等都是其代表作，色彩塑造了一个张艺谋的艺术空间——传统中国故事的特定空间。

音乐是影视媒介的又一核心元素，它实现了时间的空间化与心理的行为化。如果说色彩是叙事基调，那么音乐就是叙事语景。基调规定了电影叙事的可能性取向；语景则是叙事取向的场域，以及无数个锁链式的叙事片断。音乐空间是音响空间的代表形式。在影视表演媒介中《白蛇传》的故事空间获得了音乐的有效表达，不仅在空间上表达了故事，而且在意义上拓展了故事。在多种版本中，最经典的是电视剧《新白娘子传奇》的音乐对故事空间的创造性表达。总体上，电视剧的音乐主题以爱情、情缘、婚姻为核心，强调报恩思想，宣扬佛缘意识，主张夫妻恩爱、白头偕老的中国传统家园观念。乐曲上将传统黄梅戏曲调与现代流行曲调结合起来，时空穿梭的超越性得到很好的表达。音乐风格以柔美为

音乐是影视媒介的又一核心元素，它实现了时间的空间化与心理的行为化。

主，声腔温柔婉转，脉脉含情，把白娘子和许仙凄美的爱情表现得淋漓尽致。

《新白娘子传奇》运用了主题曲、插曲和背景乐等多种音乐表现形式，包括背景乐在内的音乐有九十多首，其中主题歌曲和插曲有十二首，曲目为《千年等一回》、《前世今生》、《天也不懂情》、《心湖雨又风》、《悲情面具》、《情与法》、《情仇爱恨》、《想飞的水》、《渡情》、《神仙歌》、《纠缠》、《雨伞是媒红》。这些歌曲有的属独立曲调，自成一格；也有的曲调相同，但曲速与词则根据情景发生变化。电视剧在许仙被法海诱迫留在金山寺，白娘子与小青前往寺院请求法海放人的情节处理上，运用了主题曲《千年等一回》的乐曲作背景。一面是身怀六甲的白娘子寻夫要夫，苦苦哀求法海，委曲求全；一面是受过法海诱迫而困顿莫解、已失人身自由的思妻念家的许仙。当镜头切换到许仙时，乐曲使得许仙的思念与困顿有了呼应的空间，他不再只是一个孤独无助的被软禁在寺院阁楼里的凡夫俗子。浓郁的关怀感从深层次的音乐空间后面延伸出来，透过许仙的困厄的处境，乐曲所建构的多层次关联性空间在其居室之后得到认可，重叠而有秩序地展开多层空间。与此同时，委曲求全的白素贞面对气势逼人的法海，那种尴尬而进退维谷的处境正是因为乐曲关联了一个更深层次的情境空间，即被困的不知原因的许仙及其寺院密室。两个空间都在乐曲中取消了独立性而发生自然而然的情怀相系的空间勾连，而且两个空间之间还隐藏了许多情感层次和人伦层次的空间结构，充满意义的影视空间获得受众层面的普遍认同与理解。许仙的被困，白素贞的委曲求全，小青的冲动，法海的威严，等等，都从空间建构中获得相对真实，也变得可理解。如果乐曲隐含的词意发散开来，空间意义就更为典型了，详见《千年等一回》歌词。

生死爱恋，缠绵悱恻，情深义重，心心相印。音乐为画面空间建立起更为浓烈动人的情感世界，于是固定可见的空间具有了历史的层次感，建基于白、许二人姻缘恩情之上的夫妻割裂显得格外凄清，法海的武断与因私滥罚遭遇现实的抨击。空间不再是静态景象，缓慢而深邃的历史空间在动态乐曲的支撑下展露无遗：金山寺外法海与白素贞的对峙和冲突，金山寺内许仙与法海的情理分野的争辩和妥协；修行之时白素贞与法海的私怨和仇隙，下凡入俗之后白素贞与许仙的恩情和依恋；一心弘法、不循私见的法海聆听尊师的教诲，转世轮回、报答恩德的白素贞悉知许仙的性情与品格，等等。动态空间本质上就是历史感的重建，时间也因此在空间中获得呈现，这正是音乐塑造空间的优越性所在。

值得细述的是，《新白娘子传奇》大量借用了昆曲手法，白中有唱，唱中有白。音乐成为空间的主要表达手段之一，而且也成为整部作品的特色。在每一节的重要场景和基本单元中，都有昆曲唱腔和音乐表演。全剧大约有上百处以演唱来表达事件与情感，故事空间也在这些演唱中得到很充分的建构，而且是富于情感性和线索性的空间建构。

综览《新白娘子传奇》的空间建构，音乐与音响所发挥的功用大致有三个方面。其一，有助于空间线索的条理化。《新白娘子传奇》将大量乐曲融入故事进程之中，乐曲的节奏、个性、基调等都与故事空间关联起来，不同的乐曲对应不同的情景与故事空间。从西湖转向杭州市井，转向苏州，转向镇江，转向金山寺，再转回杭州，故事以西湖起，又以西湖止，空间线索明了。故事的口头传统本身也是重视空间处理的，但是只有在影视媒介中音乐与音响才显著地成为空间线索的辅助手段。每一个空间结构中都有乐曲的恰当处理，这有效地揭示出故事空间的层次与地位及其与人物、故事的内在关系，进而使得空间线索明晰而且条理清楚。其二，有助于情感空间的塑造。情感空间是一个主观性问题，但也是空间建构的有机部分，只有客观空间的故事空间非常呆板，不能深层次发掘故事内在意义，更不可能在整体上建立起故事的空间结构。《新白娘子传奇》中包括背景乐曲在内的近百首乐曲散落在故事的各个节点上，而且与人物、事件和空间背景相得益彰。故事的具体进程和内在意蕴得到呈现，重缘报恩、向善求和、肯定俗世的意义成为乐曲主题。故事空间建基于客观世界的空间结构中人的情怀与心境也融入其中，空间成为人的空间，人可感知的空间，并为之上演了悲欢离合的人生大戏。这种空间，就是《新白娘子传奇》以其丰富的乐曲所建构起来的独特的艺术空间，个性鲜明，意义深远。其三，有助于俗世空间的开掘。就故事空间的逻辑结构来讲，可以大略地按主客体关系分为三个层次：自然空间层次、情感空间层次和俗世空间层次。《新白娘子传奇》的

就故事空间的逻辑结构来讲，可以大略地按主客体关系分为三个层次：自然空间层次、情感空间层次和俗世空间层次。

乐曲基调与词意多与俗世生活相关，故事空间的展开也是从自然空间到情感空间，再到俗世空间这样一个顺序来安排的。自然空间是前提，促成了情感空间的实现。情感空间的践行则是俗世空间出场的必然结果。一首首感人肺腑的入世乐曲，烙刻了出世的清凉和孤独，神意念凡尘，仙家有俗情，俗世生活的渐次引入成为故事发展的重要途径，俗世空间也相应成为故事发生的支点维度。尤其值得肯定的是，《新白娘子传奇》在遵循中国文化传统的俗世空间意义时，力求在每一个典型空间中找寻到标志物：端午节俗的雄黄，镇江中秋的江水涨潮，重阳西湖的祀亲祭祖，等等。俗世生活具象而泛化，历史的沉积与世人的铺垫让俗世空间显得平常而意味深远，乐曲的弥漫和俗世的原重成为影视媒介所塑造的《新白娘子传奇》的一个典型的空间特征。

《新白娘子传奇》在遵循中国文化传统的俗世空间意义时，力求在每一个典型空间中找寻到标志物。

从音响造型的“空间性”来分析，音响在总体上具有多重意义。其一，音响强化了画面影像的造型，深化了影像空间的现实感。《新龙门客栈》开头段落中，东厂武装黑旗战队的狂马奔腾、你争我夺，音响使之倍增了肃杀、阴沉的空间氛围。其二，音响能够确立画面空间的视觉中心，划分出画面的不同空间层次，从而增强了影像的空间表达能力。《海滩》中老鳗鲡、董小毛、德顺关于海上尸体的对话镜头，大海的潮声退居于对话之后，作为一种背景音响时隐时显。这里的不同音响使镜头的空间有层次，人与环境的关系通过音响处理构成既密不可分、又相互对立的联系。其三，音响能够提供画面之外的想象空间，造成不同空间的并置或对照。《一个和八个》序幕后的第一个镜头，画面上呈现出一个密集型的封闭空间(室内处所，再加上昏暗模糊的光色处理)，囚犯们在黑暗中摸索着企图上房逃跑，突然，画面之外传来枪声和狗叫声。画面之外传来的声音与画面呈现的人与事并无直接联系，但它们的侵入却打破了空间的界限，使直观的空间(画面空间)得到了想象空间的补充和照应①。音乐所塑造的空间也具有上述功能意义。较之一般音响而言，音乐还包含有非常独特的空间情感意义。音乐在画面空间的塑造上，有一个我们越来越无法消除的空间期待：情感空间。这正如我们流浪四海终于可以老大还乡时对故土空间的感知，那里的每一片树林，每一方土地，每一种色彩，每一个季节，每一点变化，对我们而言都是童谣的欢唱，都是母亲的爱怜，都是伙伴的嬉戏。音乐渗透在画面空间的每一个角落、每一个事物之中，寂静而坚硬的物理空间在音乐弥漫之时变成了情感丰富的生活世界，空间也因此具有了喜怒哀乐，也绽放出意义深刻、催人泪下的情感之花。

音乐在画面空间的塑造上，有一个我们越来越无法消除的空间期待：情感空间。

三、网络媒介中《白蛇传》的故事空间

网络媒介对故事空间的建构性探索，相对传统媒介而言，有一个非常关键的拓展，那就是从实在性塑造向虚拟性塑造的跨越。这在媒介历史上是具有划时代意义的跨越。数字影像借助计算机硬件技术与程序设计软件而获得，它可以完全脱离现实实在而被创造出来，故事空间的想象性于是可以在网络媒介中得到切实的表达，

① 杨新敏．电视剧叙事研究[M]．北京：文化艺术出版社，2003.

这在此前的媒介中完全不可思议。

故事在网络媒介中的空间表达，主要有三种情况。其一是在网络媒介中传播的语言文本。它的空间表达与书面媒介本身对空间表达的体现相一致。其二是在网络平台上展开的多人同步参与的故事创作。它的价值在于网络平台对创作者和叙述者的时间与空间限制的超越，从而提供了一种新型的创作模式；但就故事空间的表达而言，它仍与书面媒介本身对空间表达的体现相一致。其三是网络游戏层面的故事建构。它充分运用游戏软件对于故事空间的有效表达技术，以多人同步参与的网络创作/运用合一的方式进行直接的故事叙述，空间是开放的、虚拟的，时间是同步的、变形的，故事空间不再是传统媒介意义上的叙述空间或表演空间，而是由游戏参与者在计算机软件基础上拼接起来的空间结构，不同的参与者对故事空间的想象与理解差异很大，这就形成了类型丰富的故事空间。软件设计者的空间建造本质上也包含了游戏参与者的意义，只不过他们还有游戏牢笼创建者的身份。双重身份的复合使得软件设计者在其人格方面具有内在分裂性，有意制造的故事空间和陷阱既是对其他参与者的考验，也是对他们的欺诈；既是对合作者的背叛，也是对自己的病态否定。我们讨论《白蛇传》在网络媒介中的空间表达，只考虑第三种情况。

空间是开放的、虚拟的，时间是同步的、变形的。

《白蛇传》在计算机与网络媒介中的游戏代表作是《青蛇》游戏。《青蛇》游戏是由成都斯普软件和台湾酷奇思数位合作开发的一款融入了大量模拟养成要素的武侠RPG单机游戏。它虽然不是网络游戏，但也可在局域网中实现多人参与，从而发展成为网络游戏。因此，在研究中，《青蛇》游戏与网络游戏的一些方面是相近的，可以比照探讨其内在因素。

《青蛇》游戏的空间建构在很多层面上都可以说是《白蛇传》媒介史上的质的变革。最核心的两个变革是虚拟实在对现实实在的变革及互动建构对单向建构的变革。

虚拟实在是计算机与网络技术的表征，创造了传统物理学意义之外的空间结构，在故事空间的表达方面具备更大的优势。

虚拟实在是计算机与网络技术的表征，创造了传统物理学意义之外的空间结构，在故事空间的表达方面具备更大的优势。《青蛇》大量增加了游戏场景，将大唐盛世的民俗民风表现得淋漓尽致，更丰富、华丽、性感的制装系统，衬托出小青千般娇柔、百种婀娜。其中诸多与事件相关的图案，数量众多、绘制精心，使得剧情更加生动有趣。同时，《青蛇》运用丰富的音效，使玩家进入游戏后不用看只是听就能感受到游戏空间的多彩和美妙。《青蛇》还创设了较多的小游戏，都以个性鲜明的音效来标识其空间和个性特征，给整个游戏增添了神秘奇妙的空间结构，也丰富了整个故事的娱乐情趣。不仅如此，音乐还会随着人物的喜、怒、哀、乐的不同而随机变化，给玩家创造身临其境的空间感知氛围。游戏中还有很多提示的声音，如人物睡觉、灵娃升级、收割药材等情节中，相对确定的音响与乐曲会随之而起，既是事件的对应式表达，也是故事空间创造的细化手段，让玩家置身于虚拟空间结构中而浑然不觉。无论是民俗场景，还是事件空间；无论是色彩塑造，还是音响表达，现实实在无法呈现的空间在游戏中都得以实现。虚拟实在既有现实实在的某种可感知、可确认的空间属性，同时也以计算机技术程序来超越现实局限，空间建构在计算机及网络中通过程序和人的共同参与得到近乎完美的表达。需要补充说明的是，《青蛇》游戏中灵异世界的空间建构和多人在线的虚拟性空间最能突出计算机和网络媒介的虚拟性，空间脱离了现实实在而获得极其逼真的建构。仙山昆仑的奇幻境界，地府幽冥的阴森想象，金山寺青、白二蛇与法海的玄奥斗法，以现实空间来呈现是无法完成的，即使由影视媒介的特技来达成，也不能充分地保障其真实感和现场氛围。计算机与网络媒介则以虚拟性技术有效地实现了灵异空间和奇异法术的完成，空间质感和空间个性得到很好的表现。多人参与的游戏形态更能体现空间的虚拟性。一方面，每一个玩家都能运用程序所提供的空间元素如色彩、音响、材料、能源、工具等创建属于自己的空间，如居室空间、道路空间、生活用品空间等，空间设施的完备和精巧逼真完全在虚拟平台上实现。另一方面，多个玩家的比拼、交往、协作等都在一个虚拟的空间进行，没有现实空间的存在，只有程序设定和玩家共建的一些可见、可操作的空间结构。整个故事的发生、发展还推动着虚拟空间的不断生成，或者也可说是虚拟空间的不断生成建构了故事线索，因为玩家的水平和多个玩家的空间建构存在着许多可能性，故事的发生、发展没有确定的线索，这也正是虚拟空间的价值所在。可以根据需要来实现故事空间的建构，而且不同玩家在故事中可能建构完全不同的空间，从而导致故事方向的多元性。现实空间则是相对

故事的发生、发展没有确定的线索，这也正是虚拟空间的价值所在。

确定的，一个地域、一种环境，尽管也会有改造，甚至在长期的历史变革中会出现沧海桑田的巨大演化，然而，从一个事件和某个人物的相对确定的路向来讲，现实空间往往不会影响其发展取向，现实空间也不容易发生变化。虚拟性对空间的自由塑造和灵活表达，直接决定了《青蛇》游戏的品质。当然，虚拟性所带来的自由在另一个角度上讲，也是控制，所以有学者把网络空间描述为“无限的牢笼”①。这个悖论命题，既强调网络空间的非凡领域，无尽头、无限制，囊括现实空间的一切，创见性地展示出想象空间，为有限个体提供了绝对充足的活动空间，又考虑了有限个体在无限空间中的无可作为，在一个只有数字记录的非物理空间中颓然自省。“无限”成为另一种剥夺自由的隐蔽形态，实际意义上的“空间牢笼”，一个非物理模式的第二领域的囚禁地。由此，网络空间也可视为柏拉图主义的一种产物，全副感官输入装置武装起来的网络行者坐在我们面前，他们似乎是而且确实是不再属于我们这个世界了。悬浮在虚拟空间中的网络行者，一方面摆脱了肉体的牢笼，另一方面又进入了灵魂的牢笼。虽然只是空间上的表达，但灵魂被无限的信息和空间物所包裹，心灵在自由的空间寻找自由，却迷失了方向，并且无法返身。浩大的自由空间成了心灵的迷魂阵，一种切切实实的囚牢。

网络空间也可视为柏拉图主义的一种产物。

这种网络悖论，本质来源于两种空间的不兼容，物

① William Gibson. Mona Lisa Overdrive[M]. New York: Bantam Books, 1998.

理空间从实体层面占有主体，而虚拟空间从精神层面控制主体，二者相互排斥的结果是主体的异化。网络故事空间不再是独立的空间，而是人与虚拟实在的交互产物，空间在互动中具有意义。一方面，现代人的孤独获得了隐身之所，通过虚拟空间去重建自己的生存之乡。另一方面，更为可怕的是人们不再具有类属感，这是技术的必然要求。它给了我们安居的密码，也规定了我们的居所方式，让定居网络的个体与自己的人类伙伴彼此独立，从而失去共存的条件与兴味。当网络空间给了我们更大的个人独立的同时，我们人类之间的直接交往的亲密关系也遭到严重破坏。网络空间带给我们的力量与自由，反过来让我们的生活变得空虚、脆弱，我们面对孤独的抵抗力也大大降低了。在网络空间中存在的故事的空间表达由虚拟图像和电子符号构成，具有历史意识和生命情怀的故事变成了只有起始与中止标志的游戏段落，有意识地追寻空间自由的心灵成了网络空间延伸的推动力，生命能量与心灵之间的体系关联不复有效。心灵因精神追寻浪游网络空间，而最终步入了精神的虚无之中。

互动共建空间是游戏空间的第二个典型特征。网络媒介超文本协议的发展，使得任一信息元素都可以自由地与人交互，而超媒介技术则使得声音、图形画面与文字传输合为一体，在感性方面能够全面满足受众的立体感知需求。《青蛇》游戏在交互性空间方面十分丰富。在单机层面，人与计算机程序交互，虚拟的空间，主体与智能程序互动，共建故事的空间结构，并在事件的交

互动共建空间是游戏空间的第二个典型特征。

互、碰撞中不停地更新故事线索。这些线索有时可以视为程序设定的多项选择的一种可能方向，有时也可以看作人机交互活动的直接表现。在局域网层面，多人参与的与计算机程序的交互以及人与人的交互过程，更为准确地表达了计算机与网络媒介的空间交互内涵。以青蛇、白蛇、法海、许仙、南极仙翁、观音大士等人物为参与者，进入故事后参与者以自己的游戏水平和交互结果来影响故事、塑造自己，同时，与计算机程序产生深刻的交互活动。在青蛇的换装系统的若干个选项中，青蛇这个人物扮演者所作出的选择既可能影响下一个程序，也可能影响他的合作者的选择及其对抗者的选择。这种交互所带来的空间变革又会进入下一个故事进程中，从而成为一种交互动力，在推进故事与游戏的演进的同时，也在不断地创新空间结构。这正是虚拟交互的价值所在：故事的可能性受到空间建构的深层次影响，空间建构以交互方式不断形成又不断褪色，一定程度上创造了故事，开掘了游戏的功能和意义。

空间交互还体现在媒介表现形式之间的交互表达与信息共生。

空间交互还体现在媒介表现形式之间的交互表达与信息共生。网络游戏采取了文字游戏、视频游戏和 3D 动画游戏等多种形态的游戏形式，并实现了它们之间的转换与交互；同时，这些程序表达和多媒体形式又与现实中的人直接交互，从而构成了网络游戏交互表达的多层形态，即交互不仅是主体之间的，也是主体与媒介之间的，也是媒介之间的，更是这些交互形态的集合①。

① 杜骏飞．网络传播概论［M］．南京：南京大学出版社，2005.

第二节 故事的媒介建构——故事空间

正如其他艺术形式一样，故事也有空间结构。在传统媒介中，语言表达的时间性一定程度上遮蔽了它的空间描述，无形的空间在故事中以人物、事件和环境的形态存在，语言在表达，空间只能依赖想象去建构。中国最形式化的故事："从前，有一座庙，庙里有个老和尚在给小和尚讲故事，'从前，有一座庙，庙里有个老和尚在给小和尚讲故事'……"故事时间与故事空间恒定不变，故事内容也凝聚为时间和空间。这是中国最简单、最古老的故事，核心的故事要素中，空间要素——古庙成为最重要的叙事元：古庙是时间的见证物——古远的时间依附在古庙上，显出其苍老和厚重；古庙是人物的朝圣地——两个和尚以古庙为其生活场所和生存依据；古庙还是故事的情感基调——两个清静淡泊的和尚，一老一少，相依相承。古庙的历史，宗教的情怀，人生的意绪，都在古庙中生长，庙古情浓，世事邈远。没有空间要素，这个中国经典也就无法传承；没有空间要素的分析，故事的意义也就无法解读。

媒介发展过程中，有一个重要的发展方向，那就是媒介对时间和空间的表达能力及其可能性的拓展。从书面媒介到表演媒介，再到网络媒介，这个方向成为我们观察媒介演变历史的重要线索。就媒介对空间的表达与再现而论，媒介已经获得较为强势的表达能力，多种媒介都在空间表达方面探索出了丰富的手段与方法，这对于故事空间的建构无疑创造了良好的艺术情境。

媒介发展过程中，有一个重要的发展方向，那就是媒介对时间和空间的表达能力及其可能性的拓展。

一、故事空间的媒介情境

书面媒介对于故事空间的建构以描写的方法为主。描写建构有两种情况：一是以现实空间为原型的描摹式建构。现实主义风格的故事空间主要采取这种方法，经典现实主义文学作品都有很优秀的空间建构描写。法国现实主义大师巴尔扎克的小说，设置了大量以法国社会为背景的故事空间。这些空间有的是日常事物，有的是历史建筑，有的是自然背景，还有的是不被人留意的小环境。所有的空间建构，都以现实感知为前提，以客观存在为准则，充分展示了书面媒介建构空间的表达能力，也显现了一代大师的语言天才。

中国古典小说《红楼梦》也在建构故事空间方面表现了卓越的艺术水平。一座民族传统风格显著的私家园林被书面媒介建构出来，雕梁画栋，亭台楼阁，小桥流水，曲径通幽，自然空间与人文空间相映成趣，逼真至极，已有当代园林设计图式的功用了。故事空间的建构成为《红楼梦》故事发展的重要线索，承担起故事主题的环境表达重任。

另一种情况是对虚构空间的建构，不遵循现实主义原则，没有客观实在的物质空间为描写对象，想象性成为空间建构的主要特性。书面媒介可以在现实主义的创作中将现实空间生动再现，也可以在浪漫主义的创作中将想象空间切实表达。与现实空间的描摹相比，想象空间的表达有更高的艺术水准。一是所想象的空间要富于艺术价值；二是空间在故事发展中需有独立的叙事功能；三是对想象空间的语言表达要明确、凝练。中国神

与现实空间的描摹相比，想象空间的表达有更高的艺术水准。

魔小说《西游记》建构了数十个灵异空间，或水宫龙庭，或山中妖洞，或域外奇观，或天府神殿，等等，林林总总。这些空间成为《西游记》的骨架，所有情节与人物都以这些空间的特性为前提，空间表达已融入故事的深层结构之中，这是建构想象空间的典范。

阿拉伯传说《一千零一夜》也采用了想象空间来发展故事。书面媒介对想象空间的建构与故事的环套结构密切呼应，民族传统的空间理想成为故事空间的向导，想象空间烙上了书面媒介的印迹。

书面媒介对空间的表达，如同其对时间的表达一样自由、轻巧、精当，然而因为缺乏空间的具象性，使得书面媒介的空间建构失之沉稳。一个值得注意的表达模式，是语言习惯。不同语言有不同的表达风格，而且深层次的语言习惯和表达风格后面，还有民族审美、建筑理想、空间感知、社会结构等文化传统的影响。这些传统和语言习惯一起，进入故事空间的建构中，成为书面媒介层次上的故事空间的一种色彩。正因为如此，故事空间的媒介表达上，不同民族的书面媒介，虽然同样建构了天堂或地狱，同样描摹了现实世界的空间形态，但是，文化力量极其自信地附着于故事空间上，这使得书面媒介的空间建构具有了故事性。

在表演媒介中，空间的价值被空前放大了。舞台、道具、线条、色彩、画框、体积、图层、明暗、长度、广度、深度等成为表演媒介建构空间的有效方法。现实以可见的直观形象在建构的表演场所或演示画框里得到反映。空间的媒介形式在刻画和塑造形象方面取得突出

在表演媒介中，空间的价值被空前放大了。

进展。

表演媒介对空间建构有天生的优势。时间在书面媒介中已获得丰富而充分的表达，空间建构却存在缺失。作为媒介发展的一种努力，表演媒介一经发展就着手在空间表达上有所建树。从舞台表演，到影视表演，空间塑造都成为故事展演的重中之重。正是基于空间，故事才得以表演，事件才得以展开，人物才得以塑造，冲突才得以爆发。空间成为表演媒介所建构故事的第一要素。就表演媒介所显现的实际空间模式的差异，我们从戏剧表演媒介和影视表演媒介两个方面来讨论它的空间建构问题。戏剧表演媒介对故事空间的表达，有两个层次。一是外部层次，由舞台和现实空间共同作用，形成空间表达的现场结构。表演者、导演(编导)和观众一道，立足于现实空间结构创作和接受故事。这个层次的空间表达并非完全外在于故事，有时还是故事空间的有机组成部分。同一部故事的戏剧表演，城市娱乐场所的现实空间与乡土观念下的现实空间之间，所形成的故事外部层次的空间建构会大相径庭。不同时代的现实空间更是相去甚远。舞台结构的差异也很明显。职业性的表演场景对于舞台结构有具体、严格的要求，而临时性表演所搭建的舞台要自由得多。外部层次的故事空间较为稳定，一般不发生变化。二是内部层次，由舞台和布景、道具等共同作用，形成故事空间。由于故事表演有很多个不同的故事空间，因此，表演媒介在表达具体的空间时常常利用布景的变换、道具的增删和虚拟空间的设计来创造多个空间。这种创造，正是戏剧表演媒介建

作为媒介发展的一种努力，表演媒介一经发展就着手在空间表达上有所建树。

构内部层次故事空间的有效方法。舞台空间是外部空间与内部空间的交汇处。它建构了故事所需要的所有空间形态，也融通了表演者与观众的空间结构。现实与故事、观众与演员、现实空间与故事空间，都漫过舞台，联成一个整体空间的展演形式，成为戏剧表演媒介最显著的特色。

影视表演媒介对故事空间的表达是在技术革新的基础上超越戏剧表演媒介的。然而就其本质而言，二者并不存在本质差异。因此，影视表演媒介对戏剧表演媒介的超越，主要在技术演示和艺术剪辑上，而不在于表演方面。如果从表演体例和表演艺术上分析，二者难有上下，甚或可以说，影视表演媒介倒在这一方面较戏剧表演媒介有退步的倾向。

影视表演媒介对戏剧表演媒介的超越，主要在技术演示和艺术剪辑上，而不在于表演方面。

梅兹作为早期著名的电影叙事学家，认为电影的能指与所指都呈现于镜头之中，如电影场景所呈现的外在物质现实的具体影像，包括夜晚濒水的岸边、潮湿的街道、船坞与码头等。这些具象物可以看成它表面意义的“能指”，而其所指则是“被再现出来的整体场景，包括暗淡的灯光、空荡的码头、并置的机具等等”。它所指的深层意义是一种“焦虑和冷酷的印象”。梅兹还对各种电影符码作出分类，分为一般电影符码和特定电影符码，如摇摄、特写、双重曝光、光学效果、溶、流入淡出、横移镜头、平行互换剪接等等。电影有五大类符码：影像、音乐、音效、对白或言词、字幕①。梅兹的

① 李显杰. 电影叙事学：理论与实践[M]. 北京：中国电影出版社，2000.

叙事理论明确地分析了影视表演媒介的空间问题，从符号学的角度分析了不同的影视符码内容，在能指与所指的讨论中，将故事空间作为符号意义的起点，并归纳了电影空间的五类符码，具有很强的叙事分析价值。值得讨论的是，影视表演媒介的空间建构或空间表达，五类符码的功能非常强大，在色彩、距离、心理、情感、冲突等方面都对故事意义产生了深刻影响。而音乐符码由于同时具有时间塑造和空间建构的功能，所以需要作出特别的分析。

影视表演媒介以影像技术支持故事空间的建构，能够实现高精度、高保真的空间效果。

由于影视表演媒介采取了照相、摄像、录音、后期制作等影像技术，因此，在故事空间的建构上也就显得情节逼真、丰富多彩。影视表演媒介以影像技术支持故事空间的建构，能够实现高精度、高保真的空间效果。在画框式的影视图像中，空间被直接建构起来。屏幕的二维平面在构图艺术和显像技术的支撑下，立体空间感得到保证。所有故事场景和事件延续都在故事空间的衬托下完成。每一个故事空间都是由镜头完成的。这些空间的选择，由时代背景和社会条件所决定。影视文本的画面表达就是故事空间的表达，而且这种空间表达是运动的、连续的表达，因此，故事空间在时间维度上获得呈现，空间具有现实感与真实感，成为故事空间的表达效果①。“运动画面确实是难以言传的，因为笔录的本文无法复现只能由放映机还原的东西——运动，只有运动的幻象可以保证真实性。”②一旦物象活动起来，人物开

① 雷蒙·贝卢尔．影片分析[J]．世界电影，1988(1)．

② 让·米特里．论一般影像[J]．世界电影，1988(3)．

始走动，一切就会骤然变化。我们立刻感到这个空间的深度。运动决定深度感，也确实创造了深度感。而且，影像仿佛立刻脱离开它的片基，不再是映在平面上的一幅照片，而是能够如同现实世界的感知一样的“空间”，影像成为一个“空间景象”，犹如展现在观众眼前的真实空间。

影视表演媒介的空间表达还包括屏幕空间。屏幕空间包括电视屏幕空间和电影屏幕空间。电视机的屏幕空间变化很快，体积上，小到便携，大到与电影屏幕相当；构成上，有黄金分割式的长宽比屏幕，也有宽屏幕；色彩上，有黑白的，也有彩色的；效果上，有高清晰度的，也有普通清晰度的，这与接收技术与传播技术直接相关。尽管有大屏幕电视机，但由于电视机一般为家用，置于客厅之内，因此一般仍是小屏幕的电视机。这样，电视机的视觉冲击不如电影强烈。因为电影在专门的放映厅放映，它的屏幕大小和长宽比可以灵活变化：有普通的黄金分割比的屏幕，也有长宽比加大的宽屏幕，还有占据 180 度甚至是 360 度的平面或环形屏幕。由此，电影的视觉效果就得到大大强化。环形屏幕使人身临其境；宽屏幕也扩大了人们的视野，具有某种真实的观赏感受；普通屏幕则给人创造了一个典型的窥视孔洞。电视屏幕失去视觉冲击力的同时也获得了亲和力，给观众一种心灵享受与日常欢乐。虽然电视的视野不如电影开阔，却比较集中[①]。

电视屏幕失去视觉冲击力的同时也获得了亲和力，给观众一种心灵享受与日常欢乐。

① 杨新敏. 电视剧叙事研究[M]. 北京：文化艺术出版社，2003.

影视表演空间在镜头变化中获得表意性的功能，尤其景深的变化引起表意的变化。

影视表演空间在镜头变化中获得表意性的功能，尤其景深的变化引起表意的变化。电视剧《都市平安夜》中有一个场景：轮子欲向女友吐露真情，又由于自尊心的驱使，最终还是没有情感表达。于此，导演用了一个变焦镜头，造成景深加大，镜头中的两个人的距离一下子拉大了，从而两人的心理距离得到很直观的表现，空间表意非常明确。《水浒传》的一个镜头恰好相反：鲁达辞别林冲回去，在一片竹林中渐渐变小，导演显然用的是景深镜头。导演把它设计为一个主观镜头，由林冲的视角来拍，这个持续时间较长的景深镜头就有了依依惜别的味道了。

屏幕空间与景别空间的解放对于叙事有着无比重要的意义。它意味着影视表演的空间在技术的支持下，摆脱了戏剧表演媒介固定空间的束缚，有如想象空间那样具有了一定的自由度。如果我们只选取近景来表现，那么人与环境的关系、叙事与环境的关系势必被割裂开来。但是，现在自觉地进行屏幕空间表意探讨的太少了。电视情景剧《我爱我家》、《临时家庭》、《电脑之家》等都仅设置一个客厅、一张沙发，然后让演员坐在那里海侃神聊，摄影机只用固定在那儿把说话者的画面录下来就万事大吉。这样的作品，使得电视剧成了广播剧或录像话剧，空间表意功能完全丧失①。

声音在表演媒介中的开拓性意义已经得到验证。第一，声音有效地促进了我们对画面的阐释与理解。画面

---

① 马塞尔·马尔丹. 电影语言[M]. 何振淦，译. 北京：中国电影出版社，1980.

在故事空间里所展示的内涵具有多义性，“尽管电影画面拥有形象上的准确性，可是在解释上却有着极大灵活性和含混性”[①]，如一幅城市车水马龙的画面，配上不同音乐，意义就完全不同：轻快的乐曲，表现城市的生气勃勃；各种车声与人声的错杂，表现城市生活的繁忙紧张；突出种种嘈杂声，则表现城市混乱的状态。画面与声音的配合，使表演媒介建构的故事空间获得了确定性意义。第二，声音影响观众对表演媒介空间中的事物的关注。寻找声源并透视所在的空间是人们的视觉成规。电视剧《风铃》中，画面前景是屋内女主人公与卧病在床的母亲，后景传来铡草声。观众自然会循声撇开前景而去关注后景，导演由此也将后景作为前景人物的谈论对象。第三，声音提示我们对画面的期待。当我们在有限空间中找不到声源时，就会造成紧张感与好奇感。与此相反，声音的暂时缺席，也为表演媒介所塑造的故事空间增添意义[②]。

在所有的声音中，音乐是最能建构故事空间意义的一种。这是表演媒介特有的空间构成要素。没有音乐的表演空间，故事是僵化的。音乐复原了我们在生活中某种情境下的心理节奏，复原了我们的生活经验。而且音乐以其时间性构筑了故事深邃的心理空间，它与画面直观呈现的故事空间相伴，形成了故事的二维空间，是维系故事与观众情感极其有效的纽带，隐隐约约、缠绵悱

在所有的声音中，音乐是最能建构故事空间意义的一种。

① 杨新敏．电视剧叙事研究[M]．北京：文化艺术出版社，2003.

② 杨新敏．电视剧叙事研究[M]．北京：文化艺术出版社，2003.

恻地烘托出故事线索，同时，突出了整个作品的叙事风格和情感基调。

新兴影视语言(数字影视)在故事空间的表达方面显出非凡的能力，这是在计算机与网络技术支持下的一种表演能力的强化，本质上是计算机与网络媒介的空间表现特点①。

网络媒介所建构的故事空间获得了前所未有的自由与表现力。在计算机硬件与软件的强化配置上，一些旨在拓展人类现实经验的计算机与网络延伸设备被开发出来。它们在第一时间被用于科学创新实验和国防军事武器的改革方面，也同时被作为游戏开发的重要外设。美国技术哲学家迈克尔·海姆面对人工智能水平日益发达的计算机与网络技术，提出了“虚拟实在”(virtual reality)命题，认为当代技术已发展到可以直接拓展人类经验的程度，如在计算机软硬件和各种传感器(高性能计算机、图形图像生成系统、特制服装、特制手套、特制眼镜等)的支持下，可以生成一个逼真的、三维的具有一定的视、听、触、嗅等感知能力的人工环境，从而让使用者以简捷、自然的方法与计算机生成的“虚拟世界”进行交互作用，产生完全超越自然经验的虚拟而实在的人工感知经验。这项技术成果是由现代高性能计算机系统、人工智能、计算机图形学、人机接口、立体影像、立体声响、测量控制、模拟仿真等多种智能技术合成。海姆将“虚拟实在”的内涵界定为“实际上是而不是

① 刘立行．电影理论与批评[M]．台北：五南图书出版有限公司，1997．

事实上为真实的事件或实体”[①]，并以七大特征来表达虚拟实在的本质：模拟性、交互作用、人工性、沉浸性、遥在、全身沉浸、网络通信。

在多种智能技术建构起来的网络媒介中，空间表达具有强烈的悖论性：一方面显示了主体的实践意义，一方面又折射出主体性的缺失。故事是操演的，故事空间便在游戏操作上被建构和感知：虚拟实在的特制硬件，组合了两个小型三维体视光学显示器(stereoscopic optical display)，或叫“眼机”(eyephone)；一个监测头部运动的头部跟踪装置，它的作用是向参与者提供反馈信息，以便在人工环境中能操纵所见到的各种物件。具有三维声学效果的音频系统能增强浸没在虚拟世界的幻觉。这套硬件与计算机系统和网络平台联接，还可在故事空间的建构中将其他用户终端信息纳于一体，成为多空间人工环境。这种虚拟空间，是感知系统的实际空间，头盔显示器和其他感应器将故事参与者来自周围世界的声像感觉切断，而将计算机与网络生成的空间感觉输入参与者的各种感官之中[②]，在参与者大脑中形成虚拟的故事空间。由此可以推论，网络媒介背景的故事空间既有虚拟性，也有交互性，故事参与者在计算机和网络中共同建构了故事空间，同时，故事参与者被技术所控制的虚拟空间所左右。

---

① 迈克尔·海姆. 从界面到网络空间——虚拟实在的形而上学[M]. 金吾伦，刘钢，译. 上海：上海科技教育出版社，2000.

② 迈克尔·海姆. 从界面到网络空间——虚拟实在的形而上学[M]. 金吾伦，刘钢，译. 上海：上海科技教育出版社，2000.

二、媒介对故事空间的探索

从媒介传统中，我们考察了故事空间的建构方式，这些方式在媒介发展的历史上有两次大的转折。

从媒介传统中，我们考察了故事空间的建构方式，这些方式在媒介发展的历史上有两次大的转折。一次转折是书面媒介向表演媒介的扩张。空间表达的具象性得到凸显，书面媒介中的空间想象与现实再现虽然得到自由、灵动的表达，但丢失了空间最本质的可见性，因此媒介发展的一个结果就是在表演媒介中找回空间的具象因素，并把这个因素作为表演媒介最有价值的因素来建构。表演媒介内部也经历了很大的发展，从戏剧表演到影视表演，技术支撑使得空间具象获得运动性能，而且还可以采用剪辑技术将任意空间加以拼接，空间的自由性得到显现。另一次转折是实在空间向虚拟空间的伸展。媒介的变革直接根源于技术的创新，而且形成了全然不同的观察世界的方式和理解世界的观念。虚拟性空间的建构，是媒介发展过程中最令人意想不到的一个变革，人自身被切割成两种形式：实在世界的形式和面对虚拟世界之时的形式。虚拟世界的故事建构正是这两种形式的融合，实在世界的形式作为面对虚拟世界之时的形式进入故事，平静直观的故事于是变成波澜壮阔的游戏化行为，故事的意义发生变化，故事的空间表达也不例外。这一次媒介转折在人的意义上和空间的意义上都有本质性的变革。

书面媒介所建构的故事空间，其探索性在于语言对客观世界的模仿方面。人类自具备叙事能力之前，对客观世界的模仿就一直处在探索之中。大量的人类学研究表明，语言开化之初的人类，对所依存的自然世界及其相关现象就有了模仿行为，这既是人类适应自然规律的本能反应，也是人类所开拓的足以推陈出新、创造文化的潜在素养。语言的发明，成为人类模仿世界过程中最为重要的收获之一。书面媒介转而成为人类模仿世界最有效的工具。这种模仿，虽然没有得到柏拉图的诗学认可，但仍具备柏拉图所揭示的世界表达图式的“三层次原则”①，以叙事的方法展开，充分展示客观世界的丰富内容，细致入微地刻画世界存在物。对世界时间、空间的模仿，是书面媒介首要面对的问题。表现在故事中，空间按照所模仿的对象物从外在形貌、内在结构、远近比照、角度变换、细部勾勒等方面予以描述，有时空间表达还要辅助时间来强化其特征。

书面媒介对故事空间的探索，一个直接的收获是对空间感的认识性描述。人们对空间的把握已进入可记录、可表达的阶段。

书面媒介对故事空间的探索，一个直接的收获是对空间感的认识性描述。

表演媒介传承了空间模仿理论及其成果，运用现实表演和运动影像来塑造故事空间，在探索故事空间的直观与可感性方面有很大的发展。

戏剧表演媒介将故事空间设定在现实空间中，这是对于现实世界的反模仿的模仿。一方面，现实世界本身被作为故事空间的实际场景，故事空间保持了客观空间的所有品质。这已不是模仿，而是对现实空间的直接塑造。另一方面，被戏剧表演当作故事空间的现实空间，又有一个不同于客观空间的精神维度。在这个维度上，

① 柏拉图. 柏拉图对话集[M]. 王太庆，译. 北京：人民出版社，2003.

进入故事的现实空间实质上被称作舞台的戏剧表演空间所截取，它在精神观照中飘浮于现实空间之上。在与故事人物、事件、时间等发生关系时，现实空间成了历史空间，成了想象空间，与观众所在的对立于舞台空间的现实空间有着无法连接的沟壑，而这正是艺术模仿的特质。它已从现实空间中升华出来，只是一种形貌上借用了现实空间的故事背景。故事空间已在故事的展开中被历史所融化，成为故事所展示的任何可能的模仿空间。

故事空间既沉浸于现实空间，参与空间的现实塑造，又超越现实空间，以模仿来建构故事空间。

因此，戏剧表演媒介对于故事空间的探索，较之书面媒介，空间直观性与生动性得到表达。故事空间既沉浸于现实空间，参与空间的现实塑造，又超越现实空间，以模仿来建构故事空间。这种双重空间品质，使得戏剧表演媒介具有了穿透生活、贯注观众的空间表达能力，同时还在故事结构中实现了空间具象化、实在化的艺术塑造。另外，舞台装饰及其表演者服饰等对表演空间的衬托，本质上是对表演空间的拓展和强调。如果这种拓展与强调被过分突显，结果就会影响到故事本身的建构，因此，“这样感性方面的富丽堂皇当然往往是已经到来的真正艺术衰颓的标志”①。过分夸饰表演空间，将会淡化空间。

影视表演媒介建基于戏剧表演媒介，而又因倚重影视技术而完全超越了戏剧表演媒介的现实感，在表演与技术之间形成了更为有效的艺术表达关联，技术媒介成为影视表演媒介最为内在的艺术机制。影像空间中因互相联接的关系而产生的媒介意义，在梅兹的理论视野中

① 黑格尔. 美学[M]. 朱光潜，译. 北京：商务印书馆，1996.

被统称为“句段关系大系统”：自主片段(autonomous segment)——不须承上启下的影像空间处理，一个镜头本身就可以自给自足地构成意义，它可以是长拍、跟摄，也可以是很短的插入镜头[①]；平行蒙太奇(parallel montage)——一个或多个交替的意象共同组合而成的句段关系，但彼此之间并无时间或地点之间的关联；括弧式句段关系(bracket syntagm)——一个特定的事件或行为被一系列简短的镜头空间括弧起来，以呈现这一个情况的多个相关方面；描述式句段关系(descript syntagm)——一些镜头连接起来的作用是交代一个场面的地理环境[②]。影视表演媒介对于故事空间的探索，得益于技术的发展。录音、摄像、剪辑等技术拓展了戏剧表演媒介的空间表达能力，降低了影视表演媒介对现实空间的依赖度，镜头空

① 这些镜头又分为四种插入：第一，与叙事主线无关而导演却希望观众也看到的镜头。这个镜头可能是来自次要情节里的发展，而之所以如此安排是提醒还有别的故事正在发展。第二，主观的插入镜头。这是一个角色的短暂凝想、回忆甚至梦幻的插入镜头。第三，故事转移镜头，如在逃亡段落中，支配性的画面是男女主角穷途末路的情状，而在其中偶尔插入一个追捕他们的警探的镜头，即是转移插入。第四，解释性的插入镜头。在一个角色拆信动作的中景或全景里，插入一张信纸被翻开的特写即属此类。

② 一个风景区域可以由树木、小溪、土丘等镜头组合而成。它们虽然依序呈现，但内容都是同时呈现交替叙事的关系(alternate narrative syntagm)：两个相关场景来回交叉剪辑，使观众感受到两者是同时发生的，例如火场状态与救援人员两组画面的交替呈现；场景(sence)：二人面对面交谈的场面，镜头会依照顺序，谁说话给谁镜头，或者按说话者说话/听话者反应的顺序切换下去；插曲式段落(episodic sequence)：一系列镜头接在一起，可用以显示某个角色发迹的过程、习武成功的经历或婚姻逐渐破裂的情形等，按时间顺序联接，好让观众明了一段历程的发展；一般段落(ordinary sequence)：这些组合中，时间可以被压缩，空间也可以被省略。梅兹的句段理论发掘了故事空间建构故事的意义。每一个镜头、每一组镜头，都以特定的联接获得了新的意义，镜头对空间的呈示直接从镜头所构成的句段关系中被发掘出来，空间表达于是成为意义的重要形式。

间成为故事空间的基本方式。后期剪辑可以将任意空间并置，空间处理的技术几乎取消了空间的真实价值。

表演媒介总体上由视觉空间与听觉空间共同建构。视觉空间和听觉空间以异质关系相互作用。视觉空间具体、直观、有限，听觉空间以想象性、间接性和散播性为特征，二者将故事空间情节化。正是因为声音能够用与视觉呈现不同的表现方式来暗示、强化乃至塑造"空间"，才有力地促成了镜头空间构筑叙事意义上的"多调性"功能。以声音来强化空间表达，塑造故事空间，是表演媒介在故事空间上的重要拓展。

网络媒介对故事空间的探索，在虚拟维度上实现了空间的自由表达。网络媒介建立的虚拟实在系统，已具备真实模拟和表现物理空间的能力，甚至达到极其逼真的程度：在传送实况过程中，我们借助网络技术也能体验到遥在的状态。虽然我们不在场，但却能产生一种亲临其境的感觉，无论展开体育运动，还是极地探险。支撑网络空间的电子数据，将用户纳入非生物状态，主体的生物体能和人格性情被暂时搁下，从而仿佛获得了超人的意识与自由。这不是来源于主体的感知，而是网络媒介赋予的主体处境。自由远远大于物理世界的含义，它可以在任何一个网络入口的无边无际的空间穿巡，可以在空间体验中将任何一个信息点击后访问。虚拟空间在此意义上具有两个特性：一是无限制的自由；一是用户参与空间的建构。在故事空间层面上讨论，这两个特性也是重要的。故事空间对于现实空间的模仿和想象空间的塑造，自由、松散，而且可以按照故事的意愿进行创造。

虚拟空间在此意义上具有两个特性：一是无限制的自由；一是用户参与空间的建构。

第三节 描画与构造——媒介与故事空间的互动

讨论媒介与故事空间的互动关系，从《白蛇传》的具体分析中可以明确一个观念，那就是空间可以从媒介中获得丰富的表达。在美学的意义上考察，“寻常的几何图案，往往并不具有特殊的意义，而将其融进一定的建筑物时，便会产生特殊的意味来：水平线，与大地相平行，它在人眼的高度上延伸，不会产生对其长度的幻觉，因而使人体验到一种内在感、一种合理性、一种理智。垂直线，使人中断他的正常观看而举目望天，垂直线在空中无限延伸、长度莫测，因此象征崇高的事物和无限性、狂喜、激情。直线与曲线，直线代表果断、坚定、有力；曲线代表踌躇、灵活、装饰效果。螺旋线象征升腾、超然、摆脱尘世俗务。立方体代表完整性、肯定感。圆给人以平衡感、控制力。球体代表完满、终局确定的规律性。各种几何图形的互相渗透，象征有力和持续的运动”①。由此可知，每一种空间形态都指向某种特定的主体意义，每一种空间形态都与某种媒介相关联，换言之，媒介建构故事空间具有可能性，也有其特殊性。

媒介建构故事空间具有可能性，也有其特殊性。

一、媒介建构故事空间的基本方式

通过上述研究可以得到这样一个初步的结论，从书面媒介到表演媒介，再到计算机与网络媒介，多种媒介对故事空间的表达主要有两种基本方式，即描画方式与

① 朱狄. 当代西方美学[M]. 北京：人民出版社，1984.

构造方式。

描画方式主要是书面媒介。书面媒介表达故事空间在于以语言的表现力来描画故事空间，空间的表现程度甚至可以达到影像表达的水平。大量说书人的空间描画能力在相当久远的时期内影响着市井民众对空间的想象和理解。宋元以来江南城镇的快速发展，带动了市民的日常娱乐活动，市井说书业盛行起来。一些说书人以讲史和传奇为题材在勾栏瓦肆之所设席说书，三国等史事和将相、文人、神怪等传奇成为说书人最拿手的内容(说书事件)。故事讲述所涉及的空间表达有很好的范例，程式语言和固定话语在空间建构上有较强的力量。巍峨的高山，苍茫的大海，宽阔的道路，广袤的原野，狭窄的山谷，偏远的山村；重重叠叠、轮廓模糊的房屋，空旷辽远、浑然一体的天空与大地；天圆地方，山清水秀，一马平川……空间被描画的同时，也被灌注了传统与文人的既定观念，空间成为相对定格的文化空间。人们在接受和想象空间的过程中不自觉地将空间表达普遍化，一种特定空间往往与一定的媒介表达方式相关联。在媒介层面上，口头讲述传统进入说书人时代，已经是书面媒介单纯以口头讲述为主转为口头讲述与书面表达并行的时代。书面语言的细腻和大容量为书面媒介带来了蓬勃生机，日常生活也渗入了文人的诗意与精细。空间表达与空间想象开始在说书背景下获得更大的传播动力，而这种广泛传播又反过来让书面媒介的空间建构成为相对固定的语汇，并且形成一种空间表达风格，即描画的风格。

英国小说家狄更斯在 19 世纪所赢得的小说创作的广

泛成就，可与现在某部轰动一时的影片相比。这里有一个很重要的原因在于，狄更斯的语言表达在描画空间方面达到很高的艺术水平，接受效果上近于电影表达。这种空间描画能力，首先是狄更斯小说惊人的造型性，即小说惊人的视觉性和可见性。其次，狄更斯有效地运用了片断性描画及其组接关系，在不同的空间表达之间建立了一种逻辑关系，有时是一种情感逻辑，有时是一种事件逻辑，有时是多种情理交融的逻辑关系。狄更斯的书面语言范例，充分显示了书面媒介在描画空间方面的价值与强大力量。尽管书面媒介的成功表达还需要借助于想象，但语言本身的空间建构能力则是内在的。或者说，语言本身包含了空间意义，而且吸收了文化观念的影响，进而使得媒介不再只是工具，而且也是具备文化内涵的建构性因素。

构造方式在表演媒介和计算机与网络媒介中较为常见。简单的对现实空间的影像模仿不可能构造故事空间。大量运用声画结合来凸显空间，是表演媒介构造故事空间的基本方式。声画结合将空间层次(声音所建立)与空间外形(画面所显现)融为一体，然后在运动的镜头中展示空间的连续性与整体性。影视表演媒介在默片时代和黑白时代都受到相当大的局限，一定程度上与它们对空间的揭示方法有关，声音的缺席和色彩的单一束缚了媒介对空间的认知和表达[①]。音乐与画面的有机组合是以二者的背反性为前提和基础的。形式上，音乐是抽象的听觉性传播，画

声画结合将空间层次（声音所建立）与空间外形（画面所显现）融为一体，然后在运动的镜头中展示空间的连续性与整体性。

① 狄更斯. 狄更斯小说集[M]. 张谷若，金绍禹，译. 北京：人民文学出版社，1986.

面则是具象性的视觉性观照。内容上，音乐抒发的是人的情感，画面呈现的则是事物的外部动作与形象。功能上，音乐唤起的是观众的想象，作用于人的内心情感；画面强化的是观众的直观感受，给人的是形象的美感。

网络媒介对于故事空间的建构也充分利用了声画结合的方法。

网络媒介对于故事空间的建构也充分利用了声画结合的方法。由于网络媒介是基于多媒介背景的媒介形态，因此它可以传承表演媒介的空间表达方式，在声画结合的技术上和艺术效果上达到更高的水准，以数字技术来加强声画的同步契合，而且在声画制作与创新方面也有独到的表现。因此，网络媒介对于故事空间的构造，较之表演媒介更具有创造性，尤其是在虚拟平台上所建构的空间可以弥补想象性难以具象化的不足，实现故事空间相对自由的表达[①]。

这里还要进一步强调以音乐为代表的音响对于声画融合的意义[②]。音乐在表演媒介和网络媒介中扮演着"中介性"角色，"它打破了直观与想象的界限，使直观的影像获得了一种内在的情感性；它沟通着镜头呈现与镜头表意的联系，使镜头表意拥有了更为多样的意指性，譬如音乐与画面的分离性对位，可使形象得到讽喻、反讽、对比等不同叙事效果；它调节着镜头呈现与电影叙事的矛盾，使空间的呈现打上了时间过程中的运动印记，尽管影像本身即是动态的，但音乐的渗透却使影像的运动更为连贯自如；它扩展着呈现空间的广度和深

---

① 杨新敏．电视剧叙事研究[M]．北京：文化艺术出版社，2003．

② 尤列涅夫．爱森斯坦论文选集[M]．魏边实，等，译．北京：中国电影出版社，1962．

度，促使局部的、片断的镜头形象升华为整体意义上的完整形象”。音乐(以及其他音响)作为一种媒介元素，在空间建构和主题呈现方面具有划时代的媒介意义，它可以在任何一个画面之中安身立命。每一个画面都潜在地隐含有音律或声响，一旦二者获得某种结构上的对位，空间就出场了，意义也被建构起来。

总而言之，无论从传者或是受者的角度，无论是从内容或是形式的角度，声画结合都是表演建构空间的有效策略。空间构造突破了书面媒介的单向性和想象性，描画的想象在声画结合的背景上被具象化了，音乐(声音)将图像层次化，画面将声音具象化，空间的立体感与流动感在声画融合中得以显现，故事表达在空间维度上也就被构造起来。

二、从描画到构造的媒介空间

故事空间在媒介中的建构，除了基本方式之外，还存在着一个过渡性的建构域。在描画与构造之间，有许多媒介要素并非鲜明地仅存于某一种方式之内，而是相当自由地漂移在描画与构造的中间地带，既客观地表现了媒介演化的一些轨迹，也极为复杂地承担起不同艺术形态的空间建构职能。在这个意义上分析，我们就能够发现媒介的空间建构历程，探索出媒介因素与故事空间的某些内在关联。

人作为媒介时对于故事空间的表达，是我们最有必要关注的基本问题。

人是活跃的媒介因素，充满张力，富于综合性的灵动的表现力。在书面媒介层面，口头时代，人是书面媒介的基础，也是书面媒介面对世界的表达式。人，第一人本身就是以空间形式存在的。

次成为媒介元素。在口头媒介的空间建构中，除了语言所赋予的描画能力以外，还以具象化的动作和丰富生动的人类学神态创造故事空间。而且人本身就是以空间形式存在的。这一特征在表演媒介中得到发掘和引申，舞台戏剧表演即将人与舞台联成一个整体，原来以语言为主的空间描画现在落实到人这个元素上，构造的功能更加鲜明了。戏剧表演在故事空间的表达上，也就在两个维度上延续了口头传统中的人的因素：一是人作为扮演者进入故事后，根据故事逻辑来建构故事空间；一是人直接以空间形式来表达故事，和舞台形成呼应，成为故事发展的空间客体，成为受众理解故事的空间基础。影视表演媒介本质上也是利用了人这种元素的二维功能，尽管表面上只是对平面画格的人的展现，然而人的表演与空间存在则内在地构造了故事空间。不过有一点值得注意的是，人这种元素在影视表演媒介中是被切割的片断合成，也是被画格所计算和裁剪的画面，蒙太奇手法还进一步将人与空间的关系定型化。在计算机与网络媒介层面，人作为媒介元素有了质的演化，空间表达在虚拟与实在两个维度都有拓展，构造空间的能力也得到强化。

书面媒介向表演媒介的转换性表达，也是空间建构在媒介上的一个重要问题。

空间建构在不同的媒介中尽管有较大的差异，但在具体的艺术转换中还是存在交流互通的途径，这在书面媒介与表演媒介的关系中可以得到很好的说明。

前文讨论的狄更斯小说电影化的空间建构，以其描画之力显示出媒介发展的一种可能性方向，是反映书面媒介向表演媒介转换的先声。进入影视表演媒介时代以后，大量的书面媒介作品被改编为表演媒介作品，空间建构交流互通成为表演媒介发展的一个重要路径。我们不关注这种交流互通的增添、删减和改动，主要集中考察和分析两种媒介在空间建构方面的通约性和相近手法。改编者保留或改变小说某一部分而表现出来的深刻含义，常常在空间建构上要作出一些说明。事实上，改编而来的影视表演媒介作品，在其自身的完整性后面，书面媒介作品仍在发挥渗透性的影响，尤其在时间、空间和人物的基本形态方面，“小说与其说被视为一个规范，毋宁说不过是一个出发点”[①]。有很多典型的例证可以说明这一问题。《告密者》充分运用外部形象来展现书面媒介中所揭示的内心状态。这种空间化的建构，正是从书面媒介中走出来的而又继承其意义的重要策略。《呼啸山庄》将19世纪英国小说转换为20世纪美国观众所理解的表演媒介作品，也在空间的现代性方面有所作为。人物的生存空间及其表现形态既倾向于20世纪的美国口味，又在媒介表达上不过于偏离书面媒介的起点。《傲慢与偏见》成功发掘和利用了两种媒介在空间表达方面的相似性，运用舞会场面的空间节奏来表现故事的戏剧性关系。《怒火之花》则从故事空间的结构上作出努力，调换了几段关键性情节的顺序，使书面媒介结构变得适合于影视表演媒介的流行程式。这些较为成功的媒介转换例证在空间表达与故事内涵的关系方面有很好的艺术处理，一个根

我们不关注这种交流互通的增添、删减和改动，主要集中考察和分析两种媒介在空间建构方面的通约性和相近手法。

① 杨新敏．电视剧叙事研究[M]．北京：文化艺术出版社，2003.

本的原因是空间表达存在着媒介线索上的共通性。表演媒介是一种在观众面前演出的，诉诸视觉、听觉的，应用语言的艺术手段；在很大程度上依靠动作和音乐；是两度空间的媒介，由光和影所构成，这些特点决定着表演媒介的个性。但它也与书面媒介一样，通常总是表现一个故事，通过一连串的冲突来刻画一些人物，以时空背景来支撑整个故事的表达。在书面媒介中，一行对话孤零零地独立存在，它需要受众的想象去填充更为具象的时间、空间内容。在表演媒介中，对话则附着在空间形象上加以表现，然而它的意义则需要受众去理解①。二者的契合正在于语言与空间的互补和融通，具象化与想象性成为书面媒介与表演媒介关联的基础原则。

媒介突破了传统意义上的工具性，内在地融入故事之中，成为一种基本的故事元素。

网络媒介对于多种媒介的综合以及自身的独特表达，更深层次地开掘了媒介表达故事空间的能力；同时，实现了媒介的历史性聚合，媒介突破了传统意义上的工具性，内在地融入故事之中，成为一种基本的故事元素。网络媒介的空间表达能力与故事内涵的建构能力极其强大。有声电影对音响的征服，提供了这样的可能性：极其深刻地处理在此以前只有文学与戏剧才能处理的题材与问题——思想意识与哲学问题。网络媒介由于是综合媒介，因此多种媒介因素共同建构的故事空间也有着传统媒介线索上的一些共性；然而，共性的张力也非常显著，故事内涵在这种张力中获得了充足的意义。

---

① 乔治·布鲁斯东．从小说到电影·序[M]．高俊千，译．北京：中国电影出版社，1981.

结　语

20 世纪中后期以来，媒介已成为人类文化与信息传播的一个重要维度。世界各国学者从不同角度对媒介作出理论发掘，使得媒介对于人类文化的建构性价值逐渐得到澄清，媒介已成为一种新兴的理论方法和研究视角。从媒介这一特定角度，本书分别探讨了口头形态、书面形态、戏剧形态、影视形态和网络形态五种介质的《白蛇传》，涉及近 200 篇异文。本书论述的重心是故事讲述者、故事时间和故事空间等维度上的媒介形态与故事建构的关系。

一

通过这样的讨论，可以形成几个初步结论：

第一，人类叙事有一条媒介叙事的线索。人类最早以音义结合的口语为媒介材料来叙事，后来以讲述者的表演为媒介来辅助叙事。直到图像符号和文字出现，人类才有了更为自由、丰富的叙事媒介。从此，人类叙事的媒介主要以语言、表演、图像三种元素为核心，构成了媒介叙事的基本方式。而在新媒介时代，人类通过综合传统叙事媒介，实现了媒介叙事的互动性和虚拟性。

人类叙事的媒介主要以语言、表演、图像三种元素为核心，构成了媒介叙事的基本方式。

第二，厘清了寓于现代《白蛇传》故事中“人”这个特殊媒介的人类学性质和口头媒介的弱主体性，在媒介形态中揭示了虚拟平台上“数字人”的深远影响。《白蛇传》的口头讲述者将自身融入白蛇故事，兼容讲述者、白蛇、青蛇、许仙、法海等多种角色，不同角色之间的转换与表演实际上显示出讲述者的人类学存在。以此为基础，口头媒介所关涉的人的身份这一特性，即弱主体性也得到发掘。因此，不同的口头讲述者在传承《白蛇传》故事时，各自的成长历程所积淀下来的叙事姿态和文化个性、审美选择都在其中显现出来。这既是讲述主体的自觉表达，也是口头媒介所赋予的弱主体性的反映。同时，从口头媒介中发掘出来的特殊媒介“人”在其他媒介形态中也获得了相对独立的表达方式。书面媒介中的“人”的媒介身份被隐藏，但仍然存在。到了表演媒介和网络媒介之后，“人”作为表演者，成为这些媒介创造“人”这种特殊媒介的基本模式。不过，表演媒介和网络媒介在表现“人”这种媒介时，有着根本性的差异。表演媒介中的“人”是以现实的人为基础的，在艺术空间和技术手段的整合下创造艺术形象，传播艺术理念，实现娱乐效果。网络媒介中的“人”是以现实的人为模仿对象，依赖数字技术虚拟出近似于人的数字图形。它的功能、表现、形象与现实的人非常接近，并在网络平台上由技术控制完成预设的相关任务。当代影视媒介有时会运用“数字人”技术，但其主体是现实的表演者。“人”的数字化媒介表达，从观念到实践都突破了传统表演者的内涵。于是，网络故事中“数字人”的目标已由意义传播转

“人”的数字化媒介表达，从观念到实践都突破了传统表演者的内涵。

向娱乐互动，时间、空间的纯粹性超越带来了“人”这种媒介的消解性表达。显然，这种消解只是一种象征，更多的寓意则是虚拟世界给人类提出的严肃课题：虚拟社会将给人类带来什么？

这种消解只是一种象征，更多的寓意则是虚拟世界给人类提出的严肃课题：虚拟社会将给人类带来什么？

第三，人类已经创造出复杂而全新的叙事方式，即网络媒介叙事。在网络媒介强大的兼容功能对媒介综合的后面，也表现出单个媒介因素独立显现的可能性与抗争性。不同媒介的叙事，既反映了故事需要不断重述的内在规律，也体现了讲述者与接受者依赖于叙事方式的故事活动特征。媒介的综合性趋势以及虚拟性转型，对故事的传承将产生重要影响。在当代网络媒介正强势地包容和改变其他媒介形态时，鉴于虚拟性媒介的交互原则，可能导致故事娱乐性的片面发展，这是我们特别需要警惕的技术化陷阱。

第四，媒介形态与故事建构具有必然关系。对现代《白蛇传》的多种媒介形态与故事的讲述者、故事时间和故事空间的关系讨论中，媒介因素在故事建构、传播与演变的过程中具有积极价值。同时，它也反证了故事对媒介因素存在一定的选择性。不同形态的白蛇故事传承着大致相同的故事母题。这种传承包含着显著的情节变化。不同媒介因其不同的表现与表达方式，影响了具有相近母题的故事的传承，也影响到故事的形塑原则。情节增删、主题选择、人物塑造、背景设置都受到媒介因素的制约或强化，在一些艺术媒介中故事的形象化特征被扩大，如影视媒介；一些艺术媒介则突出了故事的想象性，如语言媒介；还有一些艺术媒介将现实性取消而突出故事的虚拟性。这些不同表现以潜在的方式渗入故事之中，在一定程度上规定了故事的呈现与传播。这些关系表明了媒介形态与故事建构存在着内在关联。另一个层次上，从传播层面考虑，也就是传播媒介传播故事的过程与故事存在内在关联。口耳相承的传播、文字与印刷的传播、影视传播的多维信息播放与传输、网络传播的虚拟扩展、全球互动以及游戏娱乐等多种传播，显然对故事的生存和延续、变异都具有深刻影响。外在传播同时以相对的内在功能作用于故事，而且越是进入当代网络媒介之中，全新的传播与故事之间也越具有内在的互动关系，如游戏形态的故事，这种传播媒介使故事在玩家的关注与参与中得到传承；而且，可以将故事作为一种知识谱系来加以认识和理解，本质上，网络传播媒介已经改变了故事的内在结构与原初意义了。

二

在艺术媒介的线索上，故事的建构与传承处于相对稳定的形态，各种媒介因素依其内在规则发挥功能。

在艺术媒介的线索上，故事的建构与传承处于相对稳定的形态，各种媒介因素依其内在规则发挥功能。而在传播媒介的线索上，故事的建构与传承则处于相对变化的形态，各种媒介因素之间相互作用。同时，传播机制的力量推动着媒介因素去影响故事的深层接受与传承，这是我们研究《白蛇传》媒介因素的另一个关键问题。传播媒介的视野在新的维度上改变了我们在静态研究中的媒介建构分析，也改变了我们理解故事的观念和方法。

事实上，任何叙事媒介都具备两个层面，一是艺术层面，一是传播层面。当叙事媒介静态地存在时，艺术媒介现身，并建构故事得以自明；当叙事媒介动态地存在时，传播媒介现身，并传承故事得以扩展。传播媒介层面的理解也包含着对艺术媒介的理解，这是一般传播研究所忽略的重要问题。对一个故事的传播，必然首先要将其理解为一个故事、一种艺术形式；否则，这种传播就难以深入故事中，只是浅层次的信息传达，而不能实现深层次的传播效果，即良好的接受。这也就是说，我们讨论经典故事的传播与传承，需要在传播媒介对于故事的表达这个范畴上讨论，即在基于艺术媒介的理解上讨论故事的传播与传承。表达所关涉的意义非常丰满，涉及传者、媒介、内容、受者等以外的修辞和艺术形态问题，也与社会文化体制以及技术政治学有关。因此，我们提出传播媒介对《白蛇传》的表达这一命题，希望对传统意义上关于《白蛇传》的传承研究有所增益。这也是我们研究《白蛇传》媒介因素的一个关键问题。传播媒介的视野改变了我们在静态研究中对故事传承的分析，也改变了我们理解故事的观念和方法。

现代《白蛇传》的传播和传承，与中国文化的现代实践具有某种内在的逻辑关联。这种关联，直到今天，仍然显出活跃的气息。因此，我们在考察《白蛇传》受到现代传播媒介的影响时，必须结合中国现代文化转型以来的重要事件给予分析，从历史时间的列表中讨论现代《白蛇传》的传播媒介问题。下面我们主要从三个时段来讨论《白蛇传》的现代传播与传承：20 世纪上半叶、新中国成立以来的三十年和新时期以来的三十年。

现代《白蛇传》的传播和传承，与中国文化的现代实践具有某种内在的逻辑关联。

20世纪上半叶，传播媒介对《白蛇传》具有重要影响。机械印刷技术的成熟和书面传播媒介的广泛运用，使得传统故事的讲述与接受被纳入现代文化的制造与发布系统。口头表演的活态互动向文字印刷品的静态识读转移，活态的流动与变异经过文人的理解、加工获得了较为稳定的媒介形态，于是传统故事被定制成现代文化书面媒介中的传统模型，故事结构与情节内容相对定型，核心母题被凝固、强化并得以延伸。这样一种现代文化媒介语境，必然地改变和重建传统故事的传播、接受模式，并在现代文化中获得新的建构。

从文本生产的维度看，传统故事在书面媒介中的现代创造具有一定的规律性。保加利亚裔文学理论家克丽丝蒂娃（Julia Kristeva）提出了“文本互涉”(intertextuality)理论，强调文本结构并非单独地存在，而是彼此互动地生成。“文本互涉”这一概念包括具体与抽象两类指涉情况。具体指涉是陈述某一具体的、容易辨别出的文本和另一文本，或不同文本间的互涉现象；而抽象指涉则是一篇作品与之相关领域的指涉，包括更广阔与更抽象的文学、社会和文化体系①。以此观之，传统故事的现代创造就是现代作家以传统故事为“正文”(text)基础，进而以传统故事的个人化来进行再创作。这些创作与传统故事之间的互涉性，成为传统故事现代化进程的一种保证，传统得以延续，现代成为主流，群

① Julia Kristeva. The Revolutionin Poetic Language[M]. New York: Columbia University Press, 1984.

体的历史性与作家个人的主体性同时得到尊重。传统故事成为现代文本的前提和依据以及文本意义的发掘基础。传统故事的现代创作属第一类指涉。我们可以在文本之间探寻到极其内在的相同/相近的故事线索，从中建立起文本之间的历史关系，探寻到人类的故事源流。从巴赫金(M. M. Bakhtin)的小说理论①出发，传统故事的现代重述还可进一步理解为，文本意义的产生并非索绪尔所预设的源于抽象的"语言"(language)层次②，而是随着符号(媒介)的运作与传播而形成。换言之，"正文"是作家、作品与读者融汇转变的场所，互为"正文"成为所有"正文"存在的基本条件。传统故事具有不断生发意义的能力，它是所有重述"正文"能够获取意义的根源。

20世纪以来，《白蛇传》故事的书面传播始终以两个并行的层面展开和延伸，一是作家重述的书面传播，一是口头故事记录式的书面传播。第一个层面的传播在一定程度上也依赖于《白蛇传》故事的研究。重述成为研究的对象；研究成为重述的一个外力，是重述活动中个性创作的导向。第二个层面的传播得益于《白蛇传》故事传统的强大生命力与影响力，情节的相对稳定与意义的相对引申成为现代传播的有力支撑。重述与记录在《白蛇传》故事的现代书面传播过程中，二者互动生成，直接影响了《白蛇传》故事书面传播的效果。

重述成为研究的对象；研究成为重述的一个外力，是重述活动中个性创作的导向。

---

① 巴赫金．巴赫金全集[M]．石家庄：河北教育出版社，1998.

② 索绪尔．索绪尔第三次普通语言学教程[M]．屠永祥，译．上海：上海人民出版社，2002.

《前后白蛇传》①的建构和传播，在20世纪初期的产生具有重要意义。20世纪上半叶，《白蛇传》故事的书面传播数量较少、影响较小。故事重述方面，少数作家开始在《白蛇传》故事的整理基础上，以现代小说形态刊布于世。梦花馆主(原名江荫香)根据弹词《义妖全传》创作的白话小说《前后白蛇传》是故事重述方面的代表作。这部小说创作于清末民初，据可考资料而论，应是现代《白蛇传》书面传播的第一部长篇白话小说。小说采用章回体，将故事记录与故事重述结合起来，可以看出作者继承传统故事的基本态度：传承与重述并重。前传第一回自明其重述《白蛇传》故事为小说之缘由："作者生存在科学昌明时代，素不迷信神怪的事实，为什么偏要把那部《白蛇传》唱本编成了寻常白话小说，却有一点儿缘故在内。因为这书看似神怪，颇含着讽世的深意。"前传写了四十八回，基本上是对弹词《义妖全传》的整理与通俗化，对口头形态和戏剧形态的故事予以全面记录，主要情节的再创作成分较少，增加了细节描写和对白的生动性，书面语言的叙事更为细腻、繁复。前传从白蛇成仙过程中得西池金母点化下凡报恩写起，以收服青蛇、结缘西湖、受赠银和衣服、许仙罹祸发配苏州和镇江开店、端午显形、水漫金山、产子托孤、法海收服二蛇等为基本线索，情节与传统故事大体相同。前传的显著特点是较之《白蛇传》的口传故事，情节更丰满，细节更生动。每一个情节都交代了前因后果，在人物交往、语言

---

① 梦花馆主．白蛇传前后集[M]．北京：中国书店，1988.

风格方面作出开创性探索，采用白话文，显出其现代传播的文化品格。后传写了十六回，是梦花馆主的个性化创作，虽然也与弹词《义妖传续集》相关，却大部分属于作者的创造性传播。前传的主题仍是自由爱情婚姻对于社会礼教的反抗，后传则表现为家庭制度上的第三者矛盾以及朝廷上的忠奸斗争。这是书面传播较之口头和戏剧传统的一大差别，同时也开启了后世文人改写《白蛇传》的先河。后传增加了一个新的人物——狐狸精胡媚娘，她充当第三者进入白、许的爱情婚姻生活中。这种进入不是以间离白、许关系的方式完成的，而是以白素贞的形貌身份来以假乱真。后传还增加了“小青因为帮助白娘子做事有功而自傲起来，甚至去勾引许仙，被白娘子逐出家门后迷恋昆山顾鼎臣”的故事，丰满了小青这个人物。另一条线索以政治冲突为中心，塑造了许梦姣与仇练等几个政治上有着对立矛盾的人物。正义、忠诚的许梦姣受朝廷重用，仇练由妒生恨，多次设法陷害许梦姣。许梦姣却都一一逢凶化吉，仇练受到应有惩罚。这几个人物的出场，是梦花馆主创作小说《前后白蛇传》的大胆尝试，尽管传播接受不甚理想，却是此后小说家重述《白蛇传》的一个范本，不拘囿于传统叙事文本。应当说，《前后白蛇传》建立起了现代《白蛇传》书面传播的大链条，到 1988 年中国书店影印广益书局版发行，印数达 40000 册。后来文人们的重述与改编皆与此大略相同：一方面有对传统故事的因循，另一方面则是现代意义上的解读和创造。诚然，从现代性解读与个性创造的角度来看，后传在情节处理和人物塑造方面都不是很成功，甚至在一定程度上导致后世重述传统故事的游戏化倾向；但是，重述故事需要创造，只有传承而没有创造的重述是没有价值的，因此我们要以肯定的态度来分析后传的重述价值及其影响。它在《白蛇传》的书面传播链条上所开启的重述线索与承递意识，在此后的一百多年里显出了极富远见的传播力量，它的影响已远远超越出书面媒介的领域，而在影视媒介中形成强大的传承系统，从而以跨媒介形态推动了白蛇故事的现代性传播。

表演传播媒介方面，继承故事传统，对《白蛇传》的传统情节进行富于特色的保存和传播，戏剧表演媒介仍是主体。

表演传播媒介方面，继承故事传统，对《白蛇传》的传统情节进行富于特色的保存和传播，戏剧表演媒介仍是主体。主要剧目有《游湖借伞》、《盗库银》(为武旦出手戏，有大刀、双鞭出手等，高难惊险，舞蹈优美，开打火爆，为名武旦宋德珠、阎世善、李金鸿、班世超、冀韵兰等的看家戏。新中国成立后，关肃霜把双鞭改成双剑)、《端阳惊变》、《水漫金山》、《断桥》、《祭塔》(为正工青衣唱工戏，也是初学青衣的开蒙戏，有长达三十八句难度很大的“反二黄”唱腔。从胡喜禄、陈德霖唱红后，梅兰芳、尚小云又都分别对其作了加工，遂成为梅派、尚派早年的优秀代表作)等。京剧四大名旦都曾演出该剧，除荀慧生以《白娘子》命名演全剧外，其他三位都不演全剧。梅兰芳以昆曲演《金山寺》和《断桥》两折。他先在北平向乔蕙兰、陈德霖等戏曲界老先生学习；迁居上海后，他又向昆曲前辈丁兰荪学身段，与俞振飞等研究唱腔。梅兰芳在唱腔、身段、化装等各方面注入许多新的因素，使之成为梅派艺术的精品。尚小云以《雷峰塔》为重点，大段“反二黄”唱腔，优美动听，情感动人。程砚秋也只演《金山寺》和《断桥》。全本《白蛇传》，有不少著名的旦角都曾演过。1936 年，《立言报》主持选举四小名旦，毛世来、宋德珠、李世芳、张君秋当选后曾在长安戏院合演了一场《四白蛇传》(毛的《游湖》、《结亲》、《酒变》；宋的《盗银》、《盗草》、《水斗》；李的《断桥》；张的《祭塔》)①。1947 年因李世芳在青岛罹难，宋德珠又一时息影舞台，是年《纪事报》倡议再进行新“四小名旦”选举。8 月 1 日开始投票，9 月 15 日揭晓，历时 45 天。张君秋名列榜首，毛世来、陈永玲、许翰英当选，依次为张君秋 35730 票、毛世来 27256 票、陈永玲 24309 票、许翰英 23578 票。选举后，他们又在华乐剧院同台合作演出了《四白蛇传》。许翰英演《游湖借伞》，陈永玲演《水漫金山》，毛世来演《断桥合钵》，张君秋演《状元祭塔》。

这一时期随着电影技术的发展，已经出现了三部电影媒介形态的《白蛇传》。它们是邵醉翁导演的三集《白蛇传》(影后胡蝶主演白蛇，黑白，默片，天一影片公司出品，1926 年完成上、下集，1927 年完成第三集)和杨小仲导演的《荒塔沉冤》(陈燕燕主演白蛇，黑白，1939 年)。电影技术在现代中国尚处于引进阶段之时，一些导演就将《白蛇传》纳入新媒介的视野之中。这既是电影艺术家对《白蛇传》的全新表现和全新探索，同时也是现

---

① 张培宣．四小名旦．参见：http://big5.china.com.cn/culture/zhuanti/zgjj/2007－09/20/content_8919349.htm.

代色彩鲜明的《白蛇传》电影传播的开始。三部影片基本采用《前后白蛇传》在现代初期的传承方法即继承为主、改编为辅，仍然选取白、许恋情为电影线索，涵盖口头传统中白蛇故事的主要情节，参考了《前后白蛇传》。三部影片的艺术主题则切入了现代理念与文化转型理想，将自由爱情、反叛压制、个性张扬以及重评传统等现代性思想编织在电影情节内部，以新的区别于口头传统的理念来重述白蛇故事，在媒介层面开创了《白蛇传》新的艺术形态。更主要的是，三部影片以全新的技术媒介传播《白蛇传》，使其获得了现代工业社会的传承权利，从而在中国现代社会的启蒙时期奠定了《白蛇传》向现代社会过渡、传承和发展的可能性条件。

20 世纪 50 年代，对于《白蛇传》的传播与发展而言，是一个非常具有历史性意义的时期。

20 世纪 50 年代，对于《白蛇传》的传播与发展而言，是一个非常具有历史性意义的时期。政治上，革命运动将《白蛇传》推向了政治导向的框架之中。也正是人民革命主义的激进化决定了《白蛇传》在短短的不到十年的时间里获得极其广泛的传播。一批重要的政治理论家和才华卓越的小说家、戏剧家参与进来，夹杂着政治与艺术的双重标准，白蛇故事获得了意义非凡的书面重述和整体性的书面媒介以及戏剧媒介的传播。张恨水、田汉、赵清阁等著名作家都参与了《白蛇传》故事的重述，出版了一批广泛传播的小说和剧本。关于白蛇故事被搬上政治舞台的经过，《白蛇传》的改编者赵清阁在序言中写道：

“解放后，由于党和人民政府重视民族遗产，我国古代的民间文学也得到了普遍的发扬。五六年来，《白蛇传》故事在戏曲界被热烈地研讨著、整理著、改编著和演出著，已经从原有的基础上又有了不少的提高。这中间，也产生过一些不同的看法，1952 年北京文艺界为此展开了争论，后来渐渐统一了认识，由戴不凡同志写了一篇《试论〈白蛇传〉故事》的论文，将《白蛇传》故事概括地、全面地作了较深入、正确的分析，大大帮助了《白蛇传》故事的整理和改编工作。我所写的这本《白蛇传》小说的基本观点，也是以戴不凡同志的论文精神为依据的。”同时，他也解释了《白蛇传》的阶级意义：“从它的演变、发展过程中，可以看出：白素贞是由一个可怕的妖怪，渐渐演变成一个富有人性的、坚强勇敢的、可爱的女性；许仙也是由一个薄情负义的男子，渐渐演变成一个忠诚善良的好人；而法海却相反地由一个慈悲的和尚，渐渐演变成一个阴险残酷的封建统治者。与此同时，情节上也由专写男子负心的爱情悲剧，渐渐演变成为完全是由于第三者从中破坏所造成的爱情悲剧。随着人物形象和情节安排的演变，主题也由拥护或屈服于封建势力，渐渐演变成为反抗封建压迫。在这个演变、发展过程里，充分发挥了人民的智慧和创造性，也反映了人民的理想和要求；因而使得这一美丽的神话故事，无论艺术性或思想性方面，都有着很大的成就；也因而越来越博得广大人民的喜爱。《白蛇传》是一个优美动人、具有高度人民性的神话故事。通过白素贞为了追求婚姻自由、人生幸福，而向封建势力的代表者——法海进行宁死不屈的斗争，反映出人民与封建统治阶级之间的尖锐矛盾，人民要求自由幸福、反抗封建压迫的坚强意志。”①

这个序言解释，白蛇的故事完全被纳入阶级斗争的话语体系中，成为整个社会规训系统的一部分。同时，序言非常明确地说明了《白蛇传》在20世纪50年代受到政治推动的原因和表现，大量剧本和小说从白蛇故事中改编出来，在全国范围产生了广泛影响。以赵清阁所改编的小说《白蛇传》的发行数量为例，1956年3月第1版，印数为35000册；1958年2月第5次印刷，前后印数之和达到了183000册，数量之惊人，可谓前所未有。而以田汉剧本为主的各种戏剧表演，普遍地在全国各地进行，以表演媒介传播的白蛇故事又一次获得人民大众的普遍欢迎。这种在新的政治环境中开创的戏剧传播活动，被新的意识形态所引导，人民性进入《白蛇传》，法海形象被定格为封建势力，白、许的婚姻爱情则被放置到新中国的自主、平等的婚姻背景下，白素贞的妖性来源被隐藏，神话的色彩被取消，革命逻辑成为政治传播认可的唯一条件。当然，整体上而言，这种有着强劲动力的政治传播为《白蛇传》的进一步传承提供了良好的环境，只不过其局限性也体现在此。田汉剧本的一统天下，将充满想象、富于诗情画意的白蛇传说现实化为阶级性的确认，情节的多义性蜕变为单一的政治寓言，一定程度上也损害了《白蛇传》固有的艺术生命力。

张恨水创作的通俗取向与传统风格，决定了他在20世纪50年代对《白蛇传》故事的重视和再创作。1954年

---

① 赵清阁．白蛇传[M]．上海：上海文化出版社，1956．

张恨水完成了现代通俗小说《白蛇传》①，成为现代书面媒介对《白蛇传》故事的全新表达。《白蛇传》的序列出了引据的传统故事资料，主要有方成培的《雷峰塔传奇》、冯梦龙的《警世通言》、墨浪子的《西湖佳话》、陈遇乾的《义妖传》。根据这些本子，张恨水画出了小说人物性格的大致框图。白素贞是白蛇，后变为一个伶俐的女子。小青是青蛇，聪明、坚强，富于斗争性。许仙大概是个善良之辈，但是耳朵软、易动摇，结果几为反动人物。前两个人物都有定型的情节和丰满的形象，而许仙则较模糊。张恨水依此框图着力于对许仙形象进行再创造，突出许仙的纯朴、真诚和坚贞的爱。情节方面，他主要在以下几个方面作了改造：

一是删除盗库银的情节。传统故事讲到许仙因白娘子所赠银两为官银而吃官司，这在情理上不符合白娘子身份，因为论白娘子的法力，到处都可以弄到银两，没有必要去盗库银而造成许仙的罪证。

二是增添过渡情节。苏州开店太唐突，小说增加了西湖夜话情节，将过渡事件以暗线交代出来。

三是强化关键情节。苏州义诊在传统故事中没有特别的凸显，小说着重写了义诊，突出了许、白二人的真挚爱情与博大胸怀。

这三个方面的处理，可以见出文人写作对传统故事的一种接受模式和改编观念：更为严密的逻辑线索和更重细节的生动性。传统故事在讲述许仙苏州开店情节

① 张恨水．白蛇传[M]．北京：通俗文艺出版社，1955．

时，起因是许仙拿了白素贞的赠银，而赠银是小青从官府里盗来的库银，于是许仙被人告官而发配苏州。从逻辑上看，并不存在太大的问题。然而，从主角的定位来讲，白素贞和小青都是蛇精，变化无常，法力高强，她们用不着要以盗的方式来取得银两，结果惹得一身祸事。根据这个逻辑，张恨水将盗库银情节以及发配情节删去，改为白素贞主动地移居苏州：一来杭州熟人太多，许仙发财令人不解；二来药店同行也多，大药店开起来恐生妒忌；三来苏州离扬子江也不远，容易得到水族照顾。以这三个理由，逻辑上对于许仙去苏州开店就可以接受了。在读者的文字推敲和听众的音义要求的差异方面，可能也是苏州开店需要重新梳理逻辑关系的一个因素。以这个情节的修改来看，张恨水在重述《白蛇传》故事的过程中，基本上还是沿袭了故事传统的逻辑线索，总体上接受了神与人的二元结构，只是出于细部考虑才作出个别修改。主体情节仍沿袭传统的游湖借伞、结亲、苏州开店、端午惊变、水漫金山、收白和托孤、救白等基本内容，很大程度上也反映了张恨水作为一个熟悉普通民众审美需求的作家的艺术品格，他尊重通俗，尊重传统，不随意改动已有的故事结构。另外，追求细节的生动性，是张恨水重述传统故事的又一个显著特点。口头传播的生动性在于讲述者绘声绘色的情节讲述，当然也要求情节本身的生动，但并非所有细节都如此，这与讲述者的兴趣和才艺有关，也与听众的现场反应有关，而且故事线索上的大情节才是讲述者和听众关注的重点。张恨水在重述中，将细节处理作为改编的基本思路。西湖清明相遇的对话，苏州开店的前后安排，端午前后法海与许仙的交往，白素贞力救许仙的艰辛等，都写得生动细致，令人兴味盎然。一个重要的手法是，除了承继《白蛇传》传统的情节，还要在这些情节之外以人物对话和叙述者身份给予丰富、补充，点缀在原有情节之上，于是书面媒介的特点显现出来，细腻、生动，人物与情节都充满艺术的想象力。

20 世纪 50 年代的新中国，一些学者还以考源方式结集出版了中国历代以多种媒介形态存在的白蛇传故事异文。非常值得关注的是，这一时期白蛇故事的书面重述和戏剧表演实践不只是作家的某种创作愿望和艺术才华的表达，而且也是知识界理论界的一种认识，国家意识形态也参与其中，作家创作在理论界的争鸣中寻找写作的基础，建立起重述的大原则：继承传统，现实性改编。

同一时期，在我国大陆、台湾、香港和日本出现了 7 部改编自白蛇故事的电影，其中 2 部黄梅戏电影有一部是我国大陆拍摄的，与戏剧的政治化传播相一致。这些电影在二十多年间陆续拍制、放映，而且在几种不同的政治文化背景下得到电影媒介的传播，它们的共性因素应该是主导的。这也就是说，白蛇故事所内在的人性力量与感恩重情的世俗价值以及较好地适应于电影媒介的情节，是不同国家和地区的导演选中白蛇故事的共性因素。这些传播，在电影技术趋于成熟的时期逐渐推广，进一步表明白蛇故事与电影媒介之间的某种契合性关系，对于扩展白蛇故事在现代社会的表现形态、增强其现代艺术的生命力，无疑会起到重要作用。

近三十年以来，电视技术获得了飞速发展和极大普及，这对于有着丰富电影实践的白蛇故事而言，意味着一种新的传播形态又一次将其推向社会大众。电视剧作为一种新艺术形态，依存于极具渗透力的传播媒介电视网络之上。在我国香港、台湾，新加坡和我国大陆相继拍摄了 6 部电视剧，而且夏祖辉导演的港台合作完成的电视剧《新白娘子传奇》在近十多年来创下了很高的收视率和久播数年的传播佳绩。就 2007 年而言，《白蛇传》的平均收视率为 3.35%；单集最高收视率为 5.49%，平均收视份额为 9.54%(央视收视中心调查数据)。这可以说是白蛇故事在电视传播中的成功典范。一定程度上，当代中国对白蛇故事的传承与记忆都被融入《新白娘子传奇》之中，而赵雅芝饰演的白娘子也以其温柔、贤良、漂亮而成为中国家庭女性的象征。同一时期出现的三部电影，一部是京剧版、一部是舞台剧、一部是英国电影，尽管也对白蛇故事的传播产生了影响，但基本上被电视剧传播所取代。

这一时期的书面传播较少，但其探索性却不容忽视。除了记录式的书面传播(如孙蓉蓉编写的《白蛇传》①)，香港作家李碧华创作的小说《青蛇》②和大陆作家李锐夫妇合写的《白蛇传》重述小说《人间》③，都有着巨大的传播意义和建构价值。《青蛇》反笔而出，将副角

---

① 孙蓉蓉. 白蛇传[M]. 南京：江苏古籍出版社，2000.

② 李碧华. 青蛇[M]. 香港：天地图书有限公司，1995.

③ 李锐. 人间[M]. 重庆：重庆出版社，2007.

青蛇转入故事中心，以消解经典的视角拓展了《白蛇传》的人物形象，赋予了新的内涵。这类作品还包括《潘金莲之前世今生》(《金瓶梅》与《水浒传》)及《霸王别姬》(昆曲老本《千金记》)等，女性主义对故事的探索性表达得到充分显现。这在当代思潮多元并生的背景下，对于白蛇故事的新发展注入了鲜活的力量。《人间》有着另一种传播意义，它是在全球化的重述神话行动中得以孕育而生的，是全球性的大型国际图书合作项目"重述神话"书系的子项目。正如李锐所言，本来他打算写的不是《白蛇传》，而是后羿射日的故事，但后来却和作家叶兆言重述的《后羿》有了冲突，最后就选择了《白蛇传》。"关于《白蛇传》的故事几乎是家喻户晓，现在既然要重述，那就要跳出老神话的框，就要写出新意来。用什么样的故事、情节，用什么样的细节来表达和原来这个故事不同的想法，这对我们来说是很大的挑战和考验。"基于此想法，李锐夫妇大胆想象，最终让呈现出的《人间》与以往大家所了解的《白蛇传》有很大不同。小说中为人类做出牺牲并被人类从正统典籍中驱逐的英雄——白蛇，将她的血放出来救了法海和千千万万自私而愚昧的村民后，却被法海和村民们逼得当众自杀；青蛇则惨死在自己舍命相救的情郎"范巨卿"的刀下；法海这个角色被彻底颠覆。《人间》所诠释的神话，并非一个爱情故事所能承载，更重要的是藏在其背后的深意，即因为身份不同，白蛇在人间所遭遇的生存危机。尤其是小说中，《法海手札》的出现成为故事"真实性"的依据，也成为叙述的推动力，法海成了一个大彻大悟的悲剧式人物。除了建构性价值，最为重要的是，全球化传播将《人间》运作于世界其他国家的出版发行系统之中，世界性的合作传播对白蛇故事的深远传承还将起到重要作用。

《白蛇传》在现代文化的书面媒介中得到主流文化的关注与发掘。

《白蛇传》在现代文化的书面媒介中得到主流文化的关注与发掘，它的传播主体、传播机制和传播效果方面都获得了十分有利的条件。这是现代传播媒介给予《白蛇传》从内容到影响多个层次的有力推动。《白蛇传》的民间传承被上升到精英传承和民族国家传承的主流层面，民间传承的口头线索从此得到主流传承的书面线索的补充和强化，一定意义上主流传承成了《白蛇传》故事的传承主线，口头线索被掩盖起来。另外，在现代文化的传播体系里白蛇故事成为中国现代女性意识形态的一面镜子，书面媒介传播在现代性维度上重新建构了《白蛇传》故事。2005 年 6 月，“白蛇传传说”被列入国务院公布的“第一批国家非物质文化遗产名录”。白蛇故事传统以国家意识形态的方式得到保护与传承，这是一种全新的故事传承机制，对于其他媒介的传承提供了一个相对经典的文本制度，尊重与重述将成为此后《白蛇传》传播与传承的基本趋势。

三

还有一些问题可以从以上讨论中延伸出来，而且，在媒介与故事的关系命题中，借助对现代《白蛇传》的形态考察，还可以深入发掘一些有重要价值的基本事实。这些媒介现象目前还难以进一步地作出讨论，是本课题未来延伸、拓新的重要资源：其一，网络媒介的虚拟性对故事的全面渗透；其二，人作为媒介的现象，在人类故事活动中的具体意义。

网络媒介对人的媒介功能的借用非常广泛，以其数字技术虚拟创造了“数字人”。“数字人”的形态、功能与表演媒介中的“人”不存在本质上的媒介差异，但是，这种“数字人”必须依赖网络媒介与数字技术才有可能存在。而人这种媒介则具有自足性。这也就是说，尽管网络媒介可以创造和实现人的媒介功能，但事实上这种媒介意义上的“人”已与现实中作为媒介的人有着巨大之别。这种差别，就是网络媒介所创造的虚拟的与现实主体互动的网络世界。不过，“数字人”确实在网络世界中取代了人这种具有艺术创造性的媒介，它延续和发展了作为媒介的人的功能和价值。从人这种媒介在故事建构中的发展历史来看，技术对人这种媒介产生着重要影响。在原始的表演媒介中，技术性力量较弱，人的主体性在媒介中较为显著；随着技术性力量的增强，人的媒介性也得到较大发展，而在技术性直接建构的网络系统中，人的媒介性也被虚拟化。这种发展趋向，事实上也折射了技术与人的文化关系，二者的交互影响呈现出一定的消长关系，是否可以这样推论：技术性越发达，人的主体性也相对受到挤压？从人的媒介性出发找到的这个追问，也许正是人类面对当代技术所需要研究的大课题，也是必须思考和回应的大问题。

随着技术性力量的增强，人的媒介性也得到较大发展，而在技术性直接建构的网络系统中，人的媒介性也被虚拟化。

人的媒介性在表演媒介中得到进一步发掘。“人”这种媒介正如黑格尔所言，是“整个的人以再造的方式去原有艺术都是以无生命的物体作为感性媒介，而戏剧艺术中的人这种充满生命活力的感性实体成为艺术媒介。

表演由人创造的艺术作品”，于是，我们见出了媒介的一个新的特点：原有艺术都是以无生命的物体作为感性媒介，而戏剧艺术中的人这种充满生命活力的感性实体成为艺术媒介。正是由于这一变化，戏剧艺术中的人的灵动的表演、导演(诗人)生命的精神理解都可以活跃起来，主体性因此可以超越静态感性媒介和语言媒介而显著地突显出来。但是，在此我们必须强调的是，尽管戏剧艺术以人为媒介，但其诗的艺术基础、语言媒介的基础则是人这一媒介的先在条件。媒介并非可以表现所有的对象，也并非对象在任何媒介中都能得到有效表现。这即是说明，单一的艺术媒介的局限性，它自身的性质与感性显现方式一定程度上也有精神指向，或者说对于某种精神性对象更具表现力。人的感性外观是纯感性媒介；人的声音则处于纯感性向观念性过渡的媒介；人的语言及其构成的艺术则是观念性媒介。而当人作为表演者处于戏剧艺术的中心时，这些媒介特性就不可能显出各自的独立性，而是融合表演者于一体，成为人们建立新的审美观念的基础，也是戏剧艺术走向观众的基本媒介。黑格尔对作为媒介的人的深入地讨论，是我们思考人的媒介性的基本理论来源。在黑格尔的讨论中，主要就主体性与人的身体官能的特殊性两方面作出分析。具有主体性的人在舞台表演过程中实践着一种媒介功能，其主体性是隐藏的，但同时他又以媒介身份履行着角色的主体性，以一种主体的媒介功能来实现另一种主体性，从而实现模仿目的。另外，人的外形(尤其那充满生命活力的、光泽透明、质感明媚的肌肤)和声音(亮丽清新、悠扬婉转、雄浑高亢)在舞台表演中具有独一无二的媒介优势，可以创造出属于人这种媒介才可能实现的艺术来。将这一讨论延伸到影视媒介之中，还可以寻找到一些新的问题和线索。戏剧媒介大多将人脸谱化和符号化，突出其角色的定型品格，这种定型是以其外在形象的定型为基础的。这也是表演媒介区别于书面媒介的一大特征。书面媒介没有提供具象媒介，因而其人物形象多属个性化的想象之物。影视媒介自然也有定型化的媒介局限，然而，就其与戏剧媒介相较而论，人这种媒介却具有相对个性化的取向，不同表演者对同一角色的塑造可以形成相对不同的风格。不过总体说来，人作为媒介在表演媒介中创造具象、直观的角色形象，生动、鲜明，趋于定型化。

故事的媒介形态考察，目的不是重述或转引既有研究的现状与观点，而是借此来描绘一个媒介框图。在这一框图结构中，所有故事都被媒介线索串联起来，于是，真正的研究动机逐渐显出其模糊的面孔：符号学意义上，故事与媒介形态具有怎样深刻而隐蔽的互动关系？比较故事学意义上，是什么样的媒介艺术决定了同一故事长此以往传承于世而魅力依旧？又是出于怎样的媒介因素，不同的故事并不总适宜任何媒介环境呢？更进一步的问题是：媒介的深刻变化将导致故事生态状况面临何等的命运与遭遇？从艺术媒介的历史来看，艺术媒介历经了两次大的转折：

故事的媒介形态考察，目的不是重述或转引既有研究的现状与观点，而是借此来描绘一个媒介框图。

第一次转折，即实体性媒介中，人与一些有生命的事物成为艺术媒介，从而由非生物媒介向生物媒介延伸

(石头、陶瓷、颜料等→人)。

第二次转折，即计算机技术与通信技术成为艺术媒介，虚拟世界成为现实，从而由实体性媒介向虚拟性媒介延伸(石头、颜料、人→数字演员)。

艺术媒介存在着两种大的类型，一是实体性媒介，一是虚拟性媒介。

这也就是说，艺术媒介存在着两种大的类型，一是实体性媒介，一是虚拟性媒介。一方面，前者向后者的不断延伸中，故事的想象性被破坏，但其想象性的表现则得到一定程度的保证。另一方面，在艺术史视野下，建筑、雕刻、绘画等的审美中心向诗、戏剧、影视剧等娱乐中心转移，故事的意义承载功能也开始向娱乐承载功能转型，故事的价值在转型中受到重塑或削减。菲希尔指出：人在本质上是故事叙述者；人在做出决策和传播中是以寻找“好理由”为尺度的；“好理由”是个人的历史、文化、教育等的产物；理性的尺度应以作为叙事的人来定，而叙事的尺度应以可信和忠实来定；我们所认识的、赖以生存的整个世界就是由连串的故事组成的，我们听别人讲故事，同时又讲故事给别人听。以此推论，在人类传播活动中，故事具有根本性地位，因为它给我们人类的各种经验带来结构。世界上的一切，不论是事实，还是经验，并不以独特和零散的形式呈现给我们，而是以某种叙事形式将这些经验和事实有机地串联起来的。正因为那种叙事形式，那些抽象的原则、规定和观念才深入人心。值此，我们需要深入反思人类在叙事动机与叙事可能之间的张力关系：叙事动机源于人类对意义的先天性需求，这种先验论的叙事本能的表现即是故事的存在；而叙事可能则是建构意义与体验意义的一种实践。在日益技术化的时代，叙事可能性主要以叙事媒介的方式显现出来，尽管也需要主体的参与，但媒介的可能性已不可替代地成为叙事可能性。而随着人类技术的不断开发与运用，技术在一步步侵蚀人类的主体性，由此产生的叙事实践也由主体叙事转化为技术化的媒介叙事，人类对永恒的意义寻求从此与偏离甚至抛弃人类的技术媒介分道扬镳，最能蕴藏意义的故事在这种紧张关系中也开始了凋谢、乏味的生命历程。

这些亟待深入探索的命题，既是《白蛇传》媒介因素研究的扩展性课题，也是媒介形态与故事建构相关性的理论问题。作为一种反思，对于补充本书的某种片面性与论证缺失，对于说明本书的价值与研究趋势，笔者期冀有一定的作用。

参考文献

著作类

[1]罗杰·菲德勒. 媒介形态变化[M]. 明安香，译. 北京：华夏出版社，2000.

[2]大卫·麦克奎恩. 理解电视[M]. 苗棣，赵长军，等，译. 北京：华夏出版社，2003.

[3]亚里士多德. 亚里士多德全集：第1卷[M]. 苗力田，译. 北京：中国人民大学出版社，1997.

[4]狄德罗. 狄德罗美学论文选[M]. 张冠尧，译. 北京：人民文学出版社，1984.

[5]伍蠡甫，胡经之. 西方文艺理论名著选编[M]. 北京：北京大学出版社，1986.

[6]莱辛. 拉奥孔[M]. 朱光潜，译. 北京：人民文学出版社，1979.

[7]席勒. 审美教育书简[M]. 张玉能，译. 南京：译林出版社，1988.

[8]黑格尔. 美学[M]. 朱光潜，译. 北京：商务印书馆，1997.

[9]杜威. 艺术即经验[M]. 高建平，译. 北京：商务印书馆，2005.

[10]伍蠡甫. 西方文论选：下卷[M]. 上海：上海译文出版社，1979.

[11]维特根斯坦. 哲学研究[M]. 汤潮. 范光棣，译. 北京：生活·读书·新知三联书店，1986.

[12]奥古斯丁. 忏悔录[M]. 向云常，译. 北京：华文出版社，2003.

[13]张寅德. 叙述学研究[M]. 北京：中国社会科学出版社，1989.

[14]阿多诺，霍克海默. 启蒙辩证法[M]. 渠敬东，等，译. 上海：上海人民出版社，2003.

[15]叶潮. 超越媒体：一个"整合型媒体"推动区域社会经济发展的风云历程[M]. 北京：中国社会科学出版社，2000.

[16]汤林森. 文化帝国主义[M]. 上海：上海人民出版社，1999.

[17]哈罗德·伊尼斯. 帝国与传播[M]. 何道宽，译. 北京：中国人民大学出版社，2003.

[18]大卫·阿什德. 传播生态学——控制的文化范式[M]. 邵传泽，译. 北京：华夏出版社，2003.

[19]诺斯. 制度、制度变迁与经济绩效[M]. 刘守英，译. 上海：上海三联书店，1994.

[20]丁乃通. 中西叙事文学比较研究[M]. 武汉：华中师范大学出版社，2005.

[21]中国民间文艺研究会浙江分会. 白蛇传论文集[M]. 杭州：浙江古籍出版社，1986.

[22]中国民间文艺研究会研究部. 民间文学论文选[M]. 长沙：湖南人民出版社，1982.

[23]人民文学出版社古典文学编辑室. 中国古典文学论丛[M]. 北

京：人民文学出版社，1986.

[24]李刚. 谈“白蛇传”[M]. 北京：通俗文艺出版社，1956.

[25]曹聚仁. 文坛五十年[M]. 上海：东方出版中心，1997.

[26]袁进. 中国文学观念的近代变迁[M]. 上海：上海社会科学出版社，1996.

[27]向燕南，匡长福. 鸳鸯蝴蝶派言情小说集萃[M]. 北京：中央民族出版社，1993.

[28]王一川. 文学理论[M]. 成都：四川人民出版社，2003.

[29]丁乃通. 中国民间故事类型索引[M]. 孟慧英，等，译. 沈阳：春风文艺出版社，1983.

[30]艾伯华. 中国民间故事类型[M]. 北京：商务印书馆，1999.

[31]全国编辑委员会. 中国民间故事集成[M]. 北京：中国 ISBN 中心，1998.

[32]大卫·宁. 当代西方修辞学：批评模式与方法[M]. 常昌富，译. 北京：中国社会科学出版社，1998.

[33]杨威. 中国传统日常生活世界的文化透视[M]. 北京：人民出版社，2005.

[34]阿尔伯特·贝茨·洛德. 故事的歌手[M]. 尹虎彬，译. 北京：中华书局，2004.

[35]约翰·迈尔斯·弗里. 口头诗学：帕里—洛德理论[M]. 朝戈金，译. 北京：社会科学文献出版社，2000.

[36]王岳川. 艺术本体论[M]. 上海：生活·读书·新知三联书店上海分店，1994.

[37]葛兆光. 中国思想史·导论[M]. 上海：复旦大学出版社，2001.

[38]钟敬文. 民俗文化学[M]. 北京：中华书局，1996.

[39]顾颉刚．民俗学论集[M]．上海：上海文艺出版社，1998．

[40]张寅德．叙述学研究[M]．北京：中国社会科学出版社，1989．

[41]詹姆斯·费伦．作为修辞的叙事[M]．陈永国，译．北京：北京大学出版社，2002．

[42]雅克·德里达．书写与差异[M]．张宁，译．北京：生活·读书·新知三联书店，2001．

[43]张恨水．白蛇传[M]．太原：北岳文艺出版社，1993．

[44]李碧华．青蛇[M]．北京：人民文学出版社，1995．

[45]李锐．人间[M]．重庆：重庆出版社，2007．

[46]蒋勋．舞动白蛇[M]．桂林：广西师范大学出版社，2004．

[47]谭正璧，谭录．弹词叙录[M]．上海：上海古籍出版社，1981．

[48]田汉．田汉戏曲选：下[M]．长沙：湖南人民出版社，1980．

[49]张庚，郭汉诚．中国戏曲通史[M]．北京：中国戏剧出版社，1981．

[50]伊尼斯．帝国的传播[M]．何道宽，译．北京：中国人民大学出版社，2003．

[51]李显杰．电影叙事学：理论与实践[M]．北京：中国电影出版社，2000．

[52]热拉尔·热奈特．叙事话语 新叙事话语[M]．王文融，译．北京：中国社会科学出版社，1998．

[53]罗钢．叙事学导论[M]．昆明：云南人民出版社，1994．

[54]迈克尔·海姆．从界面到网络空间——虚拟实在的形而上学[M]．金吾伦，刘钢，译．上海：上海科技教育出版社，2000．

[55]乔治·布鲁斯东．从小说到电影[M]．高俊千，译．北京：中

国电影出版社，1981.

[56]王行之. 老舍论剧[M]. 北京：中国戏剧出版社，1981.

[57]林黎胜. 影像本体论：作为创作的电影[M]. 北京：中国电影出版社，2003.

[58]爱德华·默里. 十部经典影片的回顾[M]. 张婉晔，等，译. 北京：中国电影出版社，1986.

[59]巴赞. 电影是什么[M]. 北京：北京大学出版社，2000.

[60]杨新敏. 电视剧叙事研究[M]. 北京：文化艺术出版社，2003.

[61]周贻白. 周贻白戏剧论文选[M]. 长沙：湖南人民出版社，1982.

[62]杜骏飞. 网络媒介学[M]. 南京：南京大学出版社，2005.

[63]马塞尔·马尔丹. 电影语言[M]. 何振淦，译. 北京：中国电影出版社，1980.

[64]刘立行. 电影理论与批评[M]. 台北：五南图书出版有限公司，1997.

[65]朱狄. 当代西方美学[M]. 北京：人民出版社，1984.

[66]狄更斯. 狄更斯小说集[M]. 黄杰，等，译. 上海：上海译文出版社，1988.

[67]尤列涅夫. 爱森斯坦论文选集[M]. 魏边实，等，译. 北京：中国电影出版社，1962.

论文类

一、媒介理论

[1]樊昌志. 媒介生态位与媒体的生机[J]. 湘潭大学学报，2003(6).

[2]佘文斌．网络传播的控制方式[J]．理论观察，2004(3)．

[3]李明伟．新媒介形态与新尺度[J]．北京理工大学学报：社会科学版，2004(2)．

[4]廖健春．网络文学[J]．经济与社会发展，2004(2)．

[5]李凤亮．文学人类学批评[J]．南京社会科学，2004(3)．

[6]王列生．文艺人类学[J]．社会科学战线，2004(4)．

[7]庄锡华．总结时代的文学理论[J]．江苏社会科学，2004(4)．

[8]泓峻．修辞论视角[J]．兰州大学学报，2004(4)．

[9]王先霈．20 世纪文学理论批评[J]．文艺研究，2004(2)．

[10]叶青．互联网与文学未来[J]．江西社会科学，2003(12)．

[11]宋家宏．网络文学与民间文学[J]．云南文艺评论，2003(4)．

[12]姜英．网络文学的文体学创新[J]．中南大学学报，2003(5)．

[13]欧阳友权，等．网络文学笔谈[J]．中南大学学报，2003(5)．

[14]于德山．中国网络叙述学[J]．社会科学战线，2004(1)．

[15]王本朝．文学传播与中国现代文学[J]．贵州社会科学，2004(1)．

[16]张宏．现代叙事中的个体言说[J]．淮阴师范学院学报，2004(2)．

[17]于文秀．批判性的大众媒介理论[J]．天津社会科学，2004(3)．

[18]欧阳友权．网络叙事：上[J]．文艺理论研究，2004(3)．

[19]童庆炳．再谈文化诗学[J]．学术研究，2004(3)．

[20]谢新洲．媒介依赖理论在互联网环境下的实证研究[J]．石家庄经济学院学报，2004(2)．

[21]鲍德里亚．媒介理论[J]．外国文学评论，2004(2)．

[22]陈翔．媒介整合社会：建构媒介功能新理论[J]．西南民族大

学学报，2004(4).

[23]韦路. 媒介是讯息还是权力[J]. 华中理工大学学报：社会科学版，2004(1).

[24]李凤亮. 大众文化时代的文艺未来[J]. 烟台大学学报，2003(4).

[25]欧阳友权. 人民文学重新出发[N]. 文艺报，2004-01-31.

[26]严晓蓉. 现代传媒时代文学的异变[J]. 海南师范学院学报，2003(5).

[27]王红春. 媒体时代文艺的生存状况论略[J]. 三峡大学学报，2003(5).

[28]杜军. 网络文学的生产与消费辨析[J]. 社会科学论坛，2003(9).

[29]汤爱丽. 论网络文学的交互性/超文本性[J]. 天津社会科学，2003(5).

[30]欧阳友权. 网络文学的后现代文学转移[J]. 三峡大学学报，2004(3).

[31]习传进. 文学人类学[J]. 天津社会科学，2004(2).

[32]王菊丽. 叙事学研究的文化全球化特征[J]. 烟台师范学院学报，2004(2).

[33]黄永林. 20世纪文学对民间语言的运用[J]. 广西师范学院学报，2004(2).

[34]孙景尧. 文学与副文学[J]. 温州师范学院学报，2004(3).

[35]陈泳超. 钟敬文思想研究[J]. 民俗研究，2004(1).

[36]平措.《格萨尔》的书面化[J]. 西藏大学学报，2004(2).

[37]曹顺庆. 重释文学性[J]. 湖南社会科学，2004(1).

[38]卢伟. 文学语言的语料库方法[N]. 文艺报，2004-03-25.

[39]李国文. 想象力到哪里去了[J]. 文学自由谈, 2004(1).

[40]孔明安. 鲍德里亚的大众媒体批判理论[J]. 南京大学学报, 2004(2).

[41]周春妮. 试析网络传媒的优势及发展趋向[J]. 内蒙古科技与经济, 2004(3).

[42]李芳. 网络传播与受众心理的建构[J]. 沈阳教育学院学报, 2004(1).

[43]张楠. 从媒介现实到受众现实[J]. 安徽广播电视大学学报, 2004(1).

[44]孔德明. 产业变革中的媒介社会化[J]. 传媒, 2004(3).

[45]江岩. 德国传媒业进入萧条期[J]. 传媒, 2004(3).

[46]樊亚平. 论全球化媒体对公共领域的冲击[J]. 兰州大学学报, 2004(1).

[47]张开. 提高媒介传播效果途径新探[J]. 现代传播, 2004(1).

[48]张杨. 关于媒介功能的一种文化视角[J]. 现代传播, 2004(1).

[49]张骏德. 传媒结构变化及趋势[J]. 新闻记者, 2004(3).

[50]鲁海曦. 从千龙网看网络生存空间的转变[J]. 中国广播电视学刊, 2004(2).

[51]葛小娟. 手机：第五媒体[J]. 中国广播电视学刊, 2004(2).

[52]邵培仁. 媒介产业管理发展的十大趋势[J]. 中国广播电视学刊, 2004(2).

[53]陈惟金. 论大众传媒与当代审美文化的特征[J]. 青年思想家, 2004(1).

[54]彭宁. 大众传播媒介的对话意识分析[J]. 广西社会科学, 2004(9).

[55]周志平．媒介产业的多元化经营[J]．当代传播，2004(4)．

[56]袁薇佳．网络传播的社会控制分析[J]．佳木斯大学社会科学学报，2004(5)．

[57]卡童蒂．在文本分析与接受研究之间协商程序[J]．世界电影，2004(2)．

[58]任学文．媒体信息的多重开发[J]．新闻学苑，2004(3)．

[59]郑晓欢．传媒的小众化趋向与大众拓展[J]．新闻学苑，2004(3)．

[60]荀洁．以社会性别理论考察网站中的女性频道[J]．新闻与传播研究，2004(2)．

[61]何国平．论媒介公信力的生成与维系[J]．新闻与传播研究，2004(2)．

[62]周小普．大众传播的平民化、人际化追求[J]．中国广播电视学刊，2004(7)．

[63]吴东英．香港报刊语言口语化的表现形式和功能[J]．当代语言学，2004(3)．

[64]孔繁玲．建立网络媒体国际监管体系的设想[J]．行政论坛，2004(3)．

[65]欧阳友权．网络传播与社会文化[J]．桂海论丛，2004(3)．

[66]刘年辉．试论全球化语境中的受众[J]．湖南大众传媒职业技术学院学报，2004(1)．

[67]许加彪．传播哲学与间接先行者：论杜威对传播学研究的贡献[J]．新闻大学，2004(1)．

[68]彭泰权．试论媒介的组织文化[J]．国际关系学院学报，2004(3)．

[69]李春媚．四大媒体特征论[J]．湖南大众传媒职业技术学院学

报，2004(1).

[70]陈杰. 千龙：东方生存模式分析[J]. 湖南大众传媒职业技术学院学报，2004(1).

[71]方兴东. 博客与传统媒体的问题和对策[J]. 湖南大众传媒职业技术学院学报，2004(2).

[72]张谦. 论新兴电子媒体对受众心理的影响[J]. 湖南大众传媒职业技术学院学报，2004(2).

[73]闵惠泉. 对话意义的诠释：大众传播[J]. 现代传播，2004(2).

[74]王德胜. 大众传播与当代艺术状况[J]. 现代传播，2004(2).

[75]臧海群. 审美经验与文化研究中的“闻听人”：大众传播[J]. 新闻大学，2004(1).

[76]丁和根. 大众传媒话语分析的理论和方法[J]. 新闻与传播研究，2004(1).

[77]王颖吉. 媒体共谋与足球神话的诞生[J]. 新闻与传播研究，2004(1).

[78]李蕾. 受众：大众媒介推动社会现代化进程的桥梁[J]. 新闻与传播研究，2004(1).

[79]王国珍. 女性受众与传媒中的女性形象[J]. 浙江师范大学学报，2004(3).

[80]陈力丹. 近年来我国新闻传播学研究概述[J]. 政治学院学报，2004(3).

[81]陈蓉. 试论新闻网络的经营模式[J]. 电视研究，2004(3).

[82]徐耀魁. 传播学的发展[J]. 北京理工大学学报，2003(1).

[83]刘芳. 流言的传播与控制[J]. 北京印刷学院学报，2004(1).

[84]陈先元. 作为媒介的世界遗产[J]. 上海交通大学学报，2004

(3).

[85]于文秀. 批判性的大众媒介理论[J]. 天津社会科学, 2004(3).

[86]卢山冰. 传播学理论百年回眸[J]. 西北大学学报, 2004(3).

[87]周莉. 如何看待媒介权力异化[J]. 党政干部论坛, 2004(5).

[88]刘华宾. 媒介产业发展研究面临新课题[J]. 电视研究, 2004(4).

[89]陆小华. 数字媒体观与传媒运行模式变革[J]. 电视研究, 2004(2).

[90]阳美燕. 媒介营销时代的舆论传播[J]. 湖南大学学报, 2004(3).

[91]蔡祺. 女性主义媒介研究初探[J]. 湖南师范大学学报, 2004(3).

[92]戴双宝. 鲍德里亚媒介理论的若干问题[J]. 外国文学评论, 2004(2).

[93]陈翔. 媒介整合社会：建构媒介功能新理论[J]. 西南民族大学学报, 2004(4).

[94]殷俊. 第五媒体：社会学视角的分析[J]. 西南民族大学学报, 2004(4).

[95]陈雪虎. 走向媒介文化研究[J]. 北京师范大学学报, 2004(2).

[96]沈国芳. 中国传媒应对变化中的受众心态[J]. 湖南社会科学, 2004(2).

[97]张玉. 论网络传播十大特征[J]. 商丘职业技术学院学报, 2004(1).

[98]金春郊. 试述“把关人”在网络传播中的地位[J]. 孝感学院学

报，2004(2).

[99]陆道夫．多伦多传播学派媒介初探[J]．学术论坛，2004(2).

[100]付玉辉．试论宽带对传播的影响[J]．北京理工大学学报，2004(1).

[101]曾耀农．罗宾斯媒介理论及在中国的传播[J]．北京理工大学学报，2004(1).

[102]章辉美．传媒与社会变迁[J]．江汉论坛，2004(3).

[103]李岗．媒介即讯息与沃尔夫假说[J]．西南民族大学学报，2004(1).

[104]张兰菊．大众文化的更新与传媒责任[J]．陕西广播电视大学学报，2004(1).

[105]王一川．大众媒介与审美现代性的生成[J]．学术论坛，2004(2).

[106]芮必锋．人际传播：表演艺术——欧文-戈夫曼的传播思想[J]．安徽大学学报，2004(4).

[107]佘文斌．网络传播的控制方式[J]．理论观察，2004(3).

[108]贺建平．鲍德里亚传播学思想解读[J]．西南政法大学学报，2003(6).

[109]刘水平．作为媒介文化的大众文化[J]．云梦学刊，2004(4).

[110]李明伟．媒介分析理论的宏大观照[J]．北京理工大学学报，2004(2).

[111]郑智斌，等．网络传播与传统新闻传播互动论[J]．南昌大学学报，2004(3).

[112]郭斌斌，等．网络时代：媒介传播及传播类型的统合与嬗变[J]．东方论坛，2004(3).

[113]周海英．博客的传播学分析[J]．江西社会科学，2004(7).

[114]许舒，等. 网络 BBS 与媒介批评[J]. 大连民族学院，2004(4).

[115]张艳秋. 加拿大媒介素养教育透析[J]. 现代传播，2004(3).

[116]陈文敏. 短信文化与传播诉求[J]. 湖南大众传媒职业技术学院学报，2004(3).

[117]刘晔骁. 传播效果：假设性效果观的理论[J]. 吉首大学学报，2002(5).

[118]李磊明. 研究受众选择行为　提高媒体竞争力[J]. 电视研究，2002(10).

[119]肖海峰. 四大媒介竞争格局分析[J]. 广播电视信息，2002(10).

[120]陈菡蓉. 中国媒介调查现状与发展[J]. 广播电视信息，2002(10).

[121]陈吉利. 试论媒介的信息传播功能及特性[J]. 江汉石油学院学报，2002(4).

[122]肖燕雄. 传媒受控论[J]. 求索，2002(5).

[123]向淑君. 网络媒体研究的现状与对策[J]. 三峡大学学报，2002(5).

[124]杨艳珊. 伊莱休-卡茨：在背景中考察媒介效果[J]. 现代传播，2002(5).

[125]蔡雯. 细分化市场中的媒介定位策略[J]. 新闻世界，2002(10).

[126]欧阳友权. 网络的文学栖居与诗性祛魅[J]. 东方丛刊，2002(3).

[127]李衍柱. 数字化时代与文学艺术笔谈[J]. 山东文学，2002(10).

[128]欧阳友权. 论网络文学的精神取向[J]. 文艺研究，2002(5).

[129]高万云. 文学语言的哲学思考[J]. 天津社会科学，2002(5).

[130]蔡志诚. 色彩语言的审美作用[J]. 语文知识，2002(10).

[131]尹虎彬. 20 世纪史诗学述评[J]. 民族文学研究，2002(3).

[132]普罗普. 神奇故事的结构研究与历史研究[J]. 民俗研究，2002(3).

[133]古迪. 从口头到书面：故事讲述史的人类学突破[J]. 民族文学研究，2002(3).

[134]唐湘.《俄狄浦斯王》编剧法新探[J]. 福建师范大学学报，2002(4).

[135]肖锋. 象形文字与中国古代文论[J]. 乐山师范学院学报，2002(5).

[136]张晓平. 文字引导下的图像阅读[J]. 当代文坛，2002(5).

[137]钱旭初. 大众文化时代的文学样式：网络文学论[J]. 江苏社会科学，2002(6).

[138]陈斯华. 从网络文学看网络媒体对传统文学文本的改写[J]. 山东大学学报，2002(6).

[139]王新萍. 网络文学的界定及其特征[J]. 西南民族大学学报，2002(11).

[140] 严锋. 超文本和跨媒体的文学：网络文学[J]. 中国比较文学，2002(4).

[141]傅学敏. 中国现代戏剧文学的诗学领域[J]. 戏剧文学，2002(10).

[142]徐志强. 论画面感对摄影文学的制约[J]. 江汉论坛，2002(10)

[143]尤游. 提升与超越：电视剧《让爱作主》与原作小说的对比阅

读[J]. 当代文坛，2002(5).

[144]马晓颖.《世界上最疼我的那个人去了》的创作手记[J]. 电影艺术，2002(6).

[145]盘剑. 走向泛文学：论中国电视剧的文学化生存[J]. 文学评论，2002(6).

[146]徐海龙. 戏剧场的消失和转化：三种电视戏曲模型巡视[J]. 戏剧，2003(3).

[147]黄鸣奋. 系统仿真：数码时代的艺术走向[J]. 南京师范大学学报，2002(3).

[148]姜玢. 20世纪30年代上海电影院与社会文化[J]. 学术月刊，2002(11).

[149]周亚祥. 信息传播中的语言符号概念[J]. 抚州师范专科学校学报，2002(2).

[150]郭光华. 论网络交往中“沉默的螺旋”假说的局限[J]. 湖南师范大学学报，2002(6).

[151]胡泳. 媒体变革：公众的角度[J]. 读书，2002(12).

[152]覃信源. 传统媒体如何应对互联网挑战[J]. 广西广播电视研究，2002(3).

[153]丁和根. 论大众传播研究的符号学方法[J]. 新闻大学，2002(4).

[154]傅腾霄. 关于摄影文学基本特征的反思[J]. 常德师范学院学报，2002(6).

[155]成东方，徐珂. 关于摄影文学的对话[J]. 文艺理论与批评，2002(6).

[156]盖生. 摄影文学的经典化取向[J]. 常德师范学院学报，2002(6).

[157]何希凡. 新时期中国文学与影视文学的互动及其未来走向[J]. 四川师范学院学报，2002(6).

[158]叶坚. 试论广播剧文学剧本创作的视觉效应[J]. 视听纵横，2002(6).

[159]刘秀梅. 语言艺术与影视艺术的审美整合[J]. 学习与探索，2002(6).

[160]阎景娟. 影视剧的文学性与文学的电影性[J]. 中国电视，2002(11).

[161]张蓝. 动画创作与观众心理[J]. 中国电视，2002(12).

[162]路遥. 评《雍正王朝》的叙事策略[J]. 晋阳学刊，2002(6).

[163]赵志立. 网络传播条件下的“使用与满足”：一种新的受众观[J]. 当代传播，2003(1).

[164]李其. 中国通俗思想与传播[N]. 经济观察报，2003-02-24.

[165]姜涛. 关于城市传媒对城市人群社会化的功能与途径分析[J]. 社会科学，2003(1).

[166]张楠. 对网络媒体受众的一些思考[J]. 广东工业大学学报，2002(4).

[167]张永璟. 深入认识网络文学的真实面目[J]. 华南师范大学学报，2002(6).

[168]何志钧. 摄影文学的背后：摄影文学的审美解析[J]. 华中农业大学学报，2002(4).

[169]庄伟杰. 摄影文学：徜徉于图像与文学之间的边缘文体[J]. 华中农业大学学报，2002(4).

[170]范伯群. 俗文学的内涵及雅俗文学之界[J]. 江苏大学学报，2002(4).

[171]朱国华. 口传文学：作为元叙事的符号权力[J]. 求是学刊，

2003(1).

[172]蔚蓝. 论新闻媒介与文学的互动关系[J]. 当代文学研究资料与信息, 2002(6).

[173]曹文心. 古希腊与中国先秦叙事文学的比较研究[J]. 淮北煤炭学院学报, 2002(6).

[174]王锺陵. 文学民间源流论的形成及其失误[J]. 学术研究, 2002(12).

[175]胡芝风. 戏曲眼神表演规律研究[J]. 戏剧丛刊, 2002(6).

[176]郭亚琼. 新时期实验戏剧颠覆文学语言的策略分析[J]. 贵州大学学报, 2002(4).

[177]波特, 等. 叙事事件的重新诠释: 电视叙事结构分析[J]. 世界电影, 2002(6).

[178]陈林侠. 论影像叙事策略中的张力结构[J]. 戏剧, 2002(4).

[179]金丹元. 论当代后影像文本中的几种叙事类型[J]. 戏剧艺术, 2002(6).

[180]张仲年. 对电视剧本性的再认识[J]. 戏剧艺术, 2002(6).

[181]冯果. 试析电影演员的四种表演状态[J]. 湖南大众传媒职业技术学院学报, 2002(4).

[182]储小昷. 网络语言与传统语言之比较[J]. 重庆师范学院学报, 2003(6).

[183]马大康. 媒介变革与语言诗意危机[J]. 温州师范学院学报, 2003(6).

[184]李磊明. 叙事媒体转换: 叙事学研究的理论空白[J]. 电视研究, 2003(12).

[185]孟令霞. 非言语交际手段在文学作品中的运用[J]. 佳木斯大学社会科学学报, 2003(6).

[186]陈建娜. 戏剧时间的叙事学分析[J]. 戏剧艺术，2003(6).

[187]秦俊香. 从改编的要素看文学名著影视改编的条件[J]. 北京电影学院学报，2003(6).

[188]邱昊. 浅谈意象修辞在电视文学中的运用[J]. 北京电影学院学报，2003(5).

[189]金莉. 论童话叙事的空间结构艺术[J]. 学术探索，2003(12).

[190]赵伟杰. 浮出网面的数字化文学：论网络文学的现状[J]. 鞍山师范学院学报，2003(5).

[191]管宁. 当代大众传媒与大众文艺[J]. 江汉论坛，2003(12).

[192]焦恒生，等. 民间口头文学评议[J]. 西安交通大学学报，2003(4).

[193]胡遂生，等. 崇高与悲壮/理想与抗争：论楚地古典神话的悲剧性[J]. 郧阳师范高等专科学校学报，2003(5).

[194]张时民，等. 媒体·叙事·本体：电影、小说文本比较论[J]. 北京电影学院学报，2003(6).

[195]张会军. 由数字技术引起的关于电影制作的观念[J]. 北京电影学院学报，2003(6).

[196]张静. 试论网络语言的传播[J]. 江西社会科学，2003(12).

[197]黄导俊. 口碑传播的基本研究倾向[J]. 浙江大学学报，2004(1).

[198]王力. 中国博客：草根传媒的胜利[J]. 人物，2004(1).

[199]贺晓兰. 受众行为习惯对媒体网络的影响[J]. 重庆邮电学院学报，2004(1).

[200]宋家宏. 网络文学：现代社会中的民间文学[J]. 云南文艺评论，2003(4).

[201]顾祖钊，宋丽丽，鲁枢元．摄影文学[N]．中国艺术报，2004-02-20.

[202]钱绿怡．电影的未来：融入第四媒体[J]．河南科技大学学报，2003(4).

[203]王昕．论电视戏说剧的民间故事特性[J]．当代电影，2004(1).

[204]江逐浪．隐身的说话人：中国影视剧与民间讲唱文学的关联[J]．当代电影，2004(1).

[205]金芝．戏曲电视剧的创作思维：再探戏曲与电视的融合之路[J]．艺术探索，2003(4).

[206]周鸿铎．传播效果研究的两种基本方法及其相互关系[J]．北京广播学院学报，2004(4).

[207]胡昌容．短信媒体及其文化冲击[J]．成都大学学报，2004(4).

[208]刘自力．新媒体带来的美学思考[J]．文史哲，2004(5).

二、文学媒介研究

[1]时宏宇．虚拟图像带来的新的审美性[J]．东方论坛，2004(4).

[2]魏天真．网络语境中文学写作的异质性[J]．江汉论坛，2004(9).

[3]蔡宇．论网络文学的两个基本特点[J]．理论观察，2004(4).

[4]李青春．文学理论的中介性与合法性[J]．汕头大学学报，2004(4).

[5]欧阳友权．话语平权的新民间文化[J]．社会科学辑刊，2004(5).

[6]杨新敏．网络文学：与谁交流？交流什么？[J]．社会科学辑刊，2004(5).

[7]黄鸣奋．比较文学视野中的网络文学研究[J]．社会科学辑刊，2004(5).

[8]王岳川．网络文化的价值定位与未来导向[J]．四川师范大学学报，2004(5).

[9]张春生．网络文学：无纸空间的自由书写[J]．天津社会科学，2004(5).

[10]欧阳友权．网络文学研究的前沿问题[N]．文艺报，2004-09-30.

[11]董馨．文学性探究与文学理论的建构[J]．西南师范大学学报，2004(5).

[12]孟方．摄影文学与诗画相融的中国画[J]．内蒙古工业大学学报，2004(1).

[13]朱志荣．电子媒介必然会推动文学的发展[J]．求是学刊，2004(5).

[14]姚文放．语言媒介与文学存在的理由[J]．求是学刊，2004(5).

[15]杨守森．数字化时代与诗意创造[J]．求是学刊，2004(5).

[16]王汉成．是文学还是文学性的网络游戏[J]．求是学刊，2004(5).

[17]刘月新．传播方式与文学活动[J]．三峡大学学报，2004(4).

[18]金惠敏．图像资本与文学的当前危机[J]．中国社会科学，2004(5).

[19]郑龙云．文学活动的审美传播特性[J]．黑龙江教育学院学报，2004(5).

[20]李相银．文化消费时代的文学处境与写作策略刍议[J]．学术论坛，2004(5).

[21]李秀云．流行短信的言语阐释[J]．青年学研究，2003(3).

[22]夏秀. 走向边缘化的文学[J]. 东方论坛，2004(4).

[23]何茂国. 叙事伦理：伦理批评新道路[J]. 浙江学刊，2004(5).

[24]曹萌. 文学传播学的创建与中国古代文学传播[J]. 沈阳师范大学学报，2004(5).

[25]武春野. 民间文化与发生时期的现代文学[J]. 山东社会科学，2004(9).

[26]王龙洋. 消费社会的文学走向[J]. 创作评谭，2004(2).

[27]欧阳友权. 数字化语境中的文学嬗变[J]. 理论与创作，2004(3).

[28]斯炎伟. 媒体行为与当代文艺运作[J]. 社会科学战线，2004(5).

[29]朱忠元，等. 大众文化时代的文学地图[J]. 社会科学纵横，2004(4).

[31]张凌江. 影视文艺创作中的英雄人物[N]. 文艺报，2004-09-30.

[30]张爱华，等. “e”时代的文学艺术：理论与实践[J]. 北京电影学院学报，2004(2).

[32]胡炼. 论通俗文学对文学与生活传统美学关系的消解[J]. 湖北成教学院学报，2004(1).

[33]张莉. 网络文学的话语诉求及其价值取向[J]. 许昌学院学报，2004(4).

[34]李青春. 谈谈文学理论的转型[J]. 新疆大学学报，2004(3).

[35]张明. 阅读活动：作为文学意义的本体存在之维[J]. 新疆社会科学，2004(3).

[36]翟应增. 论艺术语言产生时联想的作用[J]. 楚雄师范学院学

报，2004(4).

[37]陈玲玲. 隐喻在诗性语言中的特殊价值[J]. 广西社会科学，2004(8).

[38]龚宏. 语言的魔力与文学文本的开放性[J]. 黑龙江社会科学，2004(3).

[39]余尚清. 论文学语言的张力美[J]. 平顶山师范专科学校学报，2004(3).

[40]王培基. 文学作品中语言变异现象的调查与简析[J]. 青海社会科学，2004(4).

[41]欧阳友权. 论网络文学的“粗口秀”叙事[J]. 曲靖师范专科学校学报，2004(4).

[42]雷淑娟. 节律：文学语言的形式律与内容律[J]. 修辞学习，2004(4).

[43]蒋登科. 文学语言与汉语的国粹性[J]. 重庆教育学院学报，2004(4).

[44]李旺梅. 方言成分在文学作品中的出现方式及相关问题[J]. 吉首大学学报，2004(4).

[45]杜英. 身体叙事在中国的演变[J]. 南京工业职业技术学院学报，2004(4).

[46]刘志中. 挣扎在雅与俗之间：当代文学的一种困境[J]. 内蒙古社会科学，2004(4).

[47]陆杰. “西方语言”与现代汉语的写作[J]. 韶关学院学报，2004(5).

[48]欧阳友权. 学院派眼中的网络文学[N]. 中华读书报，2004-09-22.

[49]张清民. 博客文学现象批判[J]. 中文自学指导，2004(4).

[50]董馨．图像文化与人的发展：兼论文学理论的建构理想[J]．佛山科技学院学报，2004(4).

[51]金元浦．文学理论的越界问题[J]．河北学刊，2004(4).

[52]童庆炳．文学理论的边界：从当前文学图书印数谈起[J]．江西社会科学，2004(6).

[53]陈雪虎．自主性和现实性的兼顾与并存[J]．江西社会科学，2004(6).

[54]廖健君．网络文学：在大众文化中"狂欢"[J]．经济与社会发展，2004(6).

[55]刘秀珍．网络文学情感表达形式[J]．理论与创作，2004(2).

[56]符有明．论网络文学写作的变革性特征[J]．聊城大学学报，2004(3).

[57]陶东风．日常生活的审美化与文化研究的兴起[J]．南阳师范学院学报，2004(5).

[58]聂庆璞．网络文学的文本特征[J]．中南大学学报，2004(3).

[59]罗怀．试论网络文学审美的特殊性[J]．中南大学学报，2004(3).

[60]郑宗荣．论网络文学的互动性[J]．重庆三峡学院学报，2004(4).

[61]李凤亮．相遇·对话·创生：文学人类学在20世纪[J]．南京社会科学，2004(6).

[62]王列生．论文艺人类学的学科目标、知识边界及理论框架[J]．社会科学战线，2004(4).

[63]唐小林．消费主义视域里的文学与文化研究[J]．社会科学研究，2004(6).

[64]章刚国．六朝批评家论文学语言的造型赋色之美[J]．德州学

院学报，2004(3).

[65]马莹．谈语言的尽境——简练美[J]．佳木斯大学学报，2004(3).

[66]朱承平．论对偶语言艺术的三大特性[J]．求索，2004(6).

[67]向怀林，等．电影和文学在交叉和分离中的互动[J]．中州学刊，2004(4).

[68]查一路．小说的叙事风格与电影的表现空间[J]．湘潭师范学院学报，2004(4).

[69]白松．艺术语言的超越性[J]．云南师范大学学报，2004(4).

[70]杨中举．泛互文性：网络文学的美学特征[J]．当代文坛，2004(2).

[71]邓莹彬．通俗文学·大众文学·商业文学[J]．当代文坛，2004(2).

[72]姜英．超文本网络文学及其审美[J]．三峡大学学报，2004(3).

[73]罗运魁．网络文学作为文学活动的当代境遇[J]．温州师范学院学报，2004(3).

[74]欧阳友权．网络叙事的指涉方式[J]．文艺理论研究，2004(3).

[75]乔世华．评审美复合论：论摄影文学[J]．文艺理论与批评，2004(2).

[76]陈钢．论文学视野中的文学人类学[J]．社会科学论坛，2004(4).

[77]习传进．文学人类学的哲学思考[J]．天津社会科学，2004(2).

[78]何清．论文学活动的话语蕴藉特征[J]．达县师范高等专科学

校学报，2004(4).

[79]王薇薇．从中西文学语言的比较体会美学信息的转换[J]．克山师范高等专科学校学报，2004(3).

[80]张立群．网络诗歌的大众文化特征分析[J]．河北社会科学，2004(1).

[81]谢向红．网络诗歌的优势与面临的挑战[J]．河北社会科学，2004(1).

[82]周林妹．摄影文学：摄影与文学的互动交融[J]．丽江师范高等专科学校学报，2004(1).

[83]袁枚华．电子传媒语境中文学的困境与再生[J]．零陵学院学报，2004(2).

[84]文军，等．网络文学的文化价值分析[J]．西南民族大学学报，2004(2).

[85]刘旭光．契机还是陷阱：论网络对于文学的意义[J]．湛江师范学院学报，2004(1).

[86]孙苏．影视的霸权与文学的悲哀[J]．浙江广播电视高等专科学校学报，2004(1).

[87]李春青．在消费文化面前文艺学何为？[J]．北京师范大学学报，2004(2).

[88]傅纪辉．文学消费：新时代带来的新的文学观念[J]．贵州师范高等专科学校学报，2004(1).

[89]姚鹤鸣．法兰克福学派文艺技术化批判的批判[J]．学习与探索，2004(2).

[90]周春林．略论艺术语言的意象思维[J]．思茅师范高等专科学校学报，2004(1).

[91]隋桂家，等．关于大型文学语言语料库的构建[J]．外语电化

教学，2004(2).

[92]刘来春．谈文学语言的陌生化[J]．云梦学刊，2004(2).

[93]阎关雨．创造性思维：从文学母本到歌剧剧本[J]．华南师范大学学报，2004(2).

[94]高兴梅．话剧中话语角色的类型及其在言语交际中的转换[J]．盐城学院学报，2004(1).

[95]林舟．网络文学的自由神话[J]．长城，2003(6).

[96]严晓蓉．现代传媒时代文学的异变[J]．海南师范学院学报，2003(5).

[97]王红春．媒体时代文艺的生存状况论略[J]．三峡大学学报，2003(5).

[98]杜军．网络文学的产生与消费辨析[J]．社会科学论坛，2003(9).

[99]汤爱丽．论网络文学的交互性[J]．天津社会科学，2003(5).

[100]于洋．解构的文本：简析网络文学的超文本性[J]．天津社会科学，2003(5).

[101]王富仁．摄影文学：文学领域中的高科技[N]．中国艺术报，2003-11-21.

[102]殷俊卿．谈文学语言的“溢恶”[J]．济宁师范高等专科学校学报，2003(5).

[103]胡经之．言不尽意：语言的困惑与文学理论的拓展[J]．深圳大学学报，2003(5).

[104]张旭．论音乐剧的基石：剧本[J]．北京舞蹈学院学报，2003(5).

[105]柳盛林．论二人转文学创作之五要[J]．剧作家，2003(5).

[106]王维国．假面舞会上的真实表演：关于网络文学的思考[J].

当代人，2003(12).

[107]袁枚华．网络文学：个体价值的张扬与社会价值的虚位[J]．佳木斯大学学报，2003(5).

[108]叶青．论互联网时代文学观念的变迁[J]．江西广播电视高等专科学校学报，2003(3).

[109]胡龙烽．摄影文学的社会化背景与理论展望[J]．齐齐哈尔大学学报，2003(5).

[110]管宁．传媒视野中的当代大众文学[J]．浙江学刊，2003(6).

[111]王轻鸿．文化人类学批评的当代转型[J]．社会科学，2003(11).

[112]柯秀经．网络文学的审美特质[J]．华南师范大学学报，2003(5).

[113]王咏梅．论形成文学语言风格多样性的内语境机制[J]．齐齐哈尔大学学报，2003(5).

[114]王敏．试论文学言语意义的多层面解读[J]．阴山学刊，2003(5).

[115]王卫强．前景化与文学语言分析[J]．重庆工商大学学报，2003(5).

[116]叶从容．论短信文学的基本特征[J]．广州大学学报，2004(4).

[117]柏定国．论摄影文学的产业化前景[J]．文艺理论与批评，2004(3).

[118]欧阳友权．网络文学前沿问题笔谈[J]．中南大学学报，2004(3).

[119]金振邦．网络文学的新媒体艺术特征[J]．中文自学指导，2004(3).

[120]赵宪章. 超文性戏仿文本解读[J]. 湖南师范大学学报，2004(3).

[121]罗之桂. 网络写作的特征及其对传统写作的理论变革[J]. 齐齐哈尔大学学报，2004(3).

[122]赵亚珉. 论读者在文学创作中的地位与作用[J]. 信阳师范学院学报，2004(2).

[123]罗香妹. 超文本文学与中国传统思维方式[J]. 中南大学学报，2004(2).

[124]江尚权. 浅论作家言语风格的主观性[J]. 辽宁师范大学学报，2004(3).

[125]刘玉秀. 关于电视文学的几点思考[J]. 理论界，2004(3).

[126]蒋原伦. 西方神话与叙事艺术[J]. 外国文学评论，2004(2).

[127]盛英. 国内网络与文学研究综述[J]. 当代文坛，2004(2).

[128]杨虹. 商业时代文学生产的制约要素分析[J]. 湖南农业大学学报，2004(3).

[129]杨柳. 图像化的冲击与纯文学价值的消解[J]. 青海师范大学学报，2004(3).

[130]彭松乔. 数字化时代汉语文学的艺术感觉与思维[J]. 学术论坛，2004(3).

[131]岳澈. 当代文学作品中超常语言形式及其语用价值[J]. 学术论坛，2004(3).

[132]钱少青. 论网络文学的特点及相关问题[J]. 河海大学学报，2004(3).

[133]姚文放. 文本·话语·主体：文学传统与交互世界[J]. 社会科学，2004(10).

[134]欧阳友权. 网络文学的学科形态建设[J]. 文艺理论与批评，

2004(4).

[135]杨春时. 论文学语言的主体间性[J]. 厦门大学学报，2004(5).

[136]赵亮. 论民间的三种形式[J]. 当代文坛，2004(5).

[137]欧阳友权. 论网络文学的自由表征[J]. 东方丛刊，2004(2).

[138]林舟. 大众传播与当代文学批评的空间构成[J]. 南方文坛，2004(4).

[139]吴炫. 数字化网络与文学命运[J]. 文学理论与批评，2004(4).

[140]阎真. 互联网与后文学时代[J]. 文艺理论与批评，2004(4).

[141]费勇. 大众传播与文学功能的重新审视[J]. 文艺争鸣，2004(4).

[142]李易珈. 数字化与电子表演的生存：由电影《西蒙妮》想到的[J]. 艺术，2004(2).

[143]朱存明，陈钢. 百年文学人类学研究范式的审美视域[J]. 江苏行政学院学报，2004(5).

[144]陈钢. 文学视野中的文学人类学[J]. 重庆邮电学院学报，2004(6).

[145]陈伯海. 中国文学传统中的文学性问题探源[J]. 红河学院学报，2004(5).

[146]韩彬. 二十世纪九十年代以来中国现代文学期刊杂志研究综述[J]. 德州学院学报，2004(5).

[147]阎真. 欧阳. 首届网络文学与数字文化学术研讨会[J]. 文学评论，2004(3).

[148]隋彬. 网络文学：析解与创造[J]. 齐齐哈尔大学学报，2004(6).

[149]江冰．后文学与网络文化[N]．文艺报，2004-12-21．

[150]蓝爱国．赛博广场上的数字民间：网络文学的民间文化路径[J]．文艺理论与批评，2004(5)．

[151]梁晓声．张艺谋与中国电影[J]．艺术评论，2004(10)．

[152]陈勇华．实现电影摄影造型表意的桥梁[J]．浙江广播电视高等专科学校学报，2004(3)．

[153]姜涛．文学的内外：有别于方法[J]．郑州大学学报，2004(2)．

[154]黄会林．谢晋电影创作论[J]．北京电影学院学报，2004(1)．

[155]杨桦．试论戏曲电视剧叙事艺术——兼与舞台戏曲之比较[J]．乐山师范学院学报，2004(1)．

[156]曹顺庆，等．重释文学性：论文学性与文学理论的悖谬处境[J]．湖南社会科学，2004(1)．

[157]杨春时．论文学的多重本质[J]．学术研究，2004(1)．

[158]程世波．重复叙事的意义：以民间童话为例[J]．重庆工商大学学报，2004(1)．

[159]蔡翔．当代文学研究的当代特征[J]．苏州大学学报，2004(1)．

[160]王本朝．文学传播与中国现代文学[J]．贵州社会科学，2004(1)．

[163]周星．中国电视剧创作述评[J]．文艺争鸣，2004(1)．

附录：现代《白蛇传》的代表异文

1. 口头形态的《白蛇传》

中国民间文艺研究会浙江分会所编的《〈白蛇传〉故事资料选》(三十四篇)。

江苏省民间文艺工作者协会及镇江分会编的《白蛇传资料集》(二十六篇)。

畲族《白蛇传》叙事长歌为主，共采录当代人口头讲述的白蛇故事六十多篇。

2. 书面形态的《白蛇传》及其重述文本

《白蛇传前后集》(以民国初年梦花馆主集记录与改编于一体的小说)。

《白蛇传》(1955，通俗文艺出版社，张恨水改编的小说)。

《白蛇传集》(1955，上海出版公司，傅惜华辑录)。

《白蛇传》(1955，作家出版社，田汉改编的剧本)。

《白蛇传》(1956，上海文化出版社，赵清阁改编的小说)。

《白蛇传》(1992，生活·读书·新知三联书店，蔡志忠的漫画)。

《青蛇》(1994，人民文学出版社，香港作家李碧华的小说)。

《白蛇传》(2000，江苏古籍出版社，孙蓉蓉改编的小说)。

《舞动白蛇传》(2004，广西师范大学出版社，台湾作家蒋勋的话剧剧本)。

《人间——重述白蛇传》(2007，重庆出版社，李锐的小说)。

3. 戏剧形态的《白蛇传》

以京剧的相关剧目为代表(20世纪50年代中期以后主要演田汉的剧本)。

马头调——《玩景观山》、《西湖岸》、《雷峰塔》、《白蛇传》、《白蛇传》(别本)、《合钵》、《合钵》(别本)。

八角鼓——《游西湖》、《搭船借伞》、《盗灵芝》、《水斗》、《金山寺》、《断桥》、《合钵》。

鼓子曲——《收青儿》、《借伞》、《盗灵芝》、《水漫金山》、《合钵》、《塔前寄子》、《探塔》、《祭塔》。

鼓词——《白蛇借伞》、《游湖借伞》、《雄黄酒》、《水淹金山寺》。

子弟书——《合钵》(一回)、《合钵》(别本，二回)、《哭塔》(二回)、《祭塔》(一回)、《出塔》(二回)、《雷峰塔》(三卷)。

民间小曲“山歌”——《白蛇山歌》、《合钵》、《白娘娘报恩》。

南词——《白蛇传》(六篇，清马如飞作)、《白蛇传》(别本)、《白蛇传》(三回)、《合钵》、《雷峰塔》。

川剧、滇剧、闽剧、楚剧、粤剧、庐剧、评剧、扬剧、锡剧、婺剧、淮剧、黄梅戏、皮影戏、秦腔、湘剧、汉剧、河北梆子、同州梆子、吕剧、绍兴高腔、越剧等近30个曲艺都有《白蛇传》的剧目。

4. 影视形态的《白蛇传》

电影《白蛇传》(邵醉翁导演，1926—1927，三集)。

电影《荒塔沉冤》(杨小仲导演，1939)。

电影《白蛇传》(王天林导演，1952)。

电影《白娘娘借尸还魂》(王风导演，1953)。

电影《白蛇传》(周诗禄导演，1955)。

电影《上金山》(黄祖模导演，1955)。

电影《白夫人之妖恋》(丰田四郎导演，1956)。

动画电影《白蛇传》(薮下泰司导演，1958)。

电影《白蛇夫人》(申相玉导演，1960)。

电影《白蛇传》(岳枫导演，1962)。

电影《真白蛇传》(陈志华导演，1978)。

电影《白蛇传》(傅超武导演，1986)。

电影《白蛇传说》(肯·罗素导演，1988)。

电视剧《奇幻人世间》(范秀明导演，1990)。

电视剧《新白娘子传奇》(夏祖辉、何麒导演，1992)。

电影《青蛇》(徐克导演，1993)。

电视剧《白蛇后传之人间有爱》(吴乔颐、谢益文导演，1995)。

电视剧《白蛇与青蛇》(赖水清导演，2001)。

电视剧《白蛇传》(吴家骀导演，2006)。

电影《白蛇传》(黎涛导演，2007)。

电影《白蛇与张天师》(谢德麟导演，2008)。

电视剧《又见白娘子》(刘逢声、徐惠康导演，2010)。

电视剧《天师钟馗之青蛇有泪》(潘文杰、罗灿然、邓育庆导演，2010)。

电影《白蛇传说》(程小东导演，2011)。

5. 网络媒介形态的《白蛇传》

成都斯普软件公司开发的《青蛇》系列 PRG 游戏。

在网络中传承的口头、书面、戏剧、影视等其他媒介的《白蛇传》文本。